MUERTE EN UNA ESTRELLA

SERGIO D. ELIZONDO

MUERTE EN UNA ESTRELLA

SERGIO D. ELIZONDO

Arte Público Press
Houston, Texas

Muerte en una estrella / Shooting Star is made possible through a grant from the City of Houston through the Houston Arts Alliance.

Recovering the past, creating the future

Arte Público Press
University of Houston
4902 Gulf Fwy, Bldg 19, Rm 100
Houston, Texas 77204-2004

Cover design by Mora Des¡gn

Elizondo, Sergio D.
    Muerte en una estrella = Shooting star / by Sergio D. Elizondo ; translation by Rosaura Sanchez and Beatrice Pita.
        p. cm.
    English translation with original Spanish text.
    ISBN 978-1-55885-786-5 (alk. paper)
    1. Mexican Americans—Texas—Austin—Fiction. 2. Police brutality—Texas—Austin—Fiction. I. Sánchez, Rosaura, translator. II. Pita, Beatrice, translator. III. Elizondo, Sergio D. Muerte en una estrella. English. IV. Title. V. Title: Shooting star.
    PQ7298.15.L54M8413 2014
    863'.64—dc23

                                              2013038012
                                              CIP

♾ The paper used in this publication meets the requirements of the American National Standard for Information Sciences—Permanence of Paper for Printed Library Materials, ANSI Z39.48-1984.

Primera edición / First edition © 1984 Tinta Negra Editores S.A., San Antonio Abad 209, C.P. 06800 México, D.F.

14 15 16 17 18 19   8 7 6 5 4 3 2 1

Para Sean Santiago Elizondo

❧ ❧ ❧

For Sean Santiago Elizondo

Contenido / Contents

Muerte en una estrella   1

ॐ ॐ ॐ

Shooting Star   149
English translation by Rosaura Sánchez and Beatriz Pita

I

Oscar Balboa, 16 años de edad y Valentín Rodríguez, 19, andaban de batos locos desde que llegaron a Austin esa tarde de sábado; con permiso del campo de entrenamiento en Gary, cerca de San Marcos, en un verano cálido y húmedo en la tierra conquistada de los mexicanos, Texas. Vestidos con ropa bien limpia y planchadita, pantalón azul y camisa blanca, zapatos negros, cabello negro brillante, ojos negros y grandísimos y fulgurantes, piel café dorada y voz de jóvenes chicanos que hablan más español que inglés. Se dirigieron al barullo de un circo cerca del no que atraviesa la ciudad de oeste a este. En ese preciso lugar desemboca la parte norte la calle South First, es una cruz geográfica que se distingue por la ubicación del gran auditorio de la ciudad, pero yo, el guitarrista de este corrido, me estoy cansando de esta narrativa directa que ha sido menester darte, pues hay otras fuerzas y recovecos de la creación en el cerebro que me gritan por salir.

En la parte norte, en el lugar de la universidad, alguien lleno de información, empezaba a escuchar los primeros compases de la "Cuarta Sinfonía" de Mahler. En esta universidad no hay chicanos, mi guitarra lo sabe y lo dice, una vez estuvo allá de contrabando entre un grupo de hippies que temporalmente aceptaban el color de pieles diferentes. El sonido no llegaba a la esquina del río y la South First, pero yo, que conozco las cuerdas, hice la conexión sin que Miles, el jefe de la policía, ni Connally, un gobernador, supieran que la estiré por toda la calle Guadalupe,

1

teniendo que dar vuelta en la Riverside para llegar al punto que esta noche, a las 10:34 se teñiría de sangre roja chicana, Balboesca y Rodriguesca, el zacate verde.

Los batos caminaban cantando bonito cuando hablaban en los momentos que tardaron en llegar a la periferia del circo. Hacia el sur del centro de la cruz el gringuerío llenó de humo el ambiente que emanaba azulado de cuarenta mil barbecue pits donde se preparaban a asar carne de res. La limonada sudaba en las jarras de cristal mientras los texanos de gafas oscuras y panza por encima del cinturón se informaban de las ganancias de la semana. Al seis por ciento se vendieron tantas casas a clientes que se han hipnotizado con la parafernalia de hipotecas, papeles en blanco y negro entre sonrisas Colgate de WASPS. Ésa es su música. ¿Cómo lo sé? Primero porque la vida me hizo filarmónico y la Alta Dama que diseñó el universo me ha prestado voz en vida, las cuerdas las saqué de empeño en el barrio y la creación me ha fluido de mis soñadores antepasados mexicas y sefarditas. Ahora canto porque la guitarra me obliga.

En la parte oeste de la ciudad, la gabachada pseudo-cowboy tragaba cerveza amarga y escuchaba a patos cantar su country western, ajena al ruido de la vida a orillas del río. Coors, el cervecero de Colorado, sí, ese que "se hizo rico con la labor barata de la raza", estaba contento hoy. Volaba en el helicóptero de la policía de Denver; equipado con luces halogen buscando chicanos en la calle de la Cruzada por la justicia para matar a Corky. Mucha cerveza se ingirió esa noche.

¡Ah de áes! En la parte de Austin que da pal mar, en el oriente llamado Govalle, el barrio reía con mil bocas chicanas sentadas en los hoods de sus coches de segunda. Cada quien con su botella en la mano, güevos en los jeans y burla en el tono de la voz musical de la raza haciendo un clímax de celebración de la vida y de la muerte. Los salones de baile ya lavados con antiséptico se aprestaban a recibir a las parejas que rasparían el piso de polkas . . . y las prostitutas preparaban la máscara para el negocio de lueguito. Todo el barrio es una guitarra, cada casa es un concierto donde cada voz es una canción. The man, aceitaba el cuete magnum por si acaso algún Mexican se atravesaba. Era el patrolman, Cocks, de 27 años de edad, casado, con dos hijos menores. Tiene sólo tres años de experiencia con la policía de Austin. Goza de un récord sencillo sin distinción alguna. Le gusta ser chota. No se sabe más de él, él solamente es él, y así es.

Los dos batos caminaban. Balboa el de 16 años siempre al lado de Valentín, el de 19. El 16 figura como un perrito al lado de un viejo perrón a quien admira y observa constantemente.

16: Ya mero no te tocaba pase, ¿eh, cabrón? Porque la regaste toda la semana con el supervisor. Sabiendo que es tan perro, todavía haces tus chingaderas, ¿no?

19: No contesta pero piensa: Este pinchi pueblo nomás no me cae. Mejor estuviera en la casa pero los jefes dale que dale que te vayas pa Camp Gary, pa que aprendas algo y agarres chamba. Yo lo que quiero es agarrarme una buena vieja. Bueno, trabajar también pero necesito una vieja pero ya todas tienen con quién salir, ya están apartadas y yo aquí de pendejo.

16: Bueno, ¿y qué? ¿Pal circo o pa la Calle Dos? ¿No que íbamos a echarnos unas birrias?

19: Tes chingando, toy pensando.

16: Tas pensando, ¿qué? Pero de todos modos pal circo, ¿no?

19: Si estuviéramos en la casa ya estaríamos bailando en vez de andar de bueyes sin saber que hacer desde que llegamos.

"Well, like I told the Meskins two years ago, the governor's office is open to all good citizens. By the way, did you check on that property in Floresville? You know we need that land to build us a nice warehouse. Who owns it, anyway?"

"Some Meskins".

"Gotta go to Houston, the, law off needs me to sign some papers, we can do it tomorrow".

"Well, Ramiro, you've always been a good patrolman and a decorated veteran, but I just can't put you in a car yet, you need to put in more time. You know you are one of the first Mexican Americans we brought in the force and you are doing a good job. Why don't you wait a little longer?"

And the Ferris wheel turned on and on, the pokes, with their neon lights shoot outwardly making it look, well . . . ? Like a rotating star, no?

En los toldos de los carros parqueados al lado del circo se reflejaban las luces de los juegos. Parecía que eran dos mundos: el del circo, apretado de gente y el del parking lot, también lleno de coches, pero aquí todo en silencio, bien alineados que ni parecen abandonados por sus dueños.

Si las cantatas provienen de los sones, palabras y valores de nuestros antiguos jefes, de allá, más allá del pasado, entonces tenemos aquí hermoso 16, valiente 19, los elementos que nuestro inconsciente de raza nos alienta a hacer conmigo un corrido con guitarra.

16: Pero en mi tierra ya no quedan más que mezquites y sol, aún en tiempo de frío. Ya ni tejones quedan, uno que otro armadillo que sale a comer hojitas tiernas. ¿De qué vas a cantar?

19: ¡Déjalo! no seas bruto. No ves que cada paso que damos aunque sea en este momento nos lleva a una cosa grande, y cuando ya estemos muertos dentro de mucho tiempo entonces otros de la raza verán hacia ahora, que será el pasado y nos verán a través de lo que hoy es tiempo y dirán que somos más grandes de lo que somos.

¿Y quién va a tocar la guitarra? Invocaremos al espíritu de un cantor para que adapte eso de nuestro inconsciente colectivo a través del pasado y lo ponga a la guitarra. Bueno, aunque no era conocido como guitarrista, tenía talento, y pues quien tiene talento se acomoda, ¿no?

El gabacherío andaba muy contento paseándose en los rides que venían con el circo, cada quien venía preparado para divertirse y esta noche venían con sus familias. La raza también estaba allí, familias enteras caminaban pa'arriba y pa'abajo del midway, luego daban vuelta a cada una de las diversiones circulares.

Hacia el lado del río estaban parqueados los carros. Había de todos colores y modelos, todos bien alineados.

II

16: Soy hormiguita colorada y vivo en un lugar donde todas hemos desmontado un pedazo para poder desparramar la arena que sacamos del laberinto de nuestra casa. Pero yo soy hormiguita y tengo un centavo. No sé qué hacer con él. Con este centavo estoy armada, es mi riqueza y tesoro.

Por eso: si compro un pan me lo como y se me acaba. Si compro zapatos se me gastarán y se me acaba. Si compro un vestido me lo pongo y algún día se me acaba. Si compro una diadema para el cabello se me acaba mi centavo. Si pago un boleto del camión termina el viaje y se me acaba. ¿Qué hacer? Me voy a quedar con mi centavo.

19: Suenan los pies bajo mis pasos, ellos hablan su propio medido idioma y ahora los escucho. Va el Balboa a mi lado, lo veo de perfil; todavía ta chico y medio pendejo, hay que darle tiempo y cuerda para que haga las cosas que tiene que hacer y algún día, con el tiempo, entienda lo que pasa y lo que hay.

16: Compró una escoba e hizo una escalerita para subir animales al cielo, así subió al gallo, la gallina, un burro, un perro, un coyote. Luego quiso subir al toro y a la vaca, se quiebra la escalera, el toro le alza la cola y le sale el oro, luego hace lo mismo con la vaca y le sale la caca.

III

16: Cornfields are so different, as you know, Valentín, they are planted in rows, and while you can't count the stalks at least you know they are in a straight line. Well, on the slopes of the sierra, they just dig a tiny hole in the ground, drop a kernel and it grows just as well. I wonder even now if the Tarahumara Indians have something to teach us. And you can see where the long leaves are sort of inserted as a semicircular base into the stalk, it makes a neat angle and, at one time, I guess some six years ago, when I was ten years old I observed cornstalks in Deshler and I wanted to be small enough to take a nap right inside that little comer where the leaf joins the stalk. My size didn't matter then and it doesn't matter now that I see another leaf coming onto a stalk, and this one is green too! This little joint is lighter in color than the stalk itself and, of course, the leaf. If I come back after this I would like to be a four-stringed musical tone, maybe. Well? How about a cello? flanked by a well-tuned violin on the left of my vertical figure . . . and a mellow piano on the right? You think I am crazy again? If you only saw what I'm into right now! you would want to rest your left eye right beside my right one, the one that's always away from you when both of us were vertical and moving forward. But you aren't here just now. I can feel your presence a few feet from me, but why is your back flesh brown and catsup red?

Tú también estás en un cañaveral, ¿cabrón? . . . Y me aventaría un buen trío de violín, cello y piano para volar entre todos

7

esos stalks. ¿Por qué no nace uno con cuetes en las nalgas o en los pies, o en los sobacos pa poder volar horizontalmente como ahora lo quiero hacer? Well, I shouldn't complain because I am doing it but I can cover only, well, maybe twenty-five stalks, at the most, if I rotate my eye upward where the black almost touches the upper eyelash . . . that's as much as I can do and be able to see about twenty-five of these things. Too bad they aren't aligned como milpa. That's why I thought of the music thing. Bueno, ¿y qué? ¿Acaso no voy bien? Hasta bonito se siente, pero no me gusta que me corran cosas calientitas por el lomo y luego se enfríen. Se siente gacho.

Oye, Vale, ora sí no te tocará pagarme lo que me debes ¿eh, cabrón? ¿Sabes dónde estoy? Tú siempre fuiste culero, ¿a poco tas muerto? Si no, ¿tonces que haces? Tú quieres ser guitarra pa chingarme, ¿no? Pero aquí te chingas, joto; al fin me desquito y no te me echas encima porque no te puedes mover. Quisiera reírme pero mis dientes de arriba tan contrá el cañaveral, atascados, y la parte de abajo de la boca ta tiesa y no se mueve. Ni la lengua puedo mover pa fuera pa probar la tierra, si es que puedo meterla entre las cañas; no, mejor no, no vaya a ser que venga una cucaracha y se me meta en la boca, sería muy raro, pero raro que ahora apareciera una cucaracha, mejor hago otra cosa. ¿Cómo que "mejor hago"? ¡Ya lo estoy haciendo! Toy soltando todo el cuerpo. ¡Jey! ¿Cuál cuerpo? ¡Ah!, ese que me trajo corriendo basta aquí, pero ahora ta tirado detrás de mí, bueno: detrás de mi ojo derecho, él que todavía ta abierto; y detrás de la cosa que está por encima del ojo, la que habla. ¿Habla?

¿Quién cantará una canción bonita
para mis niños traviesos
los que siempre son perfectos?

Se los voy a encargar al Vale. A ver qué hace con ellos. ¡Qué sorpresa pal cabrón cuando sepa que todos los niños de la tierra, los que están dentro de lo que abarcan mis ojos son míos porque los vi . . . y ¡los veo! ¡Más! Se va a enojar porque al principio no sabrá qué hacer con ellos . . . bueno yo tampoco sabía, pero aprendí. Así él. Al principio se enojará porque los chavitos le van a hacer ondular su lineal rutina pero luego ya los absorberá gradualmente cuando su impotencia no pueda contra las risas y gritos de los muchachos. Ya verá.

¡Ése, Valentín! ¡Levántate! No me oye porque no puedo hacer olas circulares, bueno, son globulares. Tampoco le llegan mis sonidos sin palabras. ¿Qué tendrá? ¡Ah, sí! ¡La chota! ¿Qué le habrá pasado? ¡A ver, alguien!, tírenle una pedradita pa que despierte. El ojo tiene eje y no quiere moverse a la giroscopio. ¡Jey! ¡No es eje! Ta tieso de lado a lado. ¿Bueno, y qué? ¿Necesito ojo pa mirar? ¿No he visto antes sin los ojos?

Naranja dulce
limón partido
dame un abrazo
que estoy tendido . . .

Bueno; no precisamente tendido sino que yazgo bocabajo. ¡Je! ¡Cabrón! Tas aprendiendo a hablar fancy, ¿eh? Ya erora, a buenora.

¿Y qué? ¿De qué te sirve ora? Pues me sirve pa decir algo todavía, y cantar si quiero, mira:

Cuanto presumen
porque andan en su terreno,
cuanto presumen
Oye, ¡quien estuviera en Laredo!

Retumba el suelo, van a hacer daño a la caña.

Botas negras. ¡Ay! Quién tuviera un gato pa que me ronroneara un poco cerca de la oreja, la derecha. Pero que no lo tiente pa que no me haga cosquillas.

Luces en la noche
fuego dentro lagua.

Cuando me vaya quiero llevarme un puñado de madre de luces pa fermentarla y hacer cosas de luz aunque sea de puras estrellas, como esas.

Arca de la Alianza: ruega por quien.
Torre de Marfil ruega por él . . .

Luces que parpadean. ¡Ése, Valentín! Arriba, bato, anda. Trae una canasta y agárrame unas cuantas. ¡Sí! Ya te viera llegar a Camp Gary con mandado de estrellas. Se me hace tarde, vámonos.

¡Qué vámonos ni que nada! Anda, méteme palas por debajo y levántame. Pero con cuidado, ¿eh? No se vaya a quebrar la sangre seca . . .

¡Ah! Entonces es sangre, ¿eh? ¿No qué no? Te luces vestido con listones y polka dots colorados, ¿eh?

Despréndeme unas cuantas y me las pones en una botella pa que ay queden y las vean.

¿Las vean? ¿Pa qué?

Pos pa que vean que son cristales. Me está dando sueño. Acaba de pasarme una culebra de masa de harina enfrente de la frente atrás de la garganta. ¡Quién pudiera bostezar!

Clarinetes en un scherzo.
Segundo movimiento.

¿Bailamos, mein schatz? ¿Bitte? No se preocupe, aunque no soy de aquí tengo piernas flexibles y las sabré acomodar en las montañas y valles de su campo austriaco, chula.

Pero tráigase una barra de pan integral, y . . . y . . . una botella, ¿no?

Pero botella sin estrellas, ¿eh?

IV

Las mañanas en Camp Gary son bonitas porque es cuando todos los muchachos se preparan para el día de escuela y trabajo. Todo el mundo ya anda en pie a las seis; primero los preceptores que llegan a la barraca dándonos órdenes que nos levantemos, y como se hace de costumbre en este tipo de instituciones, las órdenes son claras y cortas: "¡Rise and shine!" "Up, up, everybody." Nunca había la raza escuchado tanto inglés, pues muchos vienen de familias, barrios y regiones en donde son la mayoría de la población. Para algunos, ésta es la primera vez que están con anglos, o negritos, porque estos también hablan inglés; tanto es así que hay clases de inglés para los que no saben hablar, leer o escribirlo.

El alboroto matutino se advierte tanto en los baños de los hombres como en el de las mujeres, al fin que siendo jóvenes y adolescentes todos, la alharaca que hacen es lo más natural del mundo. En el comedor también se escucha una multitud de ruidos de utensilios de servicio en la cocina, los de comer, y un coro disonante de sillas y bandejas que cambian de sitio en el momento de sentarse. Todos son buenos ruidos y sonidos.

Luego están los gritos de camaradas y amigos que se llaman de un lugar de la fila a alguna mesa en el lado opuesto de la gran sala. El rumor de voces lo envuelve todo. No se prohibe hablar español como se hace en las escuelas públicas; aquí cada quien habla el lenguaje que guste, los gringos en inglés, la raza casi toda en español y los negros en ese lindo dialecto que tienen, el cual a veces, dependiendo de dónde vengan, a menudo sólo ellos lo entienden; por eso y por ese cariño con que se tratan caen bien los mayates. Para estos jóvenes el estar en este campo de trabajo y estudio representa quizás una de las pocas oportunidades que puedan tener de continuar su educación general y de aprender algún oficio que les sirva en la sociedad para ganarse el pan . . . o las tortillas . . . depende.

A las ocho de la mañana cada quien está en su lugar, sea alguna clase de matemática práctica, en los talleres de carpintería, plomería, soldadura eléctrica o en food services para los que pretenden trabajar en restoranes, fondas o cocinas institucionales. Todos los días hay estudio y práctica en los talleres; de vez en cuando llevan a algún grupo a observar y trabajar en las fábricas y campos petroleras cercanos.

Los reglamentos para el comportamiento de los internos son claros y efectivos. Más o menos una vez por semana, cuando todo el mundo está ocupado y los dormitorios desocupados, los guardias pasan a inspección de las barracas comunales donde se alojan los jóvenes. Se trata de buscar lo que sea que los internos tienen prohibido tener, sean armas, en la mayoría de los casos cuchillos, dagas y navajas, es rara el arma de fuego que circule. Pero también andan en busca de drogas heroicas, píldoras prohibidas y la popular marihuana. Es de ver el gozo con que la guardia se esmera en localizar el liachito de yerba cannabis, pues los jóvenes hacen lujo de ingenio para esconderla . . . y los guardias para encontrarla. No falta quién se haya pasado incontadas horas barrenando la pata de alguna silla para esconder el bultito cilíndrico de mota; el barrote que cuidadosamente se ha arreglado para quitar de la pared donde pueden caber "leños" de marihuana, papel de repuesto y una que otra cajita de cerillos repleta de seconales. Aquí se pone en práctica con gran arte y paciencia lo que se aprende en los talleres, se urde en el cerebro y se hace con la delicadeza de un buen cirujano. Este tipo de actividad, o *movidas,* como dice la raza, no respeta cultura étnica, color ni preferencia religiosa; en esto todos jalan parejo.

Amoríos los hay, eso no se puede evitar ni detener aunque pusieran paredes acorazadas del mejor acero entre los dormitorios de jóvenes de sexo opuesto, ya sabemos todo mundo que más tira la fuerza del amor que cien tractores.

Ana a lo largo resultará alguna jovencita que amanece con "morning sickness", con todo y basca y desgaño de no hacer nada mientras que el joven torete suda la gota gorda de preocupación.

Así como en el ejército se cultivan grandes amistades sucede aquí en Camp Gary aunque no es campo militar. La gente habla, se comparten anécdotas, se hacen tratos de cooperación mutua, algún pacto para colectar centavitos para la compra mancomunada de esto y aquello. No hay grandes alianzas interraciales aunque la raza parece que contenía mejor con los negritos que estos con los anglos . . . no hard feelings . . . es que así es como se mueve la cosa y ni quién se fije. Eso sí, los mayates andan juntos más que nadie, será el color que los junta; la raza que viene de la misma región se conoce y también hacen su rueda y los gringos cooperan entre sí y con todos los demás según convenga. Parece que también las mujercitas negras hacen su corro y las chicanas el suyo. Nadie pudo decirlo mejor que aquí están todos juntos . . . pero no revueltos.

Cada semana llegan nuevos, se les nota que son novatos. Nomás se les miran los ojos como a las liebres que ya se han hecho ariscas de algún escopetazo mal tirado. Luego que no falta quien se les acerque para preguntarles, "Hey, what's your name? Where you from?"

Y ahí mismo empieza el proceso de darles entrada a que sientan que aquí puede haber amigos.

El Camp Gary Job Corps, señores, no es la universidad de Texas pero tampoco es la fábrica de placas de carro en la penitenciaría del estado. Aquí tenemos sencillamente una miscelánea de jóvenes proletarios que por razones o causas que ellos no ocasionaron en su vida o en la sociedad se encuentran en los peldaños bajos de la escala social, económica, en esta rica nación. Yo, guitarrero mayor de este corrido lo digo de esta manera porque creo que conozco bien a esta clase de gente joven, pues he sido como ellos; y aunque no soy negro ni anglo podría decir que los he observado con cierto interés y cuidado en los años que he vivido por aquí.

Es de ahí de donde he aprendido pensamientos y sensaciones que han enriquecido . . . y a veces alegrado y entristecido mis ojos. Por razones de compromiso me refiero con particular cariño a la raza, los chicanos, pues sencillamente porque los conozco mejor que a todos los demás en esta parte de la tierra, y pues también porque a veces la sangre llama.

Yo pienso que en esta Gran Gringoria, llenándola así porque ellos son los dueños, de todos los subgrupos étnicos subculturales, si es que hay . . . el de la raza se distingue egregiamente por una personalidad colectiva pletórica de afecto, picardía, sensibilidad, ironía y pasión. Creo que todos esos atributos pueden caber en un carácter de grupo, gracias a la preservación principalmente de nuestra lengua y de más de cien años de desarrollo de una conciencia cultural privada que hemos conservado . . . gracias también a la vora- cidad de nuestros primos.

¿Quién, que ha trabajado en el campo en la cosecha de fruta y legumbre no ha participado de la clara ironía en el diálogo entre la gente, particularmente entre varones? ¿Quién no ha sido jornalero a quien los veteranos le han puesto algún sobrenombre alusivo a su fisonomía, alguna equivocación verbal, error en la chamba o a cualquier cosa que inspire a alguien a apodarlo chato, chueco, zurdo, bizco, nalgón, nariz chueca, moto o lo que sea? ¿A quién no lo han llamado joto en su vida? ¿Quién no ha sido pendejo tarde o temprano? Entre nosotros, la raza, a nadie debería de sorprenderle el uso liberal de palabras prohibidas, picantes, alusivas a algún aspecto ridículo que tengamos.

Aquí en Gary cuando uno recién llega debe de cuidarse mucho, pues porque uno es nuevo y la raza puede ser muy brava aunque sea con buenas intenciones. Hay que cuidar lo que se dice y estar alerta a lo que le digan. En el corto tiempo que llevo aquí he aprendido a distinguir las diferentes clases de raza que vienen de todas partes. Ya he calculado que la raza fronteriza es lista como una avispa; luego que manejan el español con arte especial; esos batos del sur de El Paso y los del Valle del Río Grande son unos látigos con la lengua. Entre estos hay algunos que no les piden nada a los chilangos de Tepito, Ciudad de México, para alburear; inocente yo cuando llegue aquí pues no sabía que la picardía en la manera de hablar puede llegar a ser un arte de tal ironía que sólo los graduados en su academia lo entendieran.

Estando en fila a la hora de la cena, esperaba yo de pie como todos, detrás de dos chavalos obviamente fronterizos que a mi modo de pensar platicaban amigablemente. Pues no, señor, resulta que parece que habían hecho espadas de las lenguas y se echaban uno de esos diálogos mexicanos cargados de alta retórica sexista que bordeaba al margen de la blasfemia. Si mal no recuerdo, estos dos señores contaban chistes y albures como si compitieran a ver quién decía el más colorado.

La obra maestra de su diálogo parece que fue un cierto albur que a manera de anécdota contaba uno, mientras que el otro escuchaba atento como si estuviera en clases de catecismo.

—Sabes que cuando uno está pa morirse, ya cuando está dando las últimas boqueadas siempre llega el diablo si te toca ir al infierno; o si te toca ir al cielo llega Tata Dios pa llevarte al cielo. De todas maneras, te llevan porque te ha llegado la hora de petatearte y ni pa donde te hagas porque ya te vas a chingar.

"Pues no estaba un pelado ya bien moribundo en su lecho de muerte. Ya torcía los ojos, ya casi no podía quejarse levemente diciendo, ¡Ay! ¡ay!, en los últimos momentos de la vida, no le faltaba más que un minuto pa que se lo llevara la pelona cuando de repente aparece el diablo a la puerta del cuarto del enfermo, éste se recarga en el marco de la puerta a esperar a que aquel deje de quejarse y se muera para llevárselo al infierno. Ay ta pues el diablo limpiándose los dientes con un palillo, bien aburrido y enfadado porque aquel no se muere para poder llevárselo, ay nomás está quejándose: ¡ay! ¡ay!

"Tons, el diablo, que ahora andaba limpiándose las uñas, bien enojado e impaciente le grita al enfermo:

"'¡Jo! Hasta pa morir son culos'.

"El enfermito súbitamente tiene un instante de luz e inspiración pa seguir viviendo y le contesta: 'Dame un sudor', aunque ya no le quedaba más muy poco aliento le contesta con tonada de enfermo medio muerto.

"A esto, nuestro diablo, que se sorprende de la inesperada muestra de vigor de aquel, se ve obligado a defender su honor y a regañadientes le responde, Esperando que ya se muera:

"'De leche será mejor'.

"'Sácame al sol'.

"'De los güevos arrastrando'.

"'No mojes que estoy sudando', dijo a eso el enfermito quien ya estaba bien despierto.

"En esto, el diablo, viendo que el enfermo no se moría y habiendo perdido el duelo se esfumó tan rápido como había llegado, dejando un tufo de azufre en el ambiente.

"¿Pues cómo iba a perder el albur el enfermo siendo raza?

"Pues esto es únicamente una muestra de la ciencia a la que se dedica con tanto tesón la raza, por la cual se distingue en su civilización. La raza comprende estos ejercicios mentales, y los acepta sin comentario, crítica, análisis ni exégesis. Allá otros de otras razas que se preocupen por su fiel traducción".

El novicio no puede más que quedar azorado ante la felicidad verbal de la nuestra gente mexicana.

V

La gota de agua se desconecta de la nube donde había muchas y se avienta sola pa la tierra. Se despega clarita, sin mugre y en su vuelo se alarga, aunque no lo sabe. Se estrella con poco sonido en la tierra seca y nadie la ve, no la volvemos a ver hasta que se conecta con otras enterradas, hacen una cola como de cometa y se escurren calladas cuesta abajo. Silencioso todo esto en la oscuridad de su desigual camino se apresuran, a veces muy rápido, a su destino: un pequeño venero por donde salen al lomo de la redonda tierra. Siguen corriendo con su hermosa irregularidad hasta llegar a una corriente más grandecita: un arroyo.

El arroyo las recibe como si nada, ya está acostumbrado a que se le junten las aguas en sus costillas, y corre, corre hacia abajo; bien sabe a dónde va. Se conecta otra corriente más grande y lenta, es un río que antes llegaba al mar, ahora lo han detenido temporalmente con una alta cortina de concreto. Aquí se para todo. Ahora es agua que entra por un túnel donde la forzan a que trabaje una turbina que da vueltas muy rápido. Adiós agua, adiós río, adiós arroyo, adiós corrientita sin luz, adiós beso silencioso de gota con gotas, adiós ¡chas! cuando le pegaste a la tierra, adiós vuelo efímero.

La turbina se conecta con una bobina, la bobina con armadura, la armadura se conecta con unos alambritos de cobre, y los alambritos no se conectan con nada hasta que llegan a unos transformadores donde con una mano los reciben y con la otra los despiden haciendo su ruido jum pa otra parte.

El jum apenas se oye cuando llega al corralito de los transformadores del Camp Gary y de allí salen los alambres cargados de electricidad, se meten en silencio al caserón y se conectan a un generador cerca de donde estoy yo, cuando me toca estar. Y un cable grueso sale del generador y se conecta a una agarradera que parece hocico de caimán, la que agarra la varilla de soldar; y yo pongo mi mano derecha detrás de las quijadas del caimán de metal. Ay toy, pues. Haciéndome pendejo pa aprender a soldar lo que se atraviese.

Pos aquí me tienen conectado a estos mil quinientos batos y algunas chavalas en el ghetto del Job Corps en Camp Gary: chicanos, mayates, gringos, indios de todos pelos, arrimados a la buena del barbechivo Uncle Sam. ¡Mejor estuviera en mi chante, en mi barrio, en el Valle! Pero ya no hay chanza pa nadie, lo agarran a uno y que si no tas en la escuela pos a ver de qué sirves. Y aquí me tienes conectado a la cola del jum; si no fuera por la lana que te pagan . . . que ni siquiera te alcanza pa la mota . . . ¡mentira, mentira! Sí me alcanza, nomás lo digo a ver qué dices.

Pasen, pasen, señores, step right up! Pasen a ver a los gringos colorados del Arkensó, más güeros quel fundío de un pollo recién nacido. Los cabrones se asustan con uno como si trajera cuernos puestos. Pero pasen, pasen, damas y caballeros a mirar mayates de Alabami; desos que nomás relumbran de prietos que están; ¡mayates por toneladas! Señores, todos se llaman Pardnas y los que no pues Brodas y a veces Moda Focas cuando creen que no los oyen los gabas. ¡Ah! Pero pasen, pasen, ladies and chentlemen, see them one, see them all, our own people, the best of the Great Gringoria, gabachos imported from our finest cities from the North, Kansas City, Memphis, working right along shoulder-to-shoulder with our felow Meskins and Niggers. ¡Y ahora! ¡Ta ta ta taá!, ha llegado el momento esperado en nuestra función: ¡mariachis! ¡Arránquense con una . . . ! No sé qué chingaos le dicen en México. ¡Órale!

La raza hace su presentación: Señores, lo mejor del Rincón del Diablo de la Noble Ciudad de Edcouch, La mera Crema del Magnolia, Altísimo Barrio el del Petrolero y Joto Houston, Texas; los Distinguidos Puteros, Orgullo de la Raza Azteca, Procedentes de Nada Menos Que El South Tucson, Puta Ciudad de Arizona; Silencio Grandioso, se Aproxima El Contingente Supremo, La Furia y Güevonada Eminente de Nada Menos Que la Pachucada del Segundo Barrio, El Chuco, Texis, comúnmente conocido como El Paso, Sister City of Juárez.

¡Ah, de aés! Mira nomás quién faltaba, ¡señoras y señores! Entran los Españoles de Niu Mécsico, nada menos que la mera raza hillbilly, lo mejor de Barelas, a orillas del Alto Río Grande . . . Fierce Dudes from Antón Chico, Chingones de Mora pero todos muy a todo dar . . . Los Manitos de Nuevo México, no se crean. And now, the last but not least: enter the ladies from all parts of our Fair Land. La Rosalinda, de Columbus, New Mexico, más madrera que cualquier bato loco . . . no aguanta a nadie . . . la Reina del Pancho Villa State Park, especialmente de noche. . . . ¡No te creas, no te creas! Yo ni he estado en Columbus.

Y aquí les presento, señores y señoras, a Junetta Parrish, hija predilecta de nada menos que el Altísimo Patriarca, su honrado padre, el señor Date Parrish . . . experto tabacalero de Carrboro, North Carolina . . . Junetta no coge . . . ni la Rosalinda . . . son chamaconas serias . . . no son de arranque . . . pórtate bien con ellas. ¡Ana! ¡Oh! Ana la California, reina del famoso car club Los Boleros, residentes y chingones del otro lado de Colton, Control del Orden y Paz de toda la calle Mount Vernon. Caballeros de Calavera en Espalda, Chaqueta Levi sin manga y cerveza en la panza, Sólo los sábados, Sólo los sábados. Ana, la redonda, injustamente acusada de ser mayatera porque la vieron con un prieto . . . no sabiendo que era su propio carnal, quien es más negro que el bigote de Zapata . . . y no digan que no hay respeto. Quedan otras y otros compañeros procedentes de muchísimas y buenas ciudades que brevemente se mencionan;

de Texas, Mercedes la Apretada Junto al Río; Ajo, El Chile te Encajo, Baluarte Meridional de la Arizona Robada; Tres Borregos, Califas, Úsese sólo en emergencias si no alcanzas a llegar a San Diego; Truchas, si *Truchas,* New Mexico, Rival de Esparta la Aguantadora; Cuatro Puntos, Utah, No Son Mormones, ni cabrones y últimamente de Red Level, Alabama Whites Only. Y muchos más pueblos, todos distinguidos cuyos nombres aquí no incluyo porque está muy apretado . . . no pun intended. Amigos, uno hace lo que puede, ¡no lo sabremos nosotros, la raza! Unos aprenden algo para agarrar jale cuando salgas; otros nomás vienen a hacer su GED porque no terminaron su escuela secundaria. . . . Y aquí están sufriendo la gota gorda.

También tenemos Caballeros de la Mesa Redonda, o de la Botella Redonda, por ejemplo: mi buen cuate y compañero, el Valentín Rodríguez, 19, male, soltero, procedente de Kingsville . . . cerca de donde antes taba una gasolinera Sinclair; cicatriz en la ceja derecha . . . desde que se cayó y se pegó en un riel del traque, corriendo y mirando patrás un buen día que robaba sandías, lately of Dallas donde en cierto barrio a la sombra de rascacielos de compañías de seguros adquirió cierta crucesita azulita entre los dedos pulgar e índice, cuya cruz suele estar coronada de puntitos, pero él le puso figuritas como telarañas pequeñas; cuya canilla izquierda muestra alguna cicatriz, residuo de raspadura que se dio habiendo pisado cierto tragaluz en el techo de la tienda Kress, cuyo lugar se dignaba a robar, cuya incidencia fue . . . fuera de tiempo, estorbada por la llegada de cierto flamante coche blanco y negro, tripulado por la chota, cuyo digno representante de la ley: un fulano, Mike Gamboa, según dicen, muy viejero, que usaba su posición de empleado para conseguir nalga, como si él no tuviera las propias . . . y cuadradas de tanto andar sentado en la patrulla de Harlingen —no Holanda—, sino Texas, cuyo señor Valentín me adora, más cuando anda bruja y necesita dinero pa comprar cigarrillos.

El dicho señor Rodríguez, nacido en las planicies donde no hay montañas al oeste de West Oso, cuyo cuate Vale es buena gente, pero buena gente era también el perro barcino de don José Corral, el viejito de la Blanca, jurisdicción de Edcouch, el que siempre lo verás sentado en un banco de su propia manufactura, esa pues, es la patria de don Valentín. ¡Quién lo viera! Tipo soñador, jala parejo, amigo de amigos y cuate de muy pocos porque es muy choosy con los que de veras se abre. Alto, bueno: más que yo que no soy nadie; caminador silencioso, como que siempre anda soñando despierto, gran borrower de lo ajeno. Cabello: poco castaño; piel: apretada cuando llega a bañarse; patas: más o menos 9½ D, creo; aunque me parecen pequeñas para tamaño pelado . . . termino sociológico . . . que no sexista. Manos: dos, aunque en su ficha juran que tiene más. Apodos: a menudo apelado Correcaminos, adivinen por qué aunque no proviene del desierto; entre sus antiguos amigos se le conocía como el Bocachula por la forma sensual de sus labios que parecen defensas de Ford '37, ondulados. Otras señas: camina decididamente aunque con pasos apenas perceptibles, quizás a fuerza de la costumbre. ¿Cuál costumbre? Bueno, la de caminar como se debe, como camina la raza cuando tiene que caminar así. Coeficiente intelectual; es decir, es pendejo, ¿no? Según la prueba Gamma, que ya no se usa; no alcanzó a terminarla, pero échale un cien por lo bajo; de veras.

VI

—¿Pues qué tiene que esté allá; pues, no está bien allá? Allá está seguro, y no aquí con tanta perdición que hay, mira cómo andan los que eran mis amigos, son todos una bola de güevones que no sirven para nada. Nomás andan vagando y no les falta en que aprietos meterse. Mejor allá que al menos aprenderá algo. ¿Qué le hace que no escriba? Yo lo conozco bien, y tú también, pues. ¿Qué tanto lo quieres aquí? Nomás pa que ande de vago y luego que te lo lleves otra vez al Norte; no, ese muchacho no es para pizcas, ya basta de eso. Nomás porque tú no has hecho otra cosa en la vida, ahora quieres que él se meta en ese cuento de no acabar; que vayan otros, al fin y al cabo que aquí no falta gente necesitada y que ellos se vayan al betabel. Oscar no, te digo, ese muchacho vale mucho, tú no lo ves pero yo sí porque es mi hijo y yo lo crié, yo le di de mamar de mis pechos y lo lidié hasta que creció de niño, y ahora que es chavalo tú no lo conoces y yo sí. Así son ustedes los hombres, no conocen a sus propios hijos y nosotros sí, pareso somos madres. Ese muchacho vale mucho y no está hecho pa andar pa'rriba y pa'bajo de un estado pa otro como estrella errante; es un muchacho de mucho corazón. Déjalo ay donde está, allí está bien.

—Sí, y muy bien que está con ese cabrón del Valentín. Ese buena pa nada, quién sabe Dios dónde se conocieron; ése fue el que lo embaucó pa que se fuera a ese campo. Ese amiguito es una piel de Barrabás y no sirve pa nada, cualquier día hace alguna chingadera y mi'jo paga el pato, así sucede siempre. El Oscar mejor que se venga, aquí lo necesito, ¿pa qué quiere escuela si ya sabe trabajar? Y luego a la mejor quién sabe qué mañas va a agarrar con ese gringuerío cabrón y dicen que basta mayates tienen ay. No, mejor que se venga pa la casa, aquí no le faltará qué comer, y pos yo lo necesito pa que me ayude en la labor, aquí lo necesito. Yo no quería que se juera pero tú te metiste y me agarraste desprevenido. Y cuando menos pensaba, ya estaba en el bos. Tú tienes la culpa de que se haya ido. Los hijos deben estar con los padres, y Oscar todavía ta chiquito, no tiene más que dieciséis años, ¿no?

—Ni quiero oírte repelar. Ta chiquito pa estar allá aprovechando de aprender a trabajar pero no está chiquito pa estar aquí contigo pa que lo cargues de aquí pa Ohio y de Ohio a Michigan y luego pa' trás como los húngaros. Tú no lo conoces, es un muchacho de mucho corazón, ya verás que sí aprende algo y cuando venga no faltará dónde le den chamba con los rofnecs de la Esso. Mi'jo quiere estar allá, no ves que cada quien tiene su estrella y la de él es que esté allá aprovechando de todo. A mí me dijo y a ti no, que quería estar allá pa abrirse el camino y quién sabe qué bien le haga el cielo. Él siempre sabe lo que hace, yo lo conozco. Él ya sabe lo que es la vida. Aquí no tiene destino, allá sí.

—No, pos ese Valentín quién sabe de dónde será. No lo vaya a meter en algún lío; a mí se me hace que ese Valentín ya está fichado con la chota y no va a cambiar. No sea que agarren el pisto y se metan en alguna chingadera, y Valentín ya es hombre y el Oscar todavía es chavalo.

VII

Hoy no hablo. Como Oscar Balboa, explorador del espacio,
Señor del Poder de Ver El Futuro y controlar el paso, no estando seguro del presente por las razones que todos conocen;
obvias a mis espejismos semejantes, es decir, sólo a los que
quiero y conozco personalmente, de vista, a los que con mis
dedos, habladores digitales, y a aquellos quienes no me conocen
porque cuyo espejo vida no ha llegado frente a mi hermosa imagen varonil . . . a esos, ni modo . . . están fuera de mi esfera y ya
están protegidos bajo la jurisdicción de Quien cuyo Nombre no
me atrevo a pronunciar pero que de todos modos existe. Bueno,
no pudiendo controlar el hoy, este ondulante presente tan difícil
de agarrar, este que nadie en la madura realidad puede controlar, a ese me refiero y mejor dejo en paz.

Yo observador panorámico con ciento ochenta grados de vista
de gavilán, tecolote, hormiga, araña, mosca y vibrante coyote
inconquistado, vista para adelante, hacia el frente; y religiosa-
mente dotado de ojos invisibles pa ver pa'trás, dicho en buen chicano hablar: silencioso placer de poder percatar, mirar y detectar,
sin sonido ni líneas ni rectas ni curvas, sino concéntricas esferoi-
dales en el espacio que mis faroles delanteros no pueden alcanzar
. . . todo eso y más, más, hoy: perdono, adopto mi pose de Alto
perdonador del desperdicio que hace, que hacen todos esos, principalmente hombres y mujeres. . . hoy, hablando a ustedes solida-
rios y paralelos compañeros, declaro que no hablo.

Si a veces decido no ir, hay tiempos, perdonando la palabra
utilitaria, tiempos en que a pesar de mi razón . . . hoy lejanos y
cercanos compañeros: ¡no hablo! Reservo, sin embargo, la dulce
sinrazón de dejar una ventanita a la que con amor me ha
desnudado en una cuya ocasión se entregó completamente a mi
ser y sólo a ella, porque es mujer que no hombre o joto, a ella
solamente le dejo secreto portillo para que en caso que quiera
entrar a llamarme lo haga. Si acaso no se entendiera lo susodicho,
simplemente significa que sólo mi vieja puede interrumpir el
espacio, ay vamos otra vez con la palabra utilitaria, el espacio,
pues, de mi apasionante separación.

Yo, herrero del universo, aunque todavía joven, dicen, pero
que por otra parte, en mi consideración: pudiente transformador
del ambiente total; experto manejador de herramienta por mí
inventada para esculpir, pintar o dar sonido al todo o parte, me
alejo para nutrirme un poco del silencio. Calle mi boca, se sus-
penda la lengua, labios que no conforman sonido regulado,
parador yo del viento que sale para que lo oigan apago todo y
me levanto para recogerme dentro, donde el laberinto en mi concepto es familiar y plástico. No me retiro, ni me cierro, únicamente opto por guardar silencio; ¡ay! ¡Qué agonía de tener que
utilizar palabras comunes para hacer significados que de otra
manera la gente no pudiera entender!

No es exactamente *guardar* silencio porque yo conozco una
cierta parte de mi dentro que siempre está conmigo y eso no está
en realidad *guardado*. Bueno, ni siquiera está, sino que es, sencillamente es. ¿Ahora ya me entiendes, eh? Tampoco entro en el
silencio porque no es casa, no es aposento, ni coco en el que se
pudiera entrar. Lo que pasa, es decir lo que sucede, lo que se
mueve, es que hoy me *hago* silencio.

Una vez, cuando era prisionero en un cierto lugar que llamaban colegio, algún fascista, como de costumbre son los pro-
fesores, insistió en que, por ejemplo, cuando cae un árbol por la
razón que importe, allá lejos en un bosque y que si no hay per-

sona viviente y moviente dentro de su radio de reverberaciones físicas y circulares que de veras no hubo ruido. ¿Me estás diciendo que si yo no hago presencia, flanqueado por mi par de tímpanos oyentes, ahí merito, parado como universal pendejo para oír la caída del árbol, entonces no hubo ruido? ¡Ah! Qué fortuna, ¿no?, de no ser físico para no tener que obedecer, acatar, ni aterrorizarse ante los preceptos del sacerdocio académico. ¿Tan sordas las ardillas que vivían de las bellotas de ese árbol que azotó? ¿No tembló la purísima madre tierra al apalear su fresca textura el árbol al depositarse? ¿No levantaron vuelo los grajos, fabricantes de ecos, al sorprenderse del inesperado viaje del pino que ya reinaba vertical, ora abanica el aire hacia abajo atrayéndolo la inexorable tierra para que quedara para siempre horizontal? ¿Acaso no cuentan los insectos porque no tienen pundonor como tú? ¿La polilla que reside dentro del pino no se electrificó de apasionadas vibraciones al impacto arboril? Pero, ¡Ah! dispensen, en un momento de antitolerancia creí que no existía ya gente pasional en esta parte del Reino de Nuestra Señora. La que se crea sola y es madre también de todo lo creado.

Mi suave ser me conforta. Mi dulce ser me arrulla con su canción en silencio, canción de vida y de muerte enlazada por la inexorable circunstancia. ¿Quién no se entrega ante su amor? Desconocida fuente de la vida para los que andan verticales. Segurísima guardiana de nuestros hermosos cuerpos muertos . . . el verdadero viaje antes, por y hacia el éxtasis. Veamos, tan chiquita y tan respondona. Corona encerrada. Nuez sin forma. Creación de creaciones. Inmensa orquesta. Tierna amante. Constante amiga. Limpia sacerdotisa del constante movimiento. Interminable partitura que siempre espera mi batuta. Cello y enjambre constante. Única reina del silencio. Despertadora de colores que fueron y que en ti son. Gracias por tu regalo. Me has traído instantáneamente a la mujer de cuerpo humano que allende el espacio me quiere. Te adoro en silencio, tu único alimento.

A la invocación temporalmente suspendida quede sólo el susurro de plumas que curvas hace, ejercicio temporal mientras desvío la corriente de un río de cariño a mis semejantes. Nadie espera, en eso está esta ofrenda sin esperanza que aquí se hace. Me has acompañado a través de los números: cada uno de ellos ha sido una flor, y a veces una canción diferente sabiendo que pretendo que tengo instrumentos musicales favoritos, pero que toda la orquesta es la cornucopia pauta siempre ante mí. Tú eres la música total: Shofar de David, sintetizador trascendente a medio camino de lo que mis hermanos no han aún inventado.

Cuatro vertical, cuatro horizontal, cuatro redondo que se mueve. Conocedora de la niña que con cizaña desde el fondo nos· observa, y espera. Conocedora de la inocencia en los ojos cuando a los cuarenta y ocho meses somos personificación de tu imagen; y aquí pienso en la belleza de los balbuceos que emitimos cuando estás depositada en un cuerpecito femenino humano casi del tamaño tuyo . . . somos niños muchas veces pero hay un tiempo en que somos todo poesía, música e inocente movimiento.

Nos regalas el pétalo en los ojos de los párvulos para que su inocencia nos proteja de la creciente violencia a como van aumentando los números de cada quien, como yo, ahora dieciséis, ya completo más no acabado, y tú sabes: sólo la muerte dulce y silenciosa como tú me perfeccionará. Niña segura que proyecta en cualquier pantalla la callada imagen de la niña transformadora.

Periferia redondeada que encierras mi ser de líquidos multicolores que constantes se mueven por subcapilares conductos. Agitación desordenada que obedece sólo la inexorable energía, la que en orden todo pone. Singulares fábricas que obran constantemente y se detienen sólo una vez. Refugio de sensatos, alimento erótico. Es más bonito así pues llega uno para adelante, como tú sabes; a donde no he estado, pero también puede uno, sin voltear, pues volver a donde estuve, eso me gusta hasta más de lo que queda entremedio.

El entremedio está lleno de gente y hay que vagar entre ellos para encontrar a quien uno quiere por el momento, con quien quiera uno estar y hacer asuntos del presente, pero de veras prefiero el "pasado" o el "porvenir" como comúnmente los llama la gente. He buscado, cuando entro como en este cuarto en que estás, cuando está en la oscuridad y sobre el piso se encuentran un sinnúmero de hilazas que salieron de tantas madejas de colores, incluyendo el color negro, cojo una o más, y con ellas puedo hacer algún tejido y este tejido siempre es casi perfecto. Es mejor dejarlo así porque la perfección no me pertenece, es de La Que Todo lo Ve y Cuida.

La gente de la calle les dice sueños de despierto a esto, pero también yo he oído que les dicen divagaciones, juego de la imaginación y hasta fantasías. Yo los veo sencillamente como son y ya, allá otros que les pongan como quieran. ¿Y sabes qué? Nadie más que yo sabe de esto, me daría vergüenza que alguien se diera cuenta. Mejor así porque de todas maneras es imposible que nadie sepa bien lo que tengo, no se puede duplicar la cosa porque ya no sería lo que es sólo para mí. Quizás lo mejor que pudiéramos esperar es construir equivalencias y nada más. Si no fuera así, pues entonces ya no fuera asombroso. ¿Tendrá cada quien su asombro?

Jamás he podido manejar bien las irregularidades del presente, gracias a que en esto todo tiene las posibilidades de redondearse para que no se hieran o enganchen feo las cosas y la gente o ambas juntas aunque no falta sacerdote que quiera enderezar las cosas cuando yo, al menos, sé que todo es curvo, bueno: así parece. De todas maneras me divierto con lo que veo, creo que es más interesante que oír las cosas de la gente, o hasta estar con ellos. Es mejor ver en silencio. Y pues, yo, como sabes, apenas he llegado a dieciséis, no podría saber más. Bueno, en los números de la gente del presente, un dieciséis no puede "saber" mucho; pues así será, pero este famoso diez más tres y tres tiene un cabeza excepcional, no sé por qué pero creo que así es. Uno es lo que es o uno trabaja con lo que "tiene". Ay voy otra vez, pero pues quisiera que supieras dónde me pudieras encontrar cuando me busques. Creo que me buscarías pues eres yo, ¿no? Pero recuerdo que aunque seas yo, no eres yo, serás tal como yo, o tanto como yo, pero hasta ahí llegamos, aunque yo opino que en un antes o después, ya sabes a qué me refiero: existiría la posibilidad de la identidad, pero por hoy tendremos una similaridad entre los dos. Bueno, también podría ser entre *las* dos, dependiendo de lo que hiciera ella, La Que Todo Lo Puede. Ya han discutido lo que la gente llama antiguos como en ciertos casos un tú y yo pueden ser lo mismo; he sabido que entre los antiguos mexicas esto se pensaba. Yo, pues no lo levanto aquí porque soy descendiente de aquellos, sino porque por hoy no tengo ni color ni forma de ninguna cultura a como se entiende el concepto, llega el momento en que uno no es nadie y así es mejor que pertenecer a un grupo así o asá. ¡Blasfemia! dirán los hermanos rigoristas, precisamente por eso y por más estoy tratando de explicar el *ahora*.

Estoy frenándome innaturalmente. Estoy a punto de determinar sobre mis semejantes como lo he hecho antes pero me controlo y lo pospongo, al menos porque estoy a punto de esperar una dulce alimentación de éxtasis. Mira nomás, de dónde se me salió eso. Me creéis que lo pensé en un eterno momento en que hice una imagen múltiple de la que me dijo que me entregaba su corazón, ya sabrás quién es. Lo sabrás sin que te lo diga. Mira, te daré más señales para que la busques y cuando lo hagas te iré diciendo frío o caliente, de acuerdo con tu proximidad a ella, pues es una ella.

—Eres las últimas gotas de agua clara en un surtidor.

—Es María del Carmen.

—Muy frío. Eres la que me dice cosas sin palabras que salen de la boca.

—Es la Grosshans.

—Tas helado. La abejita güera que triunfa en su vuelo y en cada flor.

—Doña Chona la que canta desafinada en la última banca de la iglesia.

—Lo opuesto de caliente. Eres la que cantaba canciones medievales francesas.

—Patricia, la chaparra de Upland.

—Ves la luz más no sientes el calor. Eres mi otro yo más con chichis y cosa diferente entre las piernas.

—¡Ajá! Es la que te conoce más que nadie.

—Tibio. Sólo la que se Creó Sola puede ser eso.

—Entonces me rindo pero creo que se quién es.

—Anda pues, para que sepas que uno o una puede ser unos o unas si quiere, pero bajo las circunstancias de que te he hablado.

—Toy asombrado.

—Lo dirás de burla, Mano, pero todo lo mejor de nuestras circunstancias aquí son un asombro aunque no todos las vean. Mira, una vez, cuando no era dieciséis, sino mucho menor, cantaba yo en un coro. No teníamos música, sino que nosotros mismos, los del grupo la hacíamos. Era tan armonioso aquello que hasta parecía que cantábamos dormidos, ahora se les llaman cantos gregorianos a aquel lindo éxtasis.

Hoy no hablo y aquí estoy tirado.

Estoy tirado y no hablo, mi ojo izquierdo está apretado contra el zacate verde. Un día no fui. Me quedé. Algún día no veré.

A ti te quiero. A pesar tuyo me has enseñado las cosas que ahora entiendo, cuando uno tiene que comprender lo que existe entre las palabras que oye. Hoy te digo, no vaya a ser que ya esté muerto y no pueda alcanzarte; o que tú, Diecinueve Valentín, estés muerto. Al menos ojalá tu cuerpo todavía esté caliente.

Hoy no hablo.

VIII

Si algún día me toca morir no quiero que me entierren; les voy a decir que me lleven al monte y depositen mi cuerpo sobre un mezquite chaparro. Los coyotes y los zopilotes no me comerán porque ellos saben bien con quién se meten.

Allí estaré algún tiempo, dejando que todo lo demás se mueva sin cesar hasta que mi cadáver agarre el mismo ritmo, y yo mismo, ahora cambiado, me vaya moviendo poco a poco basta que mi horizonte note un poco. Eso lo quiero ver porque será agradable, quisiera que se prolongara hasta no saber. Pero uno no siempre tiene lo que quiere, hay que conformarse en esto con lo que haya. Nadie me ha dicho eso. Nadie me lo ha enseñado, no viene del pasado y no sé si en el presente sucede: sólo sé que eso es lo que quiero: y como tú ya sabes, uno puede hacer muchas cosas . . . todos tenemos el material y las herramientas, pues *tiempo* siempre sobra. ¡Oh! Eso sí, hay que estar solo para que pase esto bien. De los coyotes y los animales voladores que dicen que se comen a los animales muertos no me preocupo, aquí no habrá alimento material para nadie; pues espero que los zopilotes no se atrevan a acercarse a un cuerpo bien conservado . . . en cuanto a los coyotes: ¿Cómo podrían comer their own kind? Ya con eso les digo todo. Será una gran ceremonia, con todos los colores de rigor: el verde cenizo del mezquite y sus picantes espinas, el cenizo mismo que nunca pierde la hoja, el que la gente cree que se ha secado por su color cuando de repente florece y se asustan de sorpresa; la cholla silenciosa de cuerpo pero que tiene las espinas más bravas del mundo, ésas que cantan bajito de noche cuando la brisa pasa por entre ellas; ésa será la música ceremonial, que no funeral porque voy a estar regresando a moverme, aunque de otra manera; la cholla, pues, cuyos brazos parecen sostener algo en el aire como si fueran un candelabro de mis parientes israelitas. Por eso también me gustara porque en mi silencio transformal esperaré que me canten como los oí cantar en la sinagoga de mi gente en la antigua capital de Panonia, tú sabes cuál es: la grande de ladrillo café oscuro con el cementerio en la parte de atrás. Luego estará la biznaga, cacto que parece barril, como dicen los gringos que viven en Aztlán pero no conocen sus habitantes. Ésa será una amiga especial, la que te quiere, por eso tiene espinas con curva hacia abajo, pa agarrarte y detenerte con amor si te le acercas. Habrá un par de silenciosos camaleones, de esos aplastaditos que tienen una coronita como de espinas entre los oídos; estarán esperando a las hormigas, y cuando éstas pasen, sólo esta vez en su vida las respetarán no comiéndoselas.

Las trabajadoras hormigas, en su incesante búsqueda andarán haciendo inventario de cada grano de arena del desierto. Bueno, no estoy seguro del todo que anden nomás contándolas, pues a veces he creído que las andan mirando con gusto a ver cuántos colores diferentes pueden acabalar. En esto ellas también sabrán que los camaleones no se las tragarán porque todos los procesos comunes de la vida en movimiento estarán suspensos. Todo mundo allí certificado sabrá bien que estamos en un momento de estupor del mundo.

Si la luna no se ha llenado, pues todos juntos la esperaremos a que salga colorada y redonda por el oriente, donde nace cada tantos días. Ella nos dirá al ir levantándose que nosotros también nos vayamos levantando poco a poco. Pero no digo levantándonos como si nomás estuviéramos ay tirados, digo levantándonos a la *sursum corda* como decían aquéllos en tiempos de cuando los gachupines no se bañaban, sólo se perfumaban.

El gavilancillo aztlanense volará su vuelo irregular en el cre-
púsculo, que es cuando más le gusta salir a pasearse y buscar su
alimento; en silencio volará, compitiendo en hermosura con los
excelentes navegantes murciélagos.

Llegará de puntillas el Señor de la Noche, el magno amigo
hermano coyote. Atalaya eterno que vigila la insolencia de los que
caminan verticales. Amoroso padre que jamás falta a su deber con
sus hijos, como un buen hombre que nunca deja de llevar vitua-
llas a su propia gente. Conocedor solidario de la angustia del vivir
constantemente perseguido, vigilando alrededor con una constan-
cia que supera a los que ahora padecen de enfermedades invisibles. Jadeante presencia que exhala la vida por el deber sagrado
de mostrarse para siempre como dechado de belleza ante todo,
todos, los que hablan con boca y así también a los que vegetan
silenciosos y saludan siempre con hojas, pencas y espinas. Persona canina que sabe medir la elegante trayectoria de la cereal luna
con la irregularidad de violoncellistas aullidos en la noche.

Y yo estaré ya a buen camino de impresionarme con cuerpo
de gasa, ora de nuevo, ora con más permanencia, ora invisible a
los que ven y piensan hacía el hilo de la rara razón. Solemne noche
en que yo mismo doy parto a un nuevo yo, bajo la belleza vigi-
lante de La Que Todo Lo Ve y Lo Ama. Compromiso temporal de
dejar a la distancia el minueto mozartiano, tocados por matemáti-
cos grillos prestados por el Gran Maestro poeta que los pastorea,
los de cuerdas esperaran pacientes en la opera de Viena basta que
un apropiado conductor, preferente campesino de Bohemia, les de
la señal de que he regresado más Volante. Ristra de Ojos Buenos,
el Gran Soñador de la Meca entre ellos; Altísimo Lamentador de
Judea se queje dulcemente una vez más; Volador con Plumas de
Pájaro Verde de Guatemala vuelva en su Primer Día del Mes de
las Cañas; Nahual hermana Yoreme del centro de la calle de Torim
en la incli- nada Sonora me amortaje, con los demás, para una
nueva vida de picardías en las tinieblas del pequeñito miedo de
niños, susto ancestral de totonacas que van camino al lado del

Tajín a subirse a su antiquísimo palo a volar boca abajo; susurro
de hojas en la leve brisa que inquieta a la novia en brama que espera al amante que camina en lo oscuro directo al fulgor de sus ojos;
preocupación de niño que no se apague la vela que ha estado vigilando danzante en su cabellera vertical, desde su lecho en la
choza; soñador perro doméstico que en su semimuerte patea el
aire, como patear la tierra a la carrera tras liebre; mexicano que
penetra el cauce seco del Río Grande del Norte hacia la Gran
Gringoria ahora vigilado por la presencia de mi bulto de gasa. Ya
soy duende. He llegado. He partido desde la vagina de las manos
limpias de La Que Todo lo Puede, sin agua, sin dolor, sin sonido.
Antes perdí la más transparente soledad cuando salí a la luz en
Cuatro Tochtli, día cuatro del mes del Conejo en que otrora he
nacido. Ahora cuidadosamente ungido de lo que antes era un lujo
. . . la soledad . . . en ella soy ahora no rey, ni reina, sino ambos
entre las cosas vivientes, las que están volando por la trascenden-
cia y, en particular, las que cuyas células han dejado de palpitar.

Duende únicamente para los que crean en mí. Me especiali-
zo en la mecánica de voltear la faz del miedo a éxtasis.

Mi reino corresponde al callado sueño cotidiano de la gente,
pues no falta loco que insista en permanecer despierto; es decir,
con los ojos pelados, de noche. Pero no importa, lo que incum-
be es mi cosa aquí, pues alterno con el nocturnamente derrota-
do, al que le daba en la torre noche tras noche el Precioso Zurdo,
comúnmente conocido con el nombre de Huitzilopochtli, mala-
mente llamado Precioso Chuparrosa. Los tenochas sostenían
que Huitzilopochtli rey y dios supremo cada noche luchaba con
Tezcatlipoca a quien derrotaba, y los fieles al amanecer le daban
de desayuno el corazon recién arrancado de un sacrificado.

Los irlandeses tienen sus enanitos, los mexicanos tienen sus
nahuales y todos nosotros los de la raza de ambos lados de la
imaginada frontera me tienen a mí: duende.

Los duendes son bultos que "andan", como dice la gente,
pero en realidad no "andamos", más bien dicho nos suspende-
mos de la noche. Y preguntarás qué quiere decir eso: pues sencillamente que no caminamos como tú, si es que eres de esos
que caminan verticalmente, porque hay excepciones, you know.
Ni nos; es decir, ni me arrastro, ni vuelo, sino que estoy en la
noche. Repito: estoy, que no *soy* la noche. Este don de estar en
la noche me permite estar en un lugar siempre cuidadosamente
escogido por mí y nadie más.

Pues que Yo Duende soy parte de ti, que significa que no
existo sin que tú existas; o sea, que soy una especie de ventana
de esa casa que tienes entre oreja y oreja, y a veces cuando la
dejas abierta cualquiera que sea la razón es cuando yo aparezco.
Pues que cuando eso sucede, hermosas cosas pasan . . . sin necesidad de estimulantes. ¿Ahora sí me entiendes?

Eran tres los totonacas que salieron de sus chozas. Según ellos,
iban a cazar ranas, de esas grandes que se crían en los canales.
Solo que cuando bajaban de la lomita donde vivían iban por una
vereda bordeada de maleza verde chaparra. El que iba al frente,
como de costumbre, iba tieso de miedo porque en aquel entonces todavía no se inventaba la luz eléctrica ni lo que los genia-
les inventaron después para alumbrar la noche.

Murmuraban en totonaca, así como lo hacen los indígenas en
cualquier parte del mundo, nomás que el que iba al frente no
ponía atención a los que le seguían; éste iba atento a la vereda y a
lo que sea que asalta de noche cuando uno menos lo piensa; y
quién sabe que será eso, pues la gente piensa que la noche está
repleta de cosas que hacen "tas en la noche", que está pletórica de
peligros desconocidos, llena de chingaderas que te pican los ojos,
te tientan la espalda, te jalan las greñas, te echan una gran telara-
ña encima, un balde de agua fría . . . o caliente; o que debajo de
la tierra saldrá una mano peluda y te agarra de los güevos, como

si los tanates fueran tan bonitos. Esto es lo que imagina la gente y esta noche este indio va pensando en casi todas esas casas. ¡Qué curioso! Yo pienso que todas esas calumnias las impone la gente que de día sueña dragones y luego le echa la culpa a la noche, o a mí, que no tengo nada que ver de día con la gente . . . pues por una sencilla razón: yo no estoy de día, sólo soy duende en la noche. Pues ese señor caminaba aprensivo. Una culebra andaba en el sagrado rito de la vida de buscar algo de comer, como todos lo hacen. Dio la casualidad que se deslizó un poco más rápido que de costumbre para alejarse del peligro de los que sin razón la matan, esto lo escuchó el primer totonaca y por supuesto creyó que algún Gerión andaba suelto . . . y se asustó. Se detiene en seco, escucha el suave sonido de la serpiente y asume que se le va a enroscar en las piernas, o qué se yo. Les habla en güirigüiri a los otros dos cuates y les transmite una buena porción de miedo. Al instante los tres se convierten en un fardo de susto, confabulan brevemente y deciden girar sobre sus huarachudas patas y regresar a la aldea más rápido y descuidadamente que como venían.

Habiendo llegado a la aldea segura, inmediatamente dan parte al anciano que preside en cuestiones fundamentales diciendo cada quien a su turno:

—Tata, nos devolvimos porque nos salió un nahual que nos quería comer.

—Tata, nos devolvimos porque nos acechaba el coco para llevarnos a su cueva.

—Tata, el duende se nos apareció y no quisimos seguir.

El venerable anciano, conociendo las pendejadas de la juventud no dijo nada. Pero yo, duende extraordinario los escuché bien enchilado de coraje por las mentiras que decían los cabrones.

El que asedia, armado de sorpresa en la oscuridad de la noche a quien ya temblando en su ser ambula por la intemperie o espera solitario en su propia cámara. El que confabula con las aves nocturnas en susurros imperceptibles. El que por aguas blandas e infinitas nada entre los agitados insectos de la noche. El que detrás de su gasa observa los ojos faroles del tecolote mexicano antiguo. El que está en el centro de niños traviesos, que a deshoras de la noche ocupa el núcleo del cuento de espantos. Ése no es el verdadero duende, aunque sí también es lo que la gente piense, pero eso es de otro modo.

El duende es el sereno que vigila la espera de la novia enamorada que quisiera que la noche fuera de abrazos y no de soledad. Duende es el pequeño soplo que apenas mueve los cabellos largos de la inspiración. Duende es el velador de mil linternas opacas que siempre acude al angustiado que llama. Y ese soy yo, temporalmente, pues tengo mucho más que hacer y ser.

Así es como la Lola de Pasadena esperaba que llegara su novio. En las pequeñas colinas al pie de las montañas de San Gabriel, no muy lejos del llamado Los Ángeles, su casa está prendida de la tierra suave en la inclinación topográfica hacia el occidente. Su casita está construida de madera, con un portalito pequeño, casi demasiado pequeño para su mecedora donde sentada espera, mirando hacia el sur, buscando entre las luces de los pueblecillos de abajo el par de luces del carro de su hombre: no viene.

Se llama Pedro el Sapo.

No llegará a las colinas donde la Lola vive, se terminó su sueño y deseo detrás de la cantina "Dos amantes", donde el acero de daga penetró su costado izquierdo —eterna canción ranchera de la raza.

Brown Beret en un tiempo fue. En la década de los sesenta cuando nuestro militante uniforme causaba no pequeña angustia en el gringo. Sólo su presencia, en compañía de dos o tres uniformados de khaki, fachada muy mestiza, y un sequito de seis de la pandilla Los Boleros de Colton. Llegando al plantel del San Bernardino Valley College, la chavalada los miraba con admiración; camino a la rectoría, El Jensen, jefe de la fábrica de diplomas, los esperaba desde hacía ya varios días, rodeado de gabachos descomunales, un cherife y un par de mexicanos vendidos sudaban la gota gorda.

El Sapo, acompañado de los feroces hermanos Ruiz, vecinos de Banning y terrores en su propia tierra; El Lupe Garza, presidente de Los Boleros, caminaba enfundado en su chaleco Levi sin mangas, calavera y título en la espalda gozando del momento de tensión. Un par de chavalas, firmes rucas de Cucamonga siempre al lado de sus viejos, por nada de ellos se separaban.

"Now, boys, let's take it easy and reason out together", dijo El Jensen, y fue todo lo que alcanzó a decir porque la raza respondió inmediatamente . . . y en español.

"¡Sabes qué, pendejo! Ya chale con tu pedo de rules and regulations. Y pa que sepas que no nos asustas, ese chota también chingue a su madre".

Principio y fin de alto parlamento. Por una parte callaron güeros; por otra hablaron prietos y una vez más la raza hizo inevitable pleito con los gringos en el sudoeste de los Estados Unidos de Norteamérica.

Encerrados en el *lounge* del colegio, unos veinticinco chavalos y chavalas chicanas hacían protesta en contra de la administración del SBVC. Varios días tenían encerrados, más alegres que enojados; la raza les traía comida, algo para leer, cerveza y buena rifa.

El Jensen jamás se hubiera imaginado que los dóciles mexicanos levantarían la voz. Los mexicanos eran pacíficos, "nice boys", según él. Pero pues, ¿qué gringo conoce de veras a la raza?

La escuela estaba rodeada de chotas en sus armored cars, esperando no sé qué, pues la raza no traía armas de fuego, ni de filo. Las armas eran las razones de la gente despreciada y ofendida.

Yo estaba dentro del Sapo esa noche y en otras ocasiones cuando había pedo. Yo fui sus ojos, su voz, el fulgor de su enojo y el pulsar de sus güevos cuando pensaba en matar gringos. Compañero inseparable del Brown Beret, Pedro el Sapo. Efímero héroe del movimiento chicano, bochorno de los vendidos que tenían la fortuna hecha creyendo que eran White Men. Te conocí en Texas en una marcha de protesta cuando lo de César Chávez. Y los Boleros refunfuñaban aliento cervecero por entre las cabezas y berets de los que estaban delante de ellos. "Negotiations", decía el reportero amarillo de la local press. Pero no eran negociaciones, era nomás una confrontación con violencia sublimada. A veces no era necesaria la violencia, únicamente con nuestra prieta presencia bastaba para asustar al gabacho . . . y que aflojara concesiones.

El viernes la raza hizo bailecito y fiesta con pisto. Ahí estaban los Junior Counts, dos o tres de los Tokens que todavía no llegaban a chingones, el Pito Carbajal de Ontario, varias chavalas de Fontana todas metidas en el Movimiento, luego los principales de los Boleros, rinocerontes chicanos que controlaban la parte sur de Colton, al otro lado del freeway; el prieto Valizán, muy católico y cantador de himnos a la Lupe . . . y el Sapo, ahora sin brown beret pero con frajo entre índice y pulgar . . . platicando con una rueda de batos y chavalas . . . todos guerrilleros del momento.

Esa noche no se le paró al Jensen de pura nerviosidad cuando quiso agarrar nalga de su güera vieja. El cabrón no dejaba de pensar en la imagen de brown berets, español que no entendía, y por otra la picada de culo que le daban los City Fathers, todos los gringos, con uno que otro Mexican-American Middle-Class. Pero esto no importa.

Todo mundo en la fiesta hablaba de la próxima agarrada del lunes. Esta vez serían más, con los Berets de Barstow, pueblo controlado por Marines fascistas y sus Good Old Boys americanos. Vendrán estudiantes de UCR, la hermana menor of the University of California System. Estamos en 1968, el actor Ronald Reagan es gobernador de Califas y nosotros somos gobernadores de nuestros güevos. Y yo soy el duende que guarda morada en el coco de cada uno de estos chamacos.

Mañana le hablamos al Ernie Flores y al Tejón Maldonado pa que nos apoyen. Y el lunes, muy tempranito nos venimos en nuestras carruchas sin mofles, pa'bajo de la calle Mount Vernon pa que crean que somos muchos.

Esperamos lo peor de la administración: El Jensen con cien cherifes y chotas, nosotros con pósters de Pancho Villa y el Príncipe Zapata, con el Che Guevara de por medio, a ver de cuál cuero salen más correas.

Esa noche todo mundo cogió y toqueó rifa.

Y alguien murió. . . .

IX

19: El Oscar todavía ta plebe, no tiene más que 16 años y mírenlo que hombre es ya. No sé deja de nadie, es un bato que tiene la terquedad de un burro, aguanta mucho, aguanta hasta más no poder. Yo, aunque mayor que él nunca he podido entenderlo bien, se me escapa: se me escapa el muchacho porque es listo, muy listo . . . siempre haciendo algo, siempre hurgando como cholugo. No hay piedra que no vea y voltee para ver qué tiene por debajo . . . y cuando lo hace y descubre animalitos qué han estado escondidos se pone a verlos con cuidado . . . Tirado de panza y con la nariz tan cerca de los insectos que parece que los va a apachurrar se queda horas. ¿Qué verá? Yo no le encuentro chiste a eso. Luego hay veces que andamos por ay, paseándonos y se va quedando un poco detrás de mí, lo he visto como hablando solo, no sé qué masticara porque parece que viene hablando con alguien. No sé por qué pero se me figura como que habla con una mujer, es sólo mi imaginación.

Se ríe de sí mismo como si fuera dos personas, o más bien, como si fuera muchas personas. En esto se parece al Solís, el loco del pueblo que insistía en trabajar en los empaques aunque bien sabíamos todos que no se le podía tener confianza con la verdura que con tanto cuidado empacábamos. Güero de nacimiento, con ojos azules y bastante alto, el Solís se ponía aún más colorado de la cara cuando se le soltaba la cuerda y aquí te digo porque sigo pensando en el Balboa, mala comparación, pero ¿me entiendes lo que quiero decir, no? Es que el Oscar a

veces no se aguanta de travieso y desordenado y no se le puede
ni hablar . . . como al Solís cuando le daba la luna si le hablabas
se te quedaba viendo como si estuviera meditando qué le habías dicho, o como si te quisiera decir con los ojos y el resto de la
cara "Tas pendejo, ¿pa que preguntas eso?" Pues a veces también como que se le encendía toda la cara y parecía que estaba
enchilado pero de puro coraje. ¿Cuántas veces lo vi cargando
una caja de tomates sobre el hombro derecho cuando traía toda
la luna, la gente suspendía sus quehaceres nomás pa que hubiera silencio alrededor del Solís a ver ¡que se le oía decir! Y el
Solís caminaba con pasos largos, fuertes y bien firmes que quien
no lo conociera diría que estaba bueno y sano, pero pues sabíamos bien que andaba con toda la onda, así como el 16 cuando le
tocan campanas en la cabeza, bueno . . . lo digo porque cuando
esta así no se le puede hablar, creo, o no se le debe hablar porque como que está muy enamorado o extasiado con algo que lo
rodea tupido . . . aunque contrario al vacío que rodea al Solís
pero más o menos eso es lo que le pasa. Pero nomás que el Solís
no se queda callado como el 16, sino que habla, como ya dije:
se pone a platicar con lo que lleva cargado en el hombro.

Pues una vez, ¿no lo vimos que iba rechinando los dientes
como si estuviera bien tapado o estreñido como algunos dicen?
y bien que se le oían los dientes pero no aflojaba el paso, parecía estatua caminante, alegando con la caja de tomates: "¿Y que,
no te dije ya que hermosura? ¿Qué más quieres?" Y luego rechi-
naba los dientes. Pero ya sabes que el Oscar no es así, pues a
veces sí como que sí pero es otro tipo de locura, es una onda
calladita y con sonrisitas . . . es que el Balboa no tiene más que
16 años y por eso a veces se llama 16.

Pues no me dijo un día el cabrón que un día quisiera ser
mujer, bueno: como mujer, y yo me encabroné tanto que no le
quería hablar porque se me figuraba que quería hacerse joto y
eso me dio no sé qué, como que de repente, cuando me dijo
como que me quería meter un mal aire por el trasero y me dio

vergüenza, tonces le dije al hijolachingada que a mí no me
metiera en eso, que si se quería hacer maricón pues que lo hiciera, y no quise saber más y así lo dejamos. El cabrón nomás me
veía sin sonrisa ni nada, nomás me veía callado como diciéndome que ni sí ni no, y por eso lo quiero al cabrón, porque ni
importa lo que haga o diga siempre es un chavalo rete cuate que
no quiere hacerte daño y, por eso lo quiero al cabrón. Bueno
pues, pues no se me figurara que a veces es como vieja y también lo quiero por eso; pero no por nada sino porque es muy
suave y dulce y suave y hasta bonito, bueno bonito como a veces
se le figura a uno que puede ser un cuate cuando parece bonito
. . . bueno, pero no como mujer sino como a una cosa suave que
uno quiere que no le pase nada y que se quede ay nomás bonita
en el aire sin que se mueva y así se quede.

Y yo pues pa qué me meto en esto, siendo mayor que él lo
debería de controlar y así a veces pienso hacerlo y cuando en
eso pienso al instante se me hace agua lo que pienso y no me
sirve para nada porque parece que no tiene forma y no va a
poder ser así.

El Solís tenía su modo de ser y uno siempre sabía hasta donde
podía llegar cuando andaba con la luna, aunque chiflara con los
ojos y detuviera una locomotora con el rechinido de los dientes y
de ay no pasaba la cosa; es decir, tenía sus límites y hasta ay. Pero
con el 16 eso es otra cosa, parece que cuando le entra lo moto es
al revés, en vez de estar acorralado es al contrario que se deja ir y
no hay fuerza en el mundo que lo detenga. Se arranca como si
fuera gavilán volando alto y sin gobierno allá arriba por encima de
todos. Y vale más que me calle la boca porque se me figura que
cuando se le sube el olor de cilantro como que parece que me oye
hablar aunque el bato no esté aquí cerca. Quién sabe qué le pasa y
hasta miedo me entra, pero es un miedo que no corta sino que
llega y te envuelve suave y quedito, con voz de niño chiquito te
dice: "Tes chingando Vale". Y no es la primera vez que siento que
me está guachando y sí me está guachando en el mismo momen-

to que lo pienso ya le estoy diciendo que no se fije, que nomás toy pensando cosas y eso no quiere decir que ya no me cae, aunque me da vergüenza decirle que lo quiero y no le voy a desear ningún daño. Y en ese mismo instante, aunque se quede la nube ya me está diciendo él que su silencio es el ta bien de todo esto. Y por eso la pasamos bien, porque aunque reñimos, no peleamos, y en silencio nos hablamos de otra manera y como que nos perdonamos... y vale más que me calle porque ya estoy hablando y pensando como él. Yo lo sé muy bien porque cuando esto sucede y más pasa el tiempo lo que digo se va haciendo más curvas y redondo y eso es precisamente lo que él es, curva y ruedas. Hasta ganas me dan de decirle orita mismo, "Quiúbo pues, jotón, si me estás guachando tonces pa qué te fijas...." Y es cuando dejo las cosas ay mero y vale más que al instante me calle. ¿Verdad, cuate?

Ha de estar enojado porque lo puse en el mismo lugar con el Solís. Este 16 no me engaña, ta hechizado... por lo bajo... y con esas cosas que tiene.

Pues, otra vez, si se quiere hacer vieja pues que lo haga, pero nomás que no me salga que se le ve el refajo por debajo de la falda o al chichero se le notan las líneas rectas de la costura, o que lleva los calzones tan apretados que parece que le van a cortar las cachas y que los va mordiendo, porque entonces sí, eso sí que no lo voy a poder ver. Pero a lo mejor todo esto es pura pendejada mía. Pero, ¿intriguing, no?

Como si no tuviera qué hacer aquí estoy pendejeando, a la mejor me estoy haciendo como él y pa luego vuelo sin pegarle a la mota.

—Ayer los vi por la 281 —musita el Balboa viejo—, salieron temprano del Linburgo y no sé qué sentí, me dio como vergüencita ver a tanta raza junta. No sé pa qué andan haciendo eso. No sé pa qué lo hacen, a mí me da no sé qué; como que me da miedito que los mexicanos anden haciendo eso, qué dirán los gringos. Los gringos dirán que no sé qué, qué dirán los gringos;

van a decir que somos no sé qué . . . desordenados y que nomás somos buenos pa hacer borlote; a mí me da no sé qué que la raza ande por los caminos diciendo no sé qué, ¿pa qué dicen huelga? A poco no estamos bien así, cada quien qué busque su trabajo y no se anden metiendo en nada, no se vayan a enojar los gringos y si se enojan quién sabe qué va a pasar. Andan poniendo a la gente en vergüenza; uno está aquí a gusto, trabajando en la labor, buscándose la vida. ¿Pa que andan haciendo nada? Yo aquí me quedo, ojalá anduviera trabajando en milpa pa que nadie me viera, así no me vería nadie detrás de lo verde del maíz, luego no me verían cuando van pasando con sus gritos y banderas. ¿Pa qué traen banderas? Aquí no estamos en México pa andar con banderas, y las que traen no son ni banderas mexicanas, quién sabe qué banderas serán. La bandera mexicana tiene verde y esas banderas no tienen verde, nomás tienen blanco, negro y colorado. Mejor me agacho pa acercarme a la tierra. No vaya a ser que se devuelvan y pasen más cerca, no sea que se devuelvan y ora sí que pasen por cerca de aquí y me vean, y si me ven no sé qué pasará. ¿Qué me van a hacer? Quisiera que las sandías fueran más grandes pa esconderme detrás de una pa cuando pasen. Ya será hora de salir y me voy pa la casa y allá sí estaré a gusto, no vaya a ser que mientras ande por aquí vuelvan a pasar.

—Apúrate, Oscar, ya casi terminamos. No vaya a ser que la troca nos alcance y no hemos cortado bastante sandía pa que se la lleven. ¡Oscar! ¿Te quieres tú también esconder en las sandías?

—¿Mande?

—No, nada, nomás decía que hay que entrarle duro a la sandía.

—Sí, apá, eso es lo que toy haciendo.

—Bueno, ¿y por qué no te apuras?

—Apá, las voy cortando mucho, no puedo ir más recio porque me dan calambres en las corvas.

—¡No te digo que te apures! ¿No ves que hay gente que nos está viendo?

—Apá, ¿qué gente?

—Pos la gente que va pasando.

—¿Cuál gente? Ya pasó hace rato.

—No me digas que no los vistes, ¿no los vistes cuando pasaban?

—Sí, apá, pero ya no pasan, ya se fueron y ya van lejos. Allá apenas se divisan las banderas.

—¿Qué banderas?

—Las banderas de los que pasaban.

—¡Ah, sí! Los que pasaban, ¿pa dónde se fueron?

—Pos pa allá, pal lado de Linn.

—¡Ah! Ya se fueron, ¿no?

—Sí, ya se fueron.

Ya se fueron pal lado de Linn. ¿A poco van hasta San Antonio? Y luego, ¿Y si se devuelven? Bueno, y ¿pa qué pasan por aquí? Le voy a decir al Oscar que no los vuelva a ver. ¿Pa qué se mete con ellos? Él no tiene nada que ver con ellos, él ta chiquito todavía, apenas es un niño, pa qué se va con ellos. A lo mejor le gustan las banderas. A mí no se me quitan de la cabeza, se veían quién sabe cómo; como que decían adiós, adiós, cuando pasaban. A ver si mi'jo no se me va, aquí lo necesito en el trabajo.

—Oscar, ¿on tas?

—Aquí, apá, ¿mande?

—¿Pa dónde tabas?

—Pos aquí apá, en la sandía. ¿Dónde iba a estar?

—Ah, sí, no te veía. Creía que te habías ido. Aquí nos vamos a quedar, ¿no?

—Pos sí, todavía nos quedan muchas que cortar.

—Bueno, pues. Pero quédate, no te vayas a ir.

—No, apá.

El muchacho me va ganando. Trabaja bien. Siempre callado, quién sabe qué andará diciendo porque no me dice nada, quién sabe qué andará diciendo porque siempre anda muy callado. El Oscarito me salió buen muchacho pero no habla, parece qué no tiene boca. Entonces pa qué le sirve la boca. ¿Pa qué le sirve si no dice nada? Yo tampoco digo nada a veces. Bueno, pero sí platico sólo pero no le digo a nadie, no vaya a ser que me digan que toy loco; dicen que los locos hablan solos. Mejor no pensar nada en eso, no vaya a ser que me vean. Y luego ando pensando solo y no digo nada. Al Oscar le gustaron las banderas.

Se me están pintando las manos de verde ya. Eso quiere decir que ya tengo tiempo aquí, ya es hora de que eche un descansito. Huelen bien las manos cuando se pintan con color de la mata de sandía. Qué curioso que las sandías también son de tres colores, como la bandera de México.

Llegan momentos cuando se juntan en la cabeza cosas inesperadas. De repente lo que antes estaba en paz se cambia sin que uno quiera. Varias cosas que antes no se veían vienen y te poseen, y eso, no sé, a la mejor es por bien y no por mal. Hay que tener cuidado, estar previsto para lo que venga y lo que sea. Hoy pasan cosas que no conocía, no sé si todavía las entiendo: la gente esa que pasa sin fijarse en mí pero que de todas maneras me deja incómodo y no sé por qué; mi muchacho callado, yo inquieto balbuceando palabras incomprensibles para mí. La presencia de obligación como padre, y la terquedad de otra cosa que no entiendo pero que como que me dice que debo hacer algo, o decir algo, o pensar en algo cuando aquí no hay nadie más que mi hijo y yo . . . y él tan tranquilo, como si nada estuviera pasando; yo con deseos de hablarle de esto pero algo me detiene y no puedo; luego él como que piensa que ya lo sabe todo. Queda otra cosa pendiente: ¿por qué en mi vida me entran estas cosas cuando estoy solo?

La espalda encorvada de mi hijo, mi lindo hijo me da la respuesta: hay veces que uno no puede hacer nada cuando se perturba solo. Hay que callar y esperar, luego caerán las cosas en su lugar y todo estará de nuevo nivelado.

En ese año salieron muchos mexicanos pal norte. No faltaban. ¿A qué se quedaban en Texas sin trabajo? Pues la raza es la que siempre la dejan por fuera cuando llega la hora de repartir chamba. Los gringos se quedan con los trabajos buenos, los trabajos permanentes, los que pagan mejor . . . y a la raza ni quien le ayude . . . ¡cómo no serán los gringos! . . . ni siquiera te hablan, nomás cuando necesitan a gente pal trabajo pesado es cuando te hablan, antes no, nomás te llaman pal trabajo duro. ¿No que son tan chingones? Pues este año salió la gente otra vez en las trocas pal norte, parecen húngaros yendo de un lugar pa otro nomás buscando trabajo. Eso sí, les toca el aire fresco al natural siempre, con mucho sol, bajo los árboles, pero eso sí: les toca tomar lagua de las norias y los diches como los animales.

Yo no voy, me quedo aquí y ay me las arreglaré como pueda . . . luego que mi'jo ya va a cumplir dieciséis y a ver qué hace, aunque lo necesito que trabaje conmigo pa ayudarme con el gasto. A ver si jalando parejo conmigo me acomodo un poco más pa pagar los biles. Las cuentas ahora tan pesadas. Yo no voy, hay que vayan otros.

De Mercedes, el Guilebaldo Rodríguez ya arregló su Chevy '37 y le pintó su nombre en las puertas pa que se vea que la troca es del. ¡Ja! ¡Qué chulada de cucaracha vieja! ¡Y dice que con ella llegan hasta Willard, Ohio pa trabajar en el apio! Eso sí: se lleva a todos los hijos, todos los siete, como gitanos, encaramados con los otros que le pagan porque los lleve; a él sí le va bien porque tiene muchos que le ayuden, yo nomás tengo uno, al Oscar que ya trabaja bien. Pero el Guile es muy viejero y necesita la lana de todos sus hijos pa sostener el vicio de las viejas. Pues no acababa de enviudar cuando agarró una mojadita recién llegada, dicen que todavía con las canillas ensoquetadas de pasar el río, la hizo su mujer y ya tiene un hijo con ella. . . . ¡Ah, pero como ella todavía es chamacona! Pues como dicen: pa gato viejo, ratón tierno. El Guile ni presume, pues hace las cosas calladito, no le dice a nadie y de repente sale con una chingadera nueva . . . por eso anda estrenando vieja. . . . Y una troca nueva había de estrenar pa que así si pueda llegar a Ohio, y hasta Michigan, ¡en la cherri! Pos ni modo, a cada quien a como le toque. A mí me tocara algún día . . . pero no sé cómo le voy a hacer . . . a la mejor se me pela mi'jo Oscar . . . no, eso no . . . porque es un buen muchacho y no hace las cosas mal . . . aunque jovencito es honrado y pues ahora ya anda con los dieciséis y ya va pa hombre.

Luego después me voy pa Laredo a la cebolla y me llevo a mi'jo . . . y de día me voy pal Presidio al melón y cuando se acabe agarro pa Mesilla en Nuevo México, al menos allá no hay tejanos que lo estén jodiendo a uno.

El Alafa dice que este es el último año que sale pal norte. Dice que las hijas ya están señoritas y no quiere que les vaya a pasar nada aquí . . . dice que la raza es muy cabrona y quiere que se logren . . . . ¡Ja! Como si en Ohio no hubiera de quién enamorarse. ¡Oye! pues el amor es como la milpa, alto y bien dado, y en el verano, en tiempo de calor hasta se le oye rechinar como que está creciendo, haciendo ruidito. La Fela ya ta grandota y llena de curvas, pero el viejo cabrón, fachada de árabe, la cuida como si fuera a guardarla pa semina. A esa le quisiera llegar un día y llevármela basta donde sembró el señor; pero la chamaca es muy calladita y no dice nada . . . dicen que las calladitas son muy sabrosas porque nomás pujan de gusto. Bueno, pos ni modo, ¿uno sueña no? La otra, no, todavía no tiene edad, aunque ya ta chichona, se le nota que todavía se mea en la cama; luego que es muy respondona, no se deja de nadie; pero algún día le llegara su machete pelado y ya veremos qué tonadita canta, ya aprenderá a gritar bien. Ese viejo Alafa podría llenar el Edcouch de nietos con tanto cuero que tiene en su casa; el barrio Rincón del Diablo nomás tiembla todas las noches cuando la raza joven pasa por su casa en sus carros a darle la vuelta a las hijas buenotas que tiene el cabrón. Pues aunque la María de los Ángeles ta todavía chiquita ya le llegará su turno. Dice el Alafa que se va a quedar en Ohio, que un gringo ofreció un gallinero viejo, que dizque lo arregle y ay puede vivir muy a gusto. Yo no me hallaría en Ohio, hace mucho frío, mejor me quedo aquí y luego que mi'jo Oscar ya trabaja bien y me puede ayudar. No le voy a decir nada a la vieja basta que sea tarde pa salir . . . a ver qué dice . . . ni mi'jo sabrá . . . nos vamos a quedar aquí a ver si con suerte . . .

Ya para cuando las hojas de los árboles han cambiado de color en varios matices de rojo, amarillo y anaranjado en los pueblitos a donde viene a trabajar la raza en el norte de Ohio, la gente empieza a oler el aire y se prepara pa regresar a Texas. No les gusta quedarse más cuando se viene el frío, y pal quince de septiembre, ni se quedan a ver la feria del condado; agarran camino pal sur . . . pa sus casas en el Valle del Río Grande. Uno por uno van alistando todo, a la troca le afinan el motor, ajustan la lona pa ir bien tapados, se despiden de los vecinos y a cualquier hora del día se ponen en camino.

Cuando el Alafa era más joven hacía el camino desde orillas de los Grandes Lagos basta el Edcouch en tres días y noches corridos. Pero en aquel entonces la chota de caminos no les permitía manejar arriba de 45 millas por hora. Luego que los caminos eran angostos casi todos, y cuando ya cruzabas el Ohio River en Cincinnati ay mismo se acababan los caminos anchos. Porque por Kentucky era pura curva y pueblitos rascuachis que nomás te quitaban el tiempo pa pasarlos . . . y más en el Arkansas, ¡unos caminitos de bloques de concreto que no servían más que pa tenerte despierto con su trique-trac de los joints donde se juntan los cuadros! Y que eran tan angostos que si te descuidabas y las ruedas del lado derecho se caiban había una caída como de seis pulgadas, la caída te robaba la rueda de manejar y podías caerte al diche. Luego era una chinga tener que pasar por

Little Rock, ¡y más de día! Siempre te pierdes por Houston y nunca supe sacarle la vuelta.

Ahora no, ora tenemos freeways y no tienes que hacer alto más que pa estirar las piernas y miar.

El Alafa no era güevon, cuando ya se hizo viejo se quedaba en la casa o en el labor camp y mandaba a todos los hijos a trabajar; ni las nueras, que son dos, ni el yerno se escapaban . . . a todos los controlaba y él nomás se quedaba como esperándolos a que volvieran por la tarde. Su vieja no le decía nada, será porque ella tampoco hacia los quehaceres de la casa pos nomás se la pasaba alcahueteando con las pocas que se quedaban en sus jacales. Al Alafa le gustaba platicar donde fuera: si estaba en las piscas de tomate en Ohio se acordaba de Texas; y si estaba en Texas era porque allá les contaba de Ohio y era cuento de nunca acabar, pero al Alafa no le faltaba de qué platicar.

En el Edcouch vivía en la esquina del pueblo que la gente le puso Rincón del Diablo, ellos sabrán por qué lo llamaban así porque yo también soy de ay y a mí nunca me salió ningún diablo. Pocas calles hay con pavimento en el Edcouch y en el Rincón del Diablo menos; y ni modo, el gringuerío vivía por las calles pavimentadas porque en ese pueblo es casi pura raza, los pocos gringos vivían pal lado de Elsa a orillas de la carretera estatal cuando no vivían en sus propios ranchos.

En el Rincón del Diablo había por las calles lagunas de agua verdosa que eran más viejas que muchos de los que vivían por ay. Lagua nomás se movía despacio cuando pasaban las trocas, como que se veían color champurrado nomás meciéndose y luego como que sin ganas se calmaban sin hacer mucha ola, ni los zancudos se criaban en esa agua. Pero pos ni modo, ay vivía la gente y ay tenían sus casitas.

La casa del Alafa la hizo su apá cuando apenas había cuatro calles en El Edcouch: dos pallá y dos atravesadas, y al Alafa le tocó la casita porque era el que tenía más familia. Ahora ya se le han casado varios y todavía tiene chicos, yo ni sé cuántos son porque con los nietos ya están revueltos. Se me figura que el único modo de saber quién es quién es de fijarse quién tiene catarro, quién anda mechudo y a qué chavala ya le están saliendo las chichitas como alcachofitas tiernas. Pero no me lo tomes a mal, es cierto lo que digo. Yo creo que al Alafa le gustaba tener muchos hijos pa darse importancia, porque me tocó verlo los domingos por la tarde, sentado detrás de la casa cuando toda su raza se juntaba y a él le gustaba sentarse como señorón nomás triunfando.

Luego, pues no faltaba quién llegara a saludar y luego luego se le veía el brillo bonito en los ojos del viejón, se le notaba que le encantaba que lo vinieran a visitar aunque fuera de pasadita. Y ay se quedaban los dos patriarcas como desenredando los grandes problemas del mundo: que si quién se casó . . . y con quién . . . y qué y era hora porque a la muchacha ya se le notaba y el bato qué la hizo panzona que se le acercaron los hermanos della que si no se casaba con ella que le iban a cortar los güevos; y que el hijo de no sé quién que se fue este año pa Wichita Falls y volvió aleluya y ya no le hace a la cerveza ni chupa cigarros y que nomás Cristo pa'ca y Cristo pa'lla; y nunca se peleaba el Alafa con nadie así es que las pláticas eran puro "pos sí", y "ey" y "sí, pues" pa todo pero no les faltaba la cervecita.

—Quiúbole.

—Quiu puej —respondió rápido el Alafa.

—¿Cómo tas?

—Bien . . . ¿tú?

—Pos ay nomás, pasándola.

—Pos aquí me ves.

—Pos sí, tú no te haces viejo, Alafa.

—Toy hecho de buen palo, ¿sigues jalando en el Linburgo?

—Pos sí, no hay más que hacer, ni modo de ir a ninguna parte tará pior que aquí, y pos ya ves, mejor quedarse aquí, al menos aquí tiene uno su casa.

—Pos ya sabes cómo la hago yo. Ay la paso bastante bien, los hijos me ayudan y la vieja y yo ya no salimos.

—Mejor así. Ya quisiera yo también, pero no tengo más que al Oscarito que me ayuda; buen chavalo, jalador y no me da guerra, tú sabes, nunca tengo que traerlo cortito, él solo se avienta.

—De los míos nomás los chiquitos no van pa la labor pero ya les llegará su día. Si nomás los ando pastoreando pa que no se me echen a perder. Gracias a Dios que todos me han salido bien, no ves que la Fela, que ya es señorita ni quiere salir de la casa; y tan bonita que es la muchacha ay nomás está, ni sale y pues pos ta bien porque ay le ayuda a la vieja. Y la que le sigue, la María de los Ángeles, ya ta entrando en edad pero pos todavía ta en la escuela, esa sí que quiere acabar high school . . . pos la Fela no quiso terminar, y pos ta bien. Yo le dije que si no quería que taba bien, pa qué forzar a los hijos cuando no quieren ir, mejor no a que ay nomás anden trabados de coraje, y pos la Fela así es, es muy seria y se la pasa en la casa, pero la María de los Ángeles, ésa sí se alista temprano pa ir. Las mujercitas tan bien. Eso sí, que no le falta cabrón a uno, el José María no se aguanta de desobedecido, nomás eso porque es bueno pal jale, pero aquí en la casa ni quién le diga nada porque se va pisoteando el suelo con cada madrazo que echa pero, no, no me quejo, ta bien el muchacho, nomás que es muy enojón y malhablado.

—Pos mi Oscar son los ojos de su mamá. El chavo es buena gente, ni una mala mirada ni siquiera. Nomás que no tengo más que uno, tú sabes, y quisiera tener más pero no se pudo . . . nomás tengo uno . . . y el Oscar es mi'jo.

—Ese Chémali me da risa y el cabrón lo sabe; no, no lo tengo chipiliado, nomás es así, nomás es así y no le gusta que le digan nada. Los demás tan bien, pero ese Chémali es una pajuela . . .

—La vieja me dijo que el otro día pescó al Oscar como hablando solo. Yo le dije que a la mejor taba rezando y la vieja pos dijo que no, que lo vio como rezando pero fíjate que no taba hincado, taba parado viendo pa la yarda como que le estaba hablando a lo oscuro, pos ni modo que a los árboles porque taba muy oscuro pa verlos, y pos no se veían, y como que muy quedito hablaba pa fuera. La vieja lo dejó solo, dijo que a lo mejor taba hablando dormido y no quería despertarlo porque les hace daño, tú sabes que no está bien despertar a los que hablan dormidos, dicen que quién sabe qué les pasa y ay nomás lo dejó.

—No te fijes, hombre. Los chamacos salen con cada cosa. Todos los días salen con su novedad y ni modo, hay que aguantarlos; los pobres apenas ganan pa los chingazos que les da uno, tú sabes, es duro ser chavalo, a los pobres no les faltan preocupaciones; como que parece que tan apurados por hacerse hombres y ya les aprietan los calzones y quieren calzones más grandes . . . y pos no hay, los calzones grandes los traigo puestos yo y pos también los tienes puestos y pos no los quieres soltar. Y luego como que andan medio dormidos ya pa cuando tienen catorce y no te oyen, ay nomás andan como espantos que no hacen ruido. ¿No será eso lo que tiene mi ahijado?

—No, compadre, el Oscar ya va pa los dieciséis, ya va pa hombre y pos ya se porta bien. No nos da nadita de lata. Nomás que a veces que es tan calladito que nomás parece que todo su cuerpo ta hecho de un zumbidito como de las abejas cuando pasan. Bueno, pos no hace ruido, es que se me figura como que vuela quedito, bueno, no cuando lo miro sino cuando pienso en él. ¿Qué será?

—No se preocupe, compadre, déjelo así. A los chavalos no les falta con qué cosa salir. ¿No será que salió pa cura?

—¿Pa cura? No, pa cura no, a poco todos los curas son calladitos, hay unos que hasta le entran al pisto. No se acuerda del padre Venegas, qué pedotes se ponía.

—No, compadre, pero con él es diferente, pos no era ya persona mayor y pos ya merecía echarse su traguito de vez en cuando.

—Sí, pero no sé qué me da verlo a veces.

—Déjelo que vuele, no ve que de eso se trata. ¿A poco usté
no se acuerda de cuando era de su edá, a poco a veces no se quedaba como callado y ni siquiera hacía caso cuando lo llamaban?
Fíjese, como la Fela; ay se queda en la casa, o se sienta afuera
nomás mirando pa donde no hay nada.

—Pos eso es lo que le quiero decir. Eso mismito: nomás tan
mirando nada y quién sabe qué será eso que ven.

—Pos nada, ¿no lo acaba usté mismo de decir? ¿Y qué? ¿A
quién le hacen daño? Es que la gente joven así es. Nosotros no
nos acordamos porque ya tamos viejos y pos ellos no, ellos tan
jóvenes, y hay que dejarlos que se alucinen.

—Pos ni modo, ¿no?

—Pos sí, pues.

X

En el Edcouch, como en otros lugares donde vive la raza, parece que mientras los gringos juegan, o se juntan en sus clubes, o se van al café a hablar de cómo hacer más dinero; mientras en eso se ocupan, la raza habla, la raza platica. Platican en los bares, platican en el trabajo, platican en la labor, platican por todas partes; ése es un pasatiempo preferido. Es la manera más común de ser sociable, es como se es amigable, como se es ser gente.

De por aquí salió un bato de quien ni siquiera quisiera acordarme por tan perro que se hizo con su propia gente. Pero, ¿quién no se acuerda del García, el que ahora vive en la Blanca, no muy lejos del Edcouch, pal rumbo donde se pone el sol?

A ese cabrón, vendido, me lo encontré en un bar de Lima, Ohio, una vez que llevé a la vieja con el dotor pa que la curara porque no dejaba de vomitar, pues, ¿no entré en el Gandy Dancer? y lo miré muy chingón con una Stroh's en la mano, muy de sombrero arriscado como si fuera cherife gabacho, con una pata en la barra y el codo en el mostrador guachando la tiví como si supiera inglés.

A ese pelao lo conocí de rata cuando vivía en el embudo del Rincón del Diablo en el Edcouch. Le decíamos el embudo porque al terminar la calle del agua estancada como cuesta abajo y pa allá corría el agua vieja estancada por debajo del agua de la lluvia, y como había un cerco de alambre atravesado, pos ay se quedaba remansada toda la mugre de toda la calle, con todo y

cerotes secos flotando como si fueran pan de merengue que
nadaban alegres. Por allá vivía éste que se las echaba de muy no
sé qué. Tú sabes que hay raza y hay raza, hay de la buena, ¡oh!
pero cuando hay de la mala, ni el mismito diablo los reclama de
cabrones que son. Pues el García no era de los que platicaban a gusto. Este pelao
ya tenía sus planes de olerle los pedos al bolillo desde que a güevo
tuvo que cuitiar el seven grade. Y ni desde entonces se le podía
hablar; pues como el pelao había aprendido unas pocas palabras
de inglés, a l'hora del descanso se nos acercaba masticando en
perro. Y pos nosotros lo dejábamos a ver hasta dónde llegaba,
nunca le dijimos: no me chingles, ay nomás lo mirábamos. Hasta
curioso se miraba el cabrón lazarino porque ni cejas tenía y le
decíamos que tenía lepra de la sífilis de su apá; pero no nos hacía
caso porque era muy presumido, muy apretado. Desde entonces
era así, y ora ya se pasa de sangrón, ora alterna con el gringo y ora
sí se cree muy nalga.

Pos ay no estaba en la barra y ni le hablé, nomás me hice pa
las mesas de atrás pa guacharlo pa ver hasta dónde llegaba el
culero.

Si la raza ha sido pendeja, sus reyes han sido los Garcías de
retependejos que son. Y si la raza tiene su principio y su fin
entre la vida y la muerte, los Garcías han sido sus curas de bau-
tismo y de confesión. Todo mundo se chinga menos los Garcías, lo que más me arde es que se creen que a ellos no les va a
tocar, tanta buena o mala suerte puede tener uno como otro,
tanta suerte puede tener uno como también mala estrella. Nada
más que parece que mientras están en vida, ¡oh! cómo chingan
los vendidos. Y si algún día hay rey de los vendidos toy seguro
que un García, coyote como es, será al que le toque.

Pos ay no estaba muy paradito, hasta con bacha de cherife
en el pecho y cuete en su funda. ¿y éste de dónde saca cuete
entre el gabacherío? Pos no me has de creer que cuando llega al
Leipsic, Ohio, va y se les arrastra a los güeros pa que le den

chamba y aquellos no les hace faltar, lo nombran Deputy Sheriff, ¡mira nomás! Le prestán un cuete y lo despachan a que haga
ronda por el campo de la Libby's a chingar a su propia gente. Y
cuando ve que la gente está más a gusto platicando es cuando se
les acerca y les dice que si quieren trabajo en la empacadora de
la Libby's que nomás esperen y que hablen con él y que él les
arregla pa conseguir chamba y que sí les consigue chamba pero
tienen que comprar un carro usado con él.

   ¿Qué te parece el negocito que hace con la raza este coyote
sin alma? Pos no creerás que se apalabra con los auto dealers del
Leipsic, porque el gringo sabe que la raza está necesitada de
muebles y se arreglan con el García de alcahuete pa echar fuera
del lote los carros usados pa que los compre la raza. Y un carro
Chevy de esos coludos del '59, que te consigues por 200 en
Toledo, el García te lo mete en 375 y no sé con cuánto se queda.

   No hay descanso pa uno. Si no te chinga el gringo, no falta
cabrón vendido que te agarre por otro lado. Y como que se soba
la cacha del cuete cuando te está hablando.

   Yo digo que mejor se queda allá uno en su casa, no le faltará tortía y frijolito y hay amigos que le dan la mano, porque al
fin uno siempre está solo y si no fuera por los buenos amigos,
¿cómo estuviéramos?

   Y cuando estamos de vuelta en la tierra de uno, por acá también ta el García, nomás que aquí anda muy calladito porque
allá dejó el cuete y aquí no trae ni los recuerdos. La gente no le
habla; él es el que les habla nomás pa preguntarles que si en
mayo quieren ir pal norte al tomate; y la gente que se le olvida
las chingas del año pasado ya ni se acuerda y los brutos dicen
que sí, será porque lo ven sin cuete y el sombrerito es diferente
pos ahora traí puesto uno que parece que tiene pulgadas de
mugre de aceite en la base de la copa. Pero a mí no me engaña
ese cabrón, es el mismo García allí en el Ohio o aquí en el Valle
de Texas. Un cabrón es un cabrón aunque me lo pintes de rosita con polka dots.

Yo ni me meto con él. Acá yo solo me las averiguo a cómo pueda y pos no me ha de faltar, y si me toca la mala suerte, que me enferme o lo que sea pos ay está el Valentín que me ayuda bien. El Vale es mi'jo.

XI

—Apá, ¿qué hicieras si de repente sale el hombre lobo frente al carro?

—¿Qué dice, mi'jo?

—¿Que qué le harías al hombre lobo si de repente se te para en medio del camino?

—¡Ah! Pos, ¡pos cómo se va a aparecer el hombre lobo en este camino! Hay mucha gente por aquí. No, el hombre lobo no anda por aquí, es que hay mucha gente.

—No, apá, el hombre lobo anda por todas partes. Él puede andar por todas partes.

—¡Ah! pues, ¿qué había de hacer? Todavía crees en el hombre lobo; ¿ya no estás grandecito pa esas cosas? ¡A poco crees en eso!

—Pos yo no digo nada. Nomás te pregunto a ver qué haces.

—¿Y en el carro?

—Pos sí.

—¡Ah! Pos en ese caso me chingo en él.

—¿Cómo, apá?

—Pos le echo encima el mueble.

Mi apá puede hacer muchas cosas. Orita mismo va contento porque le voy tocando una música bonita de violines que oí una vez, él no se da cuenta porque yo controlo todo: el volumen, las vueltecitas de los violoncellos que acaban de entrar y las violas apenitas quieren también.

—Bueno, ¿pero eso nomás? Así no se vale, matarlo con el carro. Yo te vería agarrado con él.

—Ah, ¿sí? ¿Te parece poco que le eche el carro encima a tamaño animal?

—Es que el hombre lobo no es animal, apá.

—Entonces es hombre.

—No, ni hombre.

—Tons, ¿qué es?

—Es una cosa rara pero no es hombre.

—Es vieja.

—No, apá, usté no entiende que no es hombre ni mujer.

—Bueno, bueno, tú dime, qué fregaos es, anda.

—Qué le diré, pos . . .

—Pos qué, a ver.

—¿Nomás tiene que ser hombre o mujer? ¿No puede ser otra cosa?

—Pos tú sabrás, hijo. Yo nunca he visto uno desos.

—¿Nunca ha visto uno? ¿Tonces con qué se asustaban antes? ¡No me diga que con el cucú!

—No, pos teníamos también a la llorona, el nahual, las brujas, el perro con rabia, el coyote. ¿Quién más, vieja?

—Pos, la calavera.

—La calavera ¿de quién?

—Pos, la calavera de cualquiera.

—No, apá. Así no se vale. Tiene que ser la calavera de alguien.

—Pos, la calavera de Nacho Pochi el que se ahorcó.

—No, apá, no es así. Es como lo del hombre lobo, a usté ya se le olvidó.

—En aquel tiempo había hombres lobos. Aquí entre la raza no hay hombres lobos.

—Pos, éste lo importamos de los gringos. Ellos son los que siempre andan hablando del hombre lobo.

—Y . . . cómo le dicen. Wolfman.

—¡Ah! ¡ése!

—Sí, pos quién más.

—No, hijo, ése no se vale porque cuando pasa de ser gringo a chicano no se puede porque pa ser Wolfman Chicano hay que tener güevos.

—Ora sí, ¿eh? Ora si tenemos hombre lobo con güevos y todo.

—Pos, sí.

—Bueno, ¿Y cómo piensa pues agarrarse con él?

—Ah, pos si insistes: me bajo del carro, lo agarro de las orejas . . .

—Párele ay, pa cuando lo agarre de las orejas el hombre lobo primero lo agarra a usté y lo mata.

—No, mi'jo, no entiendes, es que pa cuando se alista pa morderme y le meto la mano en el hocico . . .

—No es animal, apá.

—Animal o no animal, al hijo de la chingada le meto la mano en la boca.

—Lo muerde y le mocha la mano . . .

—Qué va a mochar, el cabrón.

—Le digo que se la mocha, tiene muchos dientes como triángulos de serrucho.

—Por más que tenga el bato, me chingo con él . . .

—Pero el hombre lobo es muy fuerte y lo agarra a usté, lo tumba y le chupa sangre.

—Pos este cuate no me va a agarrar.

—¿Y por qué no?

—Porque a los wolf manes les gusta comer mierda . . .

—¿Y qué?

—Pos va a crer que le voy a dar de comer, éste abre el hocico, le meto toda la mano y el brazo entero hasta bien adentro, hasta donde alcance la raíz de la cola, se la agarro, la jalo pa dentro y cuando menos piense el cabrón, lo volteó al revés.

—¡Ah, apá! ¡así no se vale!

—Pos, ¿no querías que te dijera qué hacía con el hombre lobo?

—Apá, usté puede matar al hombre lobo.

—Pos, sí.

Silencio entre padre e hijo. Siguen su camino. Los violines se volvieron trombones burlescos.

El señor Balboa dejó el trabajo por un día, y sólo un día para llevar a su hijo, el único hijo, Oscar, a San Marcos. Es un viaje que no quiere hacer, es un viaje que ha temido hacer desde que su hijo le comunicó, durante la cena, que había estado pensando estar en el programa de aprendizaje del Job Corps. No sabía a dónde tendría que ir, nunca había oído de esas oportunidades de entrenamiento hasta recientemente; se lo dijeron unos amigos.

Sin embargo, Oscar no le dijo a su papá, que con suerte y se fuera al Job Corps, que quizás esa sería su única oportunidad de salirse del pueblo, alejarse de la región donde no hay trabajo y pocas oportunidades de provecho para jóvenes. Así era el joven. Aunque sólo de dieciséis años, a veces ya pensaba como viejo.

Se le quedó viendo a su papá, buscaba en su cara un peque-ño gesto de aprobación; alguna señal antes de que la palabra saliera de sus labios. No era temor, era una suave anticipación que se siente cuando se espera una respuesta de quien se quiere.

Un leve silencio quedaba entre los tres, la madre escuchaba en silencio, su parte viene después.

—¿Y de qué se trata ese job cors, hijo? ¿Qué te toca de eso, no es nomás pa gringos?

—Apá, es para la gente que no tiene trabajo, para los que no tienen mucha escuela y por eso no consiguen chamba.

—Bueno, pero tú tienes chamba aquí en la labor. ¿Qué más quieres?

—Apá, ya conozco todas las matas de sandía, melón, cebo-lla y lechuga de aquí. Aquí no aprenderé más. Allá puedo con-seguir el GED en vez de ir a la escuela de aquí donde estaba, hasta los ponen en clases a los que quieren terminar la high school y luego también aprenden oficios.

—Bueno, y qué mejor será allá que aquí donde lo tienes todo. Aquí está tu mamá, tu casa, tus amigos, aquí naciste y pues, aquí te criaste. Pa qué quieres deshacer lo que tanto nos ha costado. ¿Pa qué te quieres ir?

—Es que yo quiero conocer qué hay al otro lado de San Antonio.

—Al otro lado de San Antonio ta Austin.

—Antes de llegar a Austin pasas por San Marcos y dicen que ahí cerquitas ta Camp Gary, donde están los muchachos.

—Y vas a dejar el Valle donde estamos bien aunque pobres.

—No se trata de abandonar el Valle ni nada. Se trata de buscar algo nuevo, ver vistas nuevas y a ver qué aprende uno.

—Sueñas.

—Sí, sueño.

—Tú siempre sueñas.

—Sí, siempre sueño.

—Y no puedes soñar aquí.

—Sí, pero de aquí a allá es un sueño más, y estando allá habrá más sueños y después quién sabe pero también hay sueños más allá de lo que uno no conoce.

—No te entiendo.

—Apá, yo sí entiendo.

—Dime, pues.

—Pues que uno no debe de no hacer las cosas nomás porque no sabe lo que hay más allá de lo que sabe. Ya me enredaste.

—No, no es enredo. Es que hay que pensar en lo de más allá.

—Pero luego te nos pierdes.

—No, estaré lejos pero no me pierdo de ustedes, nomás estaré lejos, y aunque la distancia borra los detalles no se pierde todo, siempre queda lo mejor, lo más importante.

—Y cómo, pues si no estás aquí.

—Todavía no me entiende.

—Me doy cuenta que te quieres ir.

—Apá, otra vez, ahora no es cuestión de querer ir. Se trata de hacer lo que se tiene que hacer.

—Yo no he tenido necesidad de ir a ninguna parte, nomás al norte pero ya ni eso hago, aquí me quedo donde está la casa, donde vivimos todos, aquí donde nací. No necesito ir pa ningún lado, ¿por qué tienes qué ser diferente?

—Eso es precisamente lo que pasa, apá. Que uno es diferente, si no es Camp Gary será otra cosa, pero tarde o temprano hay qué buscarle a la vida, o la vida lo busca a uno. Y pues ahora ya parece que eso es lo que quiero hacer, no me haga que diga más.

—Ah, ora sí, me regañas, ahora no puedo decir nada sin que me salgas respondón.

—Apá, así no nos vamos a entender, ¿no vamos ya a San Marcos? ¿No hemos salido ya de la casa? ¿No estamos lejos de ella?

—Sí, pero todavía estás aquí con nosotros en el carro.

—El carro no quiere decir nada. Lo importante es lo qué se piensa y lo que se hace.

—Ay, mi'jo y si te nos enfermas allá, y sepa Dios qué otra cosa te pueda suceder estando tan lejos —dice la madre.

—Amá, usted quiere decir qué pasa si me muero por allá, ¿no? ¿Y qué dijera si no voy a ninguna parte y lo mismo me muero en el Edcouch? Mire, a lo mejor ya estoy muerto y nomás voy a San Marcos a cumplir con lo que ya se ha decidido.

—¡Muerto no! ¡Por qué dices esas cosas! ¡Mejor te quedas con nosotros!

Oscar se dio cuenta que no importa lo que dijera sus padres seguirían igual. Pensó por un momento callarse y dejarlo así, más no era eso lo que quería hacer, aún callado, o escuchando pacientemente a sus padres se sentía aparte de todo, alejado de ellos, como si sólo su cuerpo estuviera presente y su mente y espíritu estuviera lejos, muy lejos de la familia.

Mis padres me jalan, me jalan patrás. Pero yo, aunque no quiera tiro pa otro lado, y esto no lo puedo evitar. Ya ni los veo como de carne y hueso, lo único que siento de ellos es ruido que les sale de la boca, palabras que para ellos significan algo pero para mí nada . . . puro ruido. Es inevitable lo que me pasa, y no puedo más que seguir adelante. Ya que llegue allí se me quitará, y con el tiempo ellos se compondrán, así tiene que ser. Siguen hablando, mi boca les responde pero por detracito de la boca zumba otra cosa que me hincha el resto de la cabeza. Siempre me he dado cuenta de eso y cuanto más viejo me hago más grande y claro lo siento y no puede ser de otra manera. Me empuja, me controla y no me deja hacer más, por eso me dan lástima mi apá y mi amá porque no lo saben y si les digo me van a decir que estoy loco . . . lo raro es que sí estoy loco pero no como ellos dicen, estoy loco con locura, que es otra cosa . . . y sospecho que hay poca gente que entendiera eso, así es que pa qué decirle a nadie. Ya una vez lo intenté un día que andábamos en la lechuga el Nicho Alafa y yo. Yo creía que sabría lo que le estaba diciendo pero me salió con babosadas que ya no me hiciera la puñeta, y no sé qué más. Taba más chico tonces, y pues, me sentía mucho, pues todavía me siento pero ahora sí que me siento y no chillo por dentro como lo hacía antes. El Nicho nunca va a saber lo que llevo dentro; es una lástima porque es amigo, crecimos juntos, pero llegó el día que la vida nos separó diciéndonos que éramos diferentes y que de aquí en adelante ya no andaríamos como cuates, ahora sí cada quien por su lado.

Así también ya sucede con mi papá y con mi mamá, pero que raro que con ellos no estoy sentido, parece nomás como que ellos siguen con los mismos cuerpos, nomás que ya no se les ve color de carne, ahora los veo azulitos claro con to y ropa y con la cara como que no se les notaran bien los ojos, nariz y la boca. Ahora serán así porque ellos son los que han entrado en mi onda. Qué raro pues, porque cuando estaba discutiendo con ellos hace unos momentos, pues todavía los vela con los relie-

ves físicos de la gente común, de carne, pues eso es lo que ve
uno, la carne y el colorcito moreno bonito, pues como uno y
hasta creo que se les nota ese olorcito a manzanilla que a veces
tiene la gente linda. Y así pues eran mis padres, pero ya no.
Yo tampoco soy igual como eran ellos. Ahora soy de diferentes maneras, pues a veces soy una rueda como de un metro
de diámetro, suspendida en el espacio; o luego una especie de
esfera semitransparente, o clarita como agua destilada dependiendo de si siento calentura o estoy fresquecito . . . tampoco
eso controlo.

A mi apá se le ve el perfil bastante bien así como va mane-
jando. Siempre me ha gustado ver su perfil, parece como que su
línea está hecha con un alambre de gancho ropero y el resto de
la figura está pintada de café —eso sí que se le nota la cosa bonita que siempre ha tenido alrededor de los ojos . . . es como si
fuera una sonrisita que huele a cacahuate recién tostado. Y mi
amá, a ella no se le quita el chal que se le aparece cuando se le
ve así, pues no sé por qué es . . . Se ve así pues porque no usa
chal, no tiene chal, pero me la imagino que se pone chal, nomás
no cuando está en la cocina trabajando.

Mi amá es una persona extraña, es decir, no es como dice o
cree la gente que son las mujeres . . . será por eso que me cae
bien. Es que es como calladita, pensadora, nomás te ve y se te
queda viendo cuando uno le habla. Esos ojos cafecitos te ven en
los tuyos no haciendo preguntas sino nomás viéndote . . . más
de una vez he creído que, pues, se te queda viendo. Al fin después de que has terminado de hablar no te contesta luego, sino
como que se espera a que pase algo dentro de allá . . . será que
el camino de los ojos a su cerebro es tan bonito que lo que va
viajando de los ojos al coco se va entreteniendo con lo que va
mirando, y pues, se tarda en llegar ¿y qué? ¿Qué importa que se
tarde si de todos modos va a llegar? ¿Quién dice que las cosas
tienen que llegar luego a dónde van? Eso me gusta de ella.
Bueno, eso que veo en ella es lo que me gusta y por eso te lo

digo. No es morosa, así es como es. Le gustará saborear lo que dice uno, bueno, lo que digo yo porque soy el que ha visto eso; o eso o sólo conmigo es así porque soy su hijo. Y se te queda mirando callada de la boca. Al fin, quizás dice algo, conmigo siempre ha sido así. Y ahora que los tres vamos encerrados en este carro ella es la que menos ha hablado. Pero, como ves, mi apá, a mi apá no le para la boca. ¿Por qué será que unos hablan más que otros? No creo que mi apá completo sea el que va hablando, no es todo él el que habla, se notara si así fuera. Yo sé que es sólo parte, y nada más parte de su cabeza la que va hablando porque desde hace rato me he fijado que el resto del cuerpo no lo apoya en lo que va diciendo. No estoy seguro que él sepa que sólo una parte de su cabeza va enganchada a lo que va diciendo, no sé si se da cuenta de eso. Esta vez es la parte de la cabeza que le hace temblar raro por dentro, como si sólo los nervios le vibraran sonoramente, aunque rodeados de músculos . . . y hasta eso, no todos los nervios, yo diría que son sólo los amarillo pálido junto con los rosita los que lo están mordiendo a su modo . . . esos hilitos son los que se especializan en joderte. Son los que te raspan, pero yo digo morder porque *así* se siente por todo el cuerpo. Y mira que digo que así se siente cuando yo no estoy seguro de que a mí no me haya sucedido . . . lo he visto sólo en mi papá; a mi papá lo he visto por dentro muy bien y él no lo sabe. ¿Pa qué decirle? Te imaginas la de preguntas que me hiciera si llegara a saber que soy su mecánico; más bien dicho mirón, no: fisgón, no: metiche, no, no: cirujano, no, de esos no porque tienen que cortar para ver lo que está dentro del cuerpo; a ver, ¿qué? pues que ha de ser la mirada de quien todo lo puede, todo lo ve y en todo se mete. Y yo sé bien quién es y me lo guardo, fuera de lo que aquí te digo como cuates.

Son los rositas, los nervios rositas los que se retuercen más, los que te están recordando de algún dragoncito que te metieron en la cabeza. Y en el caso de mi apá es un temor, no miedo, temor. Un temor de perderme, un temor de que me pase algo y eso no sé qué podría ser: que me machuque un carro, que me agarren y me golpeen, que me roben algo, que me meta en algo y que pierda la vista, que me corten una pata y quede rengo, que me vaya a agarrar alguna viejita chichona y me ahorque con los pechos, o que la misma viejita chichona más maliciosa me lleve a su casa y me corte los güevos pa hacerme eunuco —no sabes lo que quiere decir eunuco, ¿verdad? — no te imaginas; yo lo sé desde que leía "Paquito". En la tierra de tus altos antepasados son gente que capan pa que se les puteé la voz y en caso de peligro que griten como niñas sorprendidas. O que me vaya al Camp Gary del otro lado de San Marcos y me meta con gente lépera que me enseñe, no es tanto que yo mismo aprenda, sino que a uno le enseñen, tú sabes, porque así debe ser; cuyas leperadas redunden en daño a mi pudor —sea lo que sea el pudor pero suena bien— creo que lo aprendí en algo que escribieron los gachupines porque aquí no hay de eso. O que ya no me vuelvan a ver jamás, cosa que dudo porque mi jefa ve sin estar ay pa ver . . . no me entiendes, ¿eh? Ay luego te doy un ejemplo. O que me pierdan, sí *pierdan,* porque pues tú sabes que los hijos se pierden; no se desvarían o se hacen invisibles, no, no: se pierden como si uno viviera constantemente en una especie de selva donde los árboles todos tienen tronco de palma y cada uno de ellos se parece a ti, ¿te imaginas? No falta más que Blanca Nieves, que se aparezca, te mire y te dé la espalda y se ponga a recoger hongos y tú te pones chango pa verle los calzones blanquísimos mientras que ella canta que si cuando vendrá su Príncipe de Jotos, Alto Señor del Condado de Jotería donde todos bailan jotas jotas jotas con cascabeles. O que un instante antes de llegar a la desconocida isla Serendips te agarrara la chota tejana: "What chu thaenk yur doin', boy!"

Y pos tú sabes con la chota tejana no te puedes hacer pendejo, pues porque ellos nomás con verte Raza ya te tratan de pendejo. Y, pos te agarran, te maltratan, te dicen que resistes arrest, te meten en el bote y al día siguiente amaneces colgado que dizque te suicidaste.

O que no es nada sino que únicamente el Señor Temor te dicta que las cosas son así cuando en realidad no ha pasado ni pasará nada; eso es lo peor, que a la mejor no pasa nada pero de todas maneras la glándula del temor, porque es una para uno, que no glándulas de temores. Eso, eso mero es. Y ay tan chingue y chingue hasta que por fin no sé cómo se acaba eso, pero se acaba. Y ay va el carrito. Van regañándote pero no se paran o dan vuelta. Y mi amá calladita. ¿Sabes qué? Orita mismo acabo de sospechar que mi amá no dice mucho pa no hacer ruido y que se le eche a perder lo que va haciendo en silencio. Pero no, no puede ser, no sabe lo que voy diciendo sin palabras; ya me hubiera mirado, ya me hubiera echado su miradita café . . . ¿Sabes que con eso mi amá me dice que me quiere? Ora lo veo claro, me lo dice con el color café . . . y yo pues la espero aquí pa cuando me haya enviado un chorrito horizontal de café suave, yo ya sé que viene y salgo a recibirlo. Bueno, que sale porque ni yo mismo sé, nomás sé que lo es, no que yo salga, sino que *sale,* y no me preguntes qué sale a recibir lo café. Y ay está pues, todavía escuchando la periquera de mi apá. ¿Te imaginas que mi papá fuera cura? Bueno, en primer lugar yo no estaría aquí, pero de todas maneras imagínate.

Los labios de mi amá parecen que nomás están esperando que mi apá deje de hablar por un momento para moverse y decir algo suave, pero el viejo va muy entretenido oyendo lo que dice y por eso no hay chanza; ¿qué te parece que mejor metamos el ruido de mi papá debajo del cofre frente al carro y nos traemos el motor pa'cá?

Como veo los labios de mi amá estirarse levemente pa sonreír, pero no lo hacen. Los labios de mi mamá no necesitan estirarse para sonreír, ni sus ojos.

XII

En el pueblo donde vivo no hay banquetas para que transite la gente, nunca las ha habido. Bueno, digo que es el pueblo donde vivo aunque por ahora no esté allá, y no importa que no esté allá porque hay manera de estar sin necesidad de hacer presencia.

Pues en el Edcouch nunca se hicieron esas banquetas y no sé por qué, dudo que falte dinero, y en cuanto a albañiles los hay, y muy buenos. Pero nunca las han hecho, viene al caso que ni sabía lo que eran hasta que mis padres me llevaron al Linburgo, en los mapas de carreteras se dice Edinburg, pero nosotros decimos el Linburgo, no aguanta algunas letras mal puestas, y pues la lengua de la raza manda. Aquí no, aquí caminas hasta por el centro de la calle, al cabo que se oyen los carros hasta de lejos y uno nomás se arrima a la orilla de la calle y también hace ruido porque por ay hay más grava y piedritas y se oyen venir.

Lo digo porque basta hoy, aunque chamacón, me gusta caminar por donde se hace ruidito, es como ir haciendo su propia música, y pues luego como que se me ocurre que es el sonido que hacían los soldados fascistas cuando caminaban a orillas de los caminos de Pomerania; bueno, eso lo vi en una película que pasaron por la tele y a mí se me hacía que yo también andaba por ay en maniobras militares en aquella tierra sin montañas. Y ahora pues aquí en esta parte de Texas tampoco hay montañas y nomás me imagino que las hay. Ya quisiera la tejanada tener montañas, o al menos lomas. Pues uno se las tiene que imaginar y eso no cuesta nada, pues como te estoy ahora diciendo, se hace lo que se puede.

También he estado en esos pueblos mexicanos norteños donde en lo fuerte del sol nomás los perros se ven sesteando debajo de los palos verdes. Allí es el polvo lo que suena, pues a mí se me figura que el polvo de la tierra como que se hincha con el calor y el sol.

Pues así mismo suena aquí, bueno, más o menos en el Edcouch y por eso te lo digo para que sepas que aquí también tenemos cosas buenas; bueno, pues al menos para mí porque lo saben mis pies que son los que han pisado la gravita.

Tenemos otras cosas espectaculares, tales como cercas de alambre, árboles de troncos macheteados, casas de madera sin pintar, carros abandonados detrás de las casas, esculturas de perros muertos que se secaron y ay quedaron acostaditos —a veces como riéndose de las cosas vivas pues hay gatos famélicos pero aún así bonitos que se especializan en salir de sus casas, caminan cautelosamente derechito a los campos de labranza cercanos en busca de no sé qué, pero ya lo veremos. Hay también perros flacos, tanto así que parece que nunca han levantado la cabeza, pues la bajan en busca de no sé qué; dentro de su forro se les notan las rayas de las costillas que diría la gente ociosa que traen una jaula dentro, y que esa jaula siempre va vacía —¿no sería algo ridículo que llevarán pájaros? Yo qué sé. Una que otra culebra rosita, tan brillante que parece que está cubierta del mejor esmalte de la Alta China Popular, desafortunadamente para los hermosos reptiles su espacio de vida en la vecindad parece ser corto, pues más las veo acostaditas sin moverse y con la cabecita aplastada, las pobres tampoco se escapan de las llantas de los carros que las machucan basta que quedan planchaditas, en este caso anatómico cualquier chavalo preguntaría maravillado: "Apá, ¿de qué están llenas las culebras?" ¿Y qué va a decir uno? Bueno, yo al menos no soy padre y no sabría responder; pues si digo que de carne no digo toda la ver-

dad porque también tienen sus larguísimos pulmones, luego las
cuerdas que abrazan el armazón cilíndrico por dentro para que
no se desmorone su contenido entre tanto líquido de que se com-
ponen, dicen que tienen más de noventa por ciento de agua, linfa
o ninfa, qué sé yo, el marfil de sus cientos de huesos y no olvi-
demos lo que la gente llama escamas. Ahora dime: ¿de qué tan
llenas las culebras? ¡Ajá!

De los insectos ni hablar. Pues aunque son insectos también
tienen derecho a la vida, aunque sea en el Edcouch, o en todo
Texas. Yo observo a los coleópteros, esos sí que se avientan con
sus estuches donde guardan tórax y abdomen. Nunca podré
explicarme qué tipo de lubricante usan en las coyunturas. ¿No te
parece que el que lo descubra será un gran descubre lubricanta-
dor coleoptérico? A mí sí me parece porque al menos me lo imagino y pues, ¿quién no puede? Si las cigarras son coleópteros yo
diría que son la élite de toda esa raza de miniaturas animales.
Bishop, en Texas, tiene fama de chicharrero, pero eso nomás es
la fama, aquí también las hay. Ésas no tienen estuche, el estuche
es su vestido, lo traen puesto todo el tiempo basta que llega un
día en que habiendo almorzado demasiado se les revienta, y no
siendo tontas se agarran de algún mezquite, con las uñas bien
afianzadas en la cáscara y ay nomás dejan la ropa, siempre semitransparente y no sé cómo se las arreglan pero por el lomito
rompen la camisa y parte del pantalón, o si son hembras pues la
blusa y los calzones y por ahí, con delicado cuidado, se salen
dejando el cambio bien paradito que basta parece que es espan-
to. ¡Quién fuera chicharra!

Pues ya sabes que en mayo, a veces en el mes de abril también tenemos visita de otra clase de gente. No, si todavía llegan
los coleópteros más elegantes que tenemos en nuestra gran ciudad. La raza les dice mayates, pero todavía no veo de dónde
sacan esa palabra tan bonita, pues estos vivientes, pues para qué
les vuelvo a decir animales, son de color verde esmaltado con
una orillita leonada o dorada. Son de estuche, aunque los altos

sacerdotes de la información que he conocido le llaman carapacho, palabra que está al margen de la leperada; yo prefiero mayate aunque la gente se ría creyendo que me refiero a los brodas de color café oscuro que la gente llama *negritos,* pues a estos también les dicen mayates nomás que caminan verticales y estos otros que parecen joyas verdes caminan agarraditos de la tierra. Yo nunca les amarré un hilito de la pata pa hacerlos volar y controlarlos, nomás me gusta tirarme de panza cerca de ellos y cambio el ritmo de la respiración pa que no sepan que estoy cerquita y los observo sin decir palabra . . . los ojos son los que hablan en este caso, bueno pues también de los ojos. La gente no lo sabe pero yo sé que los mayates también hablan; yo los he oído hacer gruñiditos como si hubieran comido demasiado y se les sale el exceso de gas, o viento, qué sé yo, por la boquita. Yo los he oído. Y no me digas que lo que oigo es el ruidito de las patas, eso es otra cosa, y es más elemental, porque se nota que lo hacen con las seis patas y los gruñiditos se les salen de la trompita. Me muero de pura curiosidad por saber si los mayates saben que son verdes. ¿Qué dirían si supieran?

De hormigas ni te quiero platicar porque me da coraje con sólo pensar en ellas. A ver, dime: ¿a quién no le han picado las hormigas? No puede uno haber tenido una niñez decente y en toda su forma y esplendor a quien no le hayan picado las hormigas. ¡Tanta rabia les tengo que hasta me dan ganas de decirles algo feo! Pero pues, no me atrevo. Baste con que de un alto sacerdote especializado eminentemente en insectos supe que las llamaba *formica no sé qué,* y me gusta la palabrita porque les cae bien el insulto a las condenadas. Si te fijas bien en la palabra verás que ella misma hasta parece hormiga, aunque algo largo para hormiga pero así la vamos a dejar; no vaya a ser que se me salga otra palabrota parecida y se me ocurra ponérsela a algún insecto amigable, digamos: como el mayate a quien se me ocurre, no sé precisamente por qué, en una emergencia se le podría dar el nombre de *viridis* por el color, aunque me asombraría su apellido; de todas maneras, ¿qué te parece López? No, mejor no, hay muchos lopeces ya: no sería mejor Lucero, al menos pues ¿alumbraría? Pero si queremos ser verdaderamente barrocos, ¿por qué no ponerle Espinoza de los Monteros? Ay tienes un elegante apellido. Y si a eso vamos pues hasta a nuestra culebrita le ponemos un nombre que le caiga. ¿Qué te parece Sierpe Terrafilia? Pues porque siempre andan abrazadas a la tierra, y si a esas vamos no veo obstáculo para no ponerles *Semper fidelis,* aunque quizás no les gusta a los Fideles de la raza; pero pues uno no puede siempre quedar bien con todos.

De otros animales hay que considerar a las aves voladoras, aunque las hay que no vuelan, la diferencia entre las que vuelan y las que no, está en las nalgas. Las que vuelan de ninguna manera pueden tener nalgas porque eso es sobrecargo y no podrían levantarse, además de que desconcertaría la estructura avial. Pero las otras que no vuelan, esas sí que son nalgonas. Con razón la raza maliciosa y lépera muy de vez en cuando invoca un sagrado insulto, que cuando una persona no sirve para nada a esa gente se le dice: "Tas pendejo, no eres más que un pájaro nalgón". Y aquí declaro que yo sólo repito lo que he oído, es decir que nunca le he visto las nalgas a ningún pájaro, aunque sea paloma. Pero pues es ora de cortarle a esto porque ya pasamos de lo sublime a lo grotesco, sea lo que sea que signifique grotesco.

Y pues también tenemos aves voladoras excepcionales. Una de ellas es la lechuza; ésta es la que vive en los caserones donde guardan las vacas y el pasto, se especializan en cazar roedores, es decir: ratas grandes y ratones. También viven en los penachos de las palmas que tenemos, siempre las he admirado porque se atreven a hacer sus nidos en lo más alto de ellas, allá dónde se ve tupido de hojas muertas o secas, pues ahí viven meciéndose constantemente. De noche se dejan venir silenciosamente en busca de su alimento, no hacen ruido mas que cuando se acercan al nido; entonces empiezan a chirriar como diciéndole a sus críos: "Aquí vengo con esta rata muerta, no se desesperen, hijos". Y luego todo queda en silencio. Sólo el susurro de las grandes hojas de la altísima palma se escucha. Favor de no confundir a la lechuza con el tecolote. Pues éste parece más grande, y nunca he sabido dónde vive. Posiblemente también en las palmas. Como las lechuzas, no hacen ruido al volar. Y no comen lo mismo, les gustan los conejos y los pescan cuando salen de noche al pasto, yo los he oído chillar cuando el tecolote les cae encima y les pone las garras en el lomo.

XIII

El Paul Walters, cuando vivía en una casa de rancho cerca de McCutchenville, Ohio, y que vivía con la Dorothy Dunklau, tenía un gato barcino muy bonito. Nosotros les decimos barcinos y los gringos les dicen tabbies pero sea como sea son de color gris con rayitas verticales. Este gato era de pelaje corto, pues los hay de pelo largo. Era un gato regular, muy buena gente, por cierto. Resulta que el Paul y la Dot vivían en un lugar cerca del arroyo de McCutchenville, y por allá en Ohio los arroyos siempre tienen agua, de ahí que los bordean árboles bastante grandes, principalmente los maples, los olmos y sicómoros. No es raro ver una floresta apretada de estos gigantes tan hermosos, y por ahí viven a menudo tecolotes orejones, great horned owls como les dicen en inglés.

Pues ya sabes que uno no sabe para quién trabaja, lo digo porque en su tiempo cuando yo estaba bastante chico y mi papá trabajaba en el betabel a veces me prestaban con esa pareja de gringos lindos y ay estaba yo pues, con ellos, de mandadero, dándoles de comer a los pollos, cortando leña y deshuesando cerezas en junio . . . y por parte mía, metiéndome en el arroyo a buscar crowdads cuando los Walters salían o se ocupaban por otra parte. Los agarraba metiendo ambas manos muy despacito por debajo de las piedras hasta que haciendo como jaula con los dedos los sentía por el carapacho duro o las patitas, y los sacaba. Les amarraba una cuerdita de una pata y los paseaba por las orillas lodosas del arroyo, eran como mis perritos con ojos saltones.

Les regalaron un gato, dicen; pero también se decía que les dejaron un gato frente a la casa, y pues ni modo, el gato se arrimó a la casa. Éste es un jueguito que los gringos socarronamente se hacen unos a otros. El gato se crió bien, era bien hermoso, con una piel lustrosa y una "M" dibujada en la frente. Los Walters le llamaban Moses, no sé por qué le pusieron así, pero yo siempre le decía Mendoza por la letra que tenía dibujada entre cejas.

Mientras el Paul y la Dot se mataban trabajando como burros todo el santo día, el Moses dormía echado en un sofá en la casa. ¡Ah! pero de noche ya era otra cosa: el Moses señoreaba en el rancho pa arriba y pa abajo, y no contento con husmear ratones en el granero se iba hasta con el vecino, Floyd Norris, a patrullar su rancho. Nada más que un día el Moses no amaneció en casa; salió como de costumbre a pasearse tan confiado como siempre, alerta a cualquier ruido, susurro o chirrido nocturno, siempre alerta a su rededor, alerta ante cualquier enemigo. Nomás que el Moses no tenía ojos en el lomo y de repente se lo llevaron, o mejor dicho, se lo llevó un grandísimo tecolote orejón. Como a las diez de la mañana salimos el Paul y yo a buscarlo, fuimos hasta en donde el Norris pero no encontramos ni rastro de nuestro gato. Creemos que lo levantó el tecolote porque en una parte donde se pasean las gallinas y no hay zacate, vimos cuatro rayones o arañazos como hechos por un gato sorprendido, además que a ambos lados de los arañazos se notaba una extraña huella como que las alas del tecolote pegaron al caer sobre el lomo del gato y a la vez de ahí se empujaron de nuevo para volar. Se perdió el Moses.

Nos pesó mucho perderlo y Paul estaba bien enojado todo el día; necesitaba desquitarse de alguna manera. Pues resulta que por un lado de la casa pasaba un camino de tierra muy angosto y servía nada más para un vehículo. Dejó la camioneta parada en ese camino el Paul cuando por la tarde llegó el Floyd Norris queriendo pasar. Pitó y no le hicimos caso porque estábamos comiendo. El Floyd insistía en pasar y seguía pitando, en esto salió el Paul y yo detrás de él. El Floyd le dijo que quería pasar y el Paul le dijo que estaba bien pero que no hiciera escándalo. Bueno, creo que eso es lo que estaban diciendo los gringos porque estaban ladrando rápido en su lengua y se dijeron no sé qué cosas pero fuerte. Al Floyd se le puso la cara colorada de coraje, y al Paul le brillaban bien los ojos azules.

Pues el Paul era una persona de mucha paciencia y no se excitaba así nomás porque sí, pero ahora necesitaba desquitarse de la pérdida del Moses y qué mejor que hacerlo con su vecino. El pleito terminó cuando el Paul quitó la camioneta para que pasara el Floyd, el cual se arrancó rayando el camino con las llantas. El Paul parqueó la camioneta debajo de los cerezos, golpeó la puerta y se acercó rechinando los dientes. "You know, the world is full of sons of bitches and they don't know they are sons of bitches. Someone has to tell them".

Me lo dijo a mí como si yo entendiera bien el inglés. No me di cuenta de su axioma hasta que varios años después aprendí a masticar la lengua de los güeros.

Yo creo que al Moses le hubiera gustado lo que dijo el Paul, pero pues ese día no lo pudimos encontrar. ¿Dónde estaría?

Y yo te lo digo para que recuerdes que en mi vida los gatos son gente muy especial. No importa qué clase o color de gato sea, de qué tamaño, sea macho o hembra, con o sin pulgas, flaco o redondeado. Y, como ves, aunque de noche todos los gatos son pardos, según dice la gente, de todos modos los puede levantar un tecolote. Y pues lo que es un objeto de arte felino para uno que los tiene, puede ser una buena bola de proteína para otros. Yo lo crié al Moses, y ahora veo por qué dice la gente que nadie sabe pa quien trabaja.

Desde entonces he querido tener un tecolote en la casa para observarlo cuidadosamente y luego imaginarlo que está parado sobre un gato, y lo tiene agarrado, esta vez sí, con las garras. Y me gustaría tenerlo para ver si le enseño a cantar bien, de noche, a ver qué dice la gente de él, a ver qué dice la gente de mí, a ver qué dice la gente, nomás a ver qué dice . . . si es que se atreven. Los tecolotes son bonitos, pero también lo son los gatos. Yo no creo lo que dicen de que cuando el tecolote canta el indio muere. Porque yo los he oído cantar y no he visto a ningún indio petatearse, esos son puros cuentos de la raza creída. Y como nunca he oído a ningún indio decir eso, pos no ha de ser cierto o será al revés; ¿no sería curioso que los indios dijeran: "cuando el tecolote canta la raza muere?" A mí no me da miedo eso, aunque fuera cierto pues porque yo he sentido miedo, pero después de que se me quita y me acuerdo, me gusta el cosquilleo que siento por las venas. Así pues cuando te decía que cuando el tecolote canta, pues aún así me daba cosquillitas por dentro, y luego se me preparó, bueno, no tanto así sino que como que se me preparó el chile, listo pa miar. Y es bonito porque no llega a mearse uno: y luego ya empieza uno a pensar en toda clase de chingaderas; como que cómo sentirán las mujeres también como cuando uno está asustado, pues como uno tiene chile y ellas no y se le ocurre a uno cómo será ser mujer. Pues ya veremos algún día cuando yo sea mujer; y no te rías porque lo veo como la cosa más natural del mundo. ¿Qué tiene de raro eso? ¿Acaso La Alta Señora que es La Creadora de Creadores no se hace hombre cuando quisiera?

Y ya ves, un animal puede crear este esplendido acercamiento. Nomás que aquí en el Edcouch no hay de esos tecolotes, hay lechuzas, pero yo creo que no hay tecolotes.

XIV

Mi papá ahora trabaja de lavaplatos en el Cameron Country Tuberculosis Sanatorium en Harlingen. Hace dos meses que está ahí ganando $20 dólares por semana, con cuarto y comida. ¿Qué le vamos a hacer? En este Valle del Bajo Río Grande sobra gente para los pocos trabajos que hay, y ya sabes quiénes son los que sobran: la raza, por supuesto. Pero lo que yo no entiendo es por qué le pagan tan poco a la raza, siendo que todo mundo sabe que los gringos ganan más. Lo que en realidad no entiendo es si los gringos lo hacen por maldad, codicia, odio; ciertamente no es porque seamos pendejos, ¿acaso no hemos sido nosotros los que hemos construido todo el pinchi sudoeste de la Gran Gringoria? Pues eso es lo que gana mi jefe, y por supuesto que se aprovechan del cuarto, quedándose en él durante la semana, de todas maneras no podría ir a ver a mi mamá, su labor no termina hasta eso de las 9:00 de la noche, pero se va a verla los domingos por la tarde cuando los pacientes cenan fruta, helado y pan dulce.

De todas maneras mi mamá viene a verlo por las tardes a veces. Eso le gusta a mi jefe, se le nota en el tono de la voz y un fulgorcito que le cubre la cara. A veces parecen novios. Y a mí pues también me gusta porque siempre terminan hablando de mí, me divierte escucharlos hacer planes para mí.

Según él, voy a ser varón . . . parecido a él, por supuesto, y no tendré que trabajar al golpe como él. Me mandará a algún buen colegio y seré, por supuesto: médico. Se le olvida al pobre que vivimos en un océano de gringos cabrones y dentro de ese océano existimos en una isla de raza bien pendeja, aunque no güevona, pero bien pendeja.

¡Ah! Mi amá ya ve a su mujercita, como de unos trece años, bien bañadita, con un vestido blanco, bien almidonado, zapatillas de tiras de piel, también blancas, y se me verán los calzones blancos con esa faldita tan corta y tiesa. Tendré una carita redonda, piel trigueña un poquitín más oscura que la de ella, cabello negrísimo ondulado y brillante . . . in other words . . . otra Shirley Temple de sus tiempos.

Yo nomás me retuerzo en la matriz de pura vergüenza y quisiera mover los brazos y darle un puñetazo en la mera panza para que deje de decir esas cosas, no vaya a ser que de aquí al día de dar a luz me cape a la mera salida; o peor, que me agarre de allí algún pendejo mirón que esté ahí en ese altísimo día, y pues se quede con mi cosa en la mano y al querer ponérmela de nuevo, me haga un hoyito, que no se pueda y me quede de vieja. Hasta me dan ganas de mear de puro miedo y cosquillas de sólo pensar en eso. No estaría mal que fuera mujercita por algún tiempo y luego volver a lo que ahora tengo, es mejor decir, a lo que ya soy. Pero no faltara manera de hacerle la lucha y algún día se me conceda ser vieja . . . a ver qué se siente, pero pues yo lo quiero hacer sólo sin que nadie me diga cuándo, ni cómo, ni dónde. No sé cómo la voy a hacer pero lo haré.

Por otra parte, no vaya a resultar lo que le hicieron a mi papá, que para cuando nació ya mi abuela había tenido siete hijos todos hombrecitos. Y pues cuando nació mi jefe ella ya estaba harta de tanto peludo. Se decepcionó el día que nació mi jefe pero dijo que de todas maneras lo iba a vestir de mujercita. Para cuando mi jefe tenía los cuatro años de edad ya tenía su pelo largo, y como tenía bonita cara pues le ponían vestiditos de mujer. ¡Pues qué bueno que de nada le sirvió la chingaderita a mi abuela! Pues porque mi jefe no sé hizo mujer.

Por la tarde cuando está solo lavando los platos no falta gente que llegue. Llegan a entregar de las tiendas de abarrotes, la migra que busca mojados, y éstos que de vez en cuando llegan a pedir trabajo o comida, o lo que sea para pasarla . . .

—Ay, señor, dispense que le moleste, ¿no tendrá por ay alguna chambita que me dé pa ayudarnos? Fíjese que no hemos comido desde ayer que llegamos.

Esta mujer se está muriendo de hambre, se le nota en el temblorcito de la voz. Tiene los labios secos y se le notan muchas arrugas en la cara. De seguro que son mojados. ¿Y vendrá sola en un grupo o es toda una familia? ¿Cómo se atreven las mujeres a aventurarse a venir al extranjero? Pues pa que pregunto, es la necesidad. ¿Quiénes serán los otros que vienen con ella? ¿Niños? ¿Chamacos chicos o grandes? ¿Su marido, padre, abuelo, madre? ¿De dónde vendrá? Siempre he pensado que todos vienen de Guanajuato, o de Jalisco; los he pescado por la manera de hablar.

—¿Qué andan haciendo por aquí, válgame Dios? ¿No ve que la migra anda por aquí a cada rato? No tardan en llegar.

—Pos, sí, señor, pero estamos necesitados. Qué le vamos a hacer. Oiga, por favorcito, ¿no le queda por hay algo de lo que les sobra a la gente de este hotel?

—No es hotel, señora, es hospital. —Y no le dijo que era para tísicos para que no le diera asco porque antes de que le pidiera, él ya había pensado darles de comer.

—Pos aunque sea, qué le vamos a hacer. Tenemos hambre. Ay lo que sea su voluntá, señor, se lo agradecemos.

—Mire, entre y espere aquí mismo, no la vayan a ver los chotas de la migra. Orita vuelvo. —Y se alejó hacia el almacén de comestibles donde se guardaban toneladas de alimentos de todas clases. Al momento regresó con una gran bolsa de papel repleta de latería, manzanas, naranjas, hot dogs, jabón, una barra de ese pan blanco como espuma que comen los gringos. Se la entregó a la señora de color café, le abrió la puerta y le dijo—

Mire, está de suerte que a estas horas estoy solo porque se acaban de ir los cocineros a echarse una siesta. Y cuídese, ya le dije lo de la chota.

—Ay, mire nomás, qué vergüenza, Diosito se lo pagará. Ay, qué bueno es usté. Ya no nos morimos de hambre.

No era la primera vez que llegaban mojados a la cocina, venían a buscar trabajo, o a pedir agua o a preguntar dónde estaban. Ésta es la primera vez que llegan hambrientos a pedir de comer.

—Knock, knock!

—Hi, ya! Anything new around here?

—No, sir, just the same people as usual.

Aunque los tres cocineros eran mojados: uno era de La Piedad de los Marranos, otro era de Abasolo y el tercero de La Barca, Guanajuato y Jalisco. Pero siempre divisábamos cuando se acercaba la migración, luego se hacían pendejos como que estaban trabajando duro y el que supiera hablar inglés de los presentes se enfrentaba con la chota.

—Mind if I take a look around the back?

—Go right ahead.

Y regresaban muy pontificados después de haber revisado los refrigeradores.

—Nice apples you got there.

—Yessir, hep yourselves.

—Let us know if you see strangers in the area, will you?

Y se iban con sus buenas manzanas.

—Tan, tan.

Al abrir la puerta se encontró de nuevo con la señora de Guanajuato.

—Ay, señor dispense la molestia. Es que no tenemos abrelatas y fíjese que tampoco tenemos fósforos pa la lumbre.

—Señora, métase rápido.

—¿Qué pasa, señor?

—La migra acaba de pasar por aquí, no los vayan a ver.

—A pos, ya los vimos pasar; ya los conocemos por el color de los carros.

—Ande, pues. Oiga, ¿y dónde se quedan?

—Tamos escondidos en un jacal donde el ranchero guarda los tractores.

—Cuidado y no los vayan a pescar.

—Ay, pos si ya nos vio el gringo y no dijo nada.

—¿Cuándo los vio?

—Pos muy de mañanita cuando vino a sacar unas rastras . . . y como si ya nos conociera bien, ni saluda ni dijo nada nomás nos vio, se quitó el sombrero, se rascó y se fue.

—¡Ah! bien, eso quiere decir que ya no les va a echar la migra. Hay gringada que ya está acostumbrada a ver raza mojada y no dicen nada. Son buenas gentes. ¿Conque les faltan abrelatas y mechas, no?

—Sí, señor, ¿qué son mechas?

—Fósforos, ceríos, señora.

Mi vieja me dice *mojado* cuando bromea, pero también cuando se enoja conmigo. Es que mi padre es de Agualeguas, estado de Nuevo León, México, y a veces todavía se me nota el acento del otro lado. Pero yo no me dejo y le digo pocha, que es como a veces nos llaman los mexicanos de allá. La raza de los dos lados siempre se andan jodiendo así, pero casi siempre de buena gana, pues estamos hechos del mismo palo, ¿no?

—Balbow, no mujeres en cuarto, ¿está bien? No mujeres, no mujeres ariba en cuarto, okay? —le dijo un día la Schaeffer, la jefa de las enfermeras.

Y quién chingaos va a traer viejas al pinchi cuarto. Ya me viera empinado encima de una vieja y que vayan a subir los tísicos y me vean por detrás. Ni tan ahorrado que estuviera. ¡Ja! No tuviera vieja buenota que me espera en la casa, ella es mi mera estrella. Y luego, si me metiera con una vieja, *si nomás me metiera,* y quién se va a meter, cuando tas casado con una vieja más gallona que yo. No, mejor no. La Ojitos me mataba. No, mejor no. Qué cosas se le ocurren a uno. ¿Por qué será? —Dominga tarde libre, ¿eh, Balbow? Querer ver la señora, ¿eh? Dice la alemana, mula frisona gigante con bigotito güero. Me limpio con sus trenzas. *¿Me limpio qué?* Con esa vieja ni de emergencia. En primer lugar mi cerebro no se me podría concentrar nomás pensando de dónde viene ese olor a medicina, tonces cuando ya mero toy listo ella me pregunta: ¿Qué oler? Y ay tas de vuelta, que no sabes qué contestarle porque te confundes con lo que le contestas, le miras el bigotito; la otra cosa te llama desesperadamente como cañón recién montado y listo; te parpadea el fundió de puro miedo; el chile no sabe si quedarse ay apuntado, o tocar su retirada; te acuerdas de tu vieja; pasa un iceberg y pa acabarla de chingar se oyen los pasos de los tísicos que suben muy despacito. ¡Malhaya el diablo! ¡Rechinar de dientes! ¡El Santo Padre en Utah! ¡Me chingo en el hombre lobo!

—Balbow, cuando terminar pleitos salir cocina luego y cortar palmas fuera. No dormir siesta ahora, mucho trabaho. Cortar palmas.

La Schaeffer creía que sabía español y no permitía que mi apá le hablara en inglés, que aunque un poco machacado bien se hacía entender. Alta, muy alta, blanca pálida con ojos azul claro, y su cabello trenzado en un bonito chongo redondo se lo arreglaba que parecía una especie de corona, una corona al estilo alemán antiguo. De todas maneras, alemana o no, la raza que estaba en el sanatorio la llamaba Schaeffer la alemana. Aunque nacida en La Feria, pequeño pueblo lleno de raza jamás hizo la lucha de aprender bien el español. Pero al menos hablaba en infinitivos, que es mucho más de lo que habla el bolillo tejano del valle del Río Grande.

Ese año el Sr. Balboa no viajó al norte, Ohio tendría que arreglárselas sin su presencia. Es que ese año no pudo ir porque mi amá estaba embarazada y yo era la causa. Dentro de ella, para el verano ya daba pataditas, me mamaba el dedo pese a que por el ombligo me entraba todo lo que quería de comer, pero me mamaba el dedo tan a gusto, nomás flotando en el vientre de doña Ojitos. Y más, pues ya tenía tamañas orejotas y me daba cuenta de lo que pasaba afuera. No veía nada porque la Señora que Todo lo Causa así ordena que sea, no se te permite que prendas los faroles hasta que te dan luz y sientes el frío de afuera.

Pues mi amá, panzona y rebonita que estaba, iba a darle la vuelta a mi apá. Se veían en los escalones de madera que quedaban detrás de la cocina del sanatorio. Como a eso de las dos de la tarde mi apá terminaba de lavar los platos, luego los esterilizaba con Lysol y los ponía a hervir. Mientras hervían por una media hora salía a los escaloncitos a echarse un Chesterfield. A eso llegaba mi mamá; él siempre como pensativo y ella más amorosa que nunca se sentaba abierta de piernas, la panza la tenía tan grande que parecía que la acomodaba en el escalón frente a su vagina. Yo sabía por qué venía a ver a mi apá, le tenía ternura porque sabía que él quería estar con ella por las noches, y hasta como que le hacía la luchita pero la Otra Altísima Hembra que a veces es Hombre se metía entre ellos y no los dejaba hacerse el amor. Mi amá se moría de ternura por él, mi pobre apá; y lo abrazaba a cómo podía y lo besaba. Mi apá pos nomás se quedaba bien ahorrado como toro encerrado en corral; y yo dentro, ya tenía forma de los que caminan parados —estas cosas— y más, mucho más lo sé porque la Señora que Construyó el Universo se lo dice a uno, sin palabras por supuesto; y a mí ciertamente me arrulló bastante en los brazos de su sabiduría. A nadie nunca le he dicho esto porque me da no sé qué, como vergüencita que vaya a decir que estoy bien desatornillado, por eso siempre he querido saber si todo el mundo goza de lo mismo de lo que yo gozo.

Lo que querían hacer mis padres era elemental, comparado con lo que se decían sin palabras; los ojos, el aliento, el aroma del cabello de amá, y la hermosura de estar preñada la hacían verse muy deseable. Y mi apá, pues ya sabes, tenía que esperar a que saliera yo de mi suspendida soledad en el agua, contar cuarenta días de dieta de mi madre y entonces sí, ya podría.

—Elsa, me voy a meter en el Nachional Gar.

—¿Qué?

Mi amá no lo oyó bien porque veía la cabellera de mi apá en la cima de las palmas que se mecen cadenciosamente a la distancia. Como que veía doble, o triple, cuando también se le metía la música o alguna otra imagen en el corredor de movimientos que se forman frente a uno.

—Que toy pensando meterme en el Nachional Gar.

—¿Y pa qué, viejo? ¿Qué necesidad hay de eso?

—Le pagan a uno nomás por unas horas de estar allí los domingos, y ahora que vamos a tener hijo necesitamos más con qué mantenerlo.

—¿No tas viejo pa meterte en eso?

—No, todavía me aceptan. Lotro día hablé con el Alafa y me dijo que te va bien si te metes y pos uno ni hace nada.

—Y pa qué te sirve que te metas, luego no falta que los gringos hagan otra guerra y te llevan.

—Hay guerra, vieja. No te has dado cuenta del chingo de raza uniformada que vimos en Jálinche el otro día.

—¿Cómo que no me fijé? ¿No te acuerdas que vimos al Romeo, de los judíos de Mercedes, muy apretado con su uniforme?

—Por eso te digo pues, y qué me cuesta meterme con los tanques, ay conozco al Liborio y el hermano del Alafa.

—¿Liborio el jetón? Buena facha de soldado valiente. No, no, ni lo pienses, así tamos bien; el niño nos traerá suerte y así tamos bien, no vaya a ser que te lleven a Corea o a no sé dónde se meten los gringos a hacer su guerra. Ya sobra de raza que se muere, ¿a poco no has visto los estuches donde traen los cuerpos?

—Son ataúdes.

—Aunque fueran eso y más. Quítate eso de la cabeza.

—Yo nomás decía pa ver si agarro un poquito más de lana.

No nos alcanza con los veinte dólares que me pagan aquí por semana.

—¿Ah, y no ganó centavitos lavándole a la alemana?

—Sí pero ya pronto no podrás porque cuando nazca el güerco no se va a poder.

—No, pero la Schaeffer ya me dijo que si quiero seguir trabajando que nomás ella me trae la ropa a la casa.

—Y allá, ¿con qué linda máquina vas a lavar?

—Mira, viejo, cuando hay necesidad uno se las arregla como puede. Ya veremos después.

—No, pos yo nomás decía.

Hubo una breve pausa que los envolvió de cariño mutuo a los dos. A él se le notaban los ojos apretaditos y brillando de amor.

—Elsita.

—¿Qué pasó, viejo?

—Consígueme una vieja pa remojar el chile, anda.

—Tú sabes bien que eres libre de hacer lo que te de la gana, a mí qué me andas diciendo nada.

—No se esponje mi gallinita culeca. Nomás le decía pa picarle la cresta.

—Las gallinas no tienen cresta.

—¿Ah, no? Sí que tienen, nomás que es más chiquita que la de los gallos y casi no se les nota.

—Vas mal, no seas grosero.

—Ándele, mi pollona, no chille. Nomás la estoy vacilando. ¿Qué otra cosa puedo hacer con usté, pues? A las gallinas culecas no las puede pisar el gallo.

—Ni a los toros capados, pos ya no pueden montarle a las vacas.

—Dirás bueyes.

—Ora sí me entiendes, ¿no?

—¡Ah! vieja no me bromiés así.

—¿Ora no, eh, Señor Balboa? A una sí se le puede bromear pero a ustedes los hombres, nomás les pega uno con la misma lumbre luego chillan.

—No, vieja, es que eso es otra cosa.

—¡Ajá! Sí, será otra cosa, ¿cuándo ibas a entender lo que bien claro te digo?

—Vieja, la Margaret me hace ojitos cuando voy a juntar los platos sucios en el Ward de mujeres.

—¿No será que le da sueño nomás de verte?

—De veras, vieja, el otro día la pesqué mirándome con ojos de rana con sueño.

—Es que se acordaba de su marido, y como no lo puede ver porque está tísica cualquier cara de calabaza con bigote se le hace bueno pa soñar.

—Ay stá precisamente lo que te digo. Tú misma lo has dicho. Ya tiene aquí siete meses y el bato nomás viene el domingo por las tardes a verla. Ay nomás se sientan en el zacate agarrados de las manos, y no pasa de ay.

—¿Y a ti que te importa que se agarren de la mano?

—¿A ti quién te mete de guardían de los enfermos?

—¡Sh! No les digas enfermos. La Mula Frisona no quiere que digan que están enfermos. Dice que nomás están temporalmente afectados.

—Sí, ¿y el viejito que se petateó el otro día?

—Y fíjate que la Margaret como que se quema porque su viejo la bese y él no se arrima pa que no le pegue lo tísico.

—Otra vez la mula al maíz. ¿Qué te preocupa esa gringa?

—Sh, no digas mula, no vaya a ser que te oiga la Schaeffer.

—Ni tanto español que entiende.

—No creas, aunque machetea la lengua la entiende bien, se crió con la raza.

—Sí, pero dejará de ser gringa pa no aprender a hablar el castilla.

—Castellano.

—Pues así decimos en mi familia.

—Sí, vieja linda, pero ya no estás en Michoacán.

—No te burles, un día te va a oír que le dices mula frisona y eso sí lo va a entender porque es alemana.

—¿Y cómo va a saber?

—Es que da la casualidad que sus padres vinieron de Frisia.

—¡Ah, jijo! ¡Te aventates! ¿Dónde aprendiste eso?

—¿No trabajo en su casa? Pues ay vi fotos de la familia vieja, y en una de ellas por detrás dice que son de Frisia.

—¿Alemania?

—Sí, y Frisia o Sajonia pa mí es lo mismo mientras los vea grandotes y colorados.

—Please, cambiemos de tema.

—Ya me desquitaré con usted, doña Elsa, cuando nazca el güerco.

—No cuando nazca, sino mucho después, cuando sane; y no diga güerco que no vaya a ser güerca pos tanto puede ser uno como otro.

—Va a ser varoncito.

—O reinita nalgoncita, Señor Balboa.

—Vieja, mi linda vieja; ¿me dejas meterme en el Nachionar Gar?

—Ajá, luego te rajas, ¿eh?

—Anda pues, metete al Nachional Gar pa que seas feliz.

—Qué linda te vez panzona.

—No diga nada feo, mi viejo, no vaya a ser y la niña lo oiga.

—Niño.

—Lo que sea, pero va a ser una persona muy especial.

—Sí.

—Ya lo es, señor, ya lo es.

—Anda, pues, tengo que ir a podar las palmas.

—Y yo te detengo la escalera.

—No, Elsa. Tú tas panzona y no te metas en este trabajo de hombres.

—No dije que me iba a subir a podarlas, ni voy a agarrar la escalera con la panza.

—Tú siempre ganas.

XV

—¡Valentín! ¡Muchacho cabrón, tas comiendo tierra otra vez!

—Déjalo, vieja, la tierrita es buena pa que le limpie las tripas.

—¡Qué tripas ni que ojo de hacha! Se le van a pegar las lombrices.

—¿Qué vieja? ¿De dónde van a salir lombrices de la tierrita?

—Pos de todos modos no sirve que anden comiendo tierra, no ves que se enferman. ¡Qué infiernero! A ver cuando crece este güerco pa que se vaya a la escuela y que no ande siempre desnudo pa'riba y pa'bajo.

—Ta chico todavía, vieja, dos años más, hay que esperar dos años más.

—Tres, viejo, tres. Ya no sabes contar.

—Oye, vieja, ¿qué te parece si lo volvemos a bautizar y agarramos compadres ricos pa que les toque pagar un baile a todo dar? ¿Eh, qué te parece?

—Como quieras, ya sabes dónde queda la iglesia, y el cura aquí nomás nos queda por el callejón. Pero no es eso lo que más necesitamos, pos bailes a ti no te faltan aunque no trabajes . . . y eso es lo que más necesitamos.

—Ya me salió cola.

—Y qué otra cosa va a pensar una que ni un bote de leche del clavel queda pal café.

—Tons me voy pa Houston. Allá sí que hay mucha chamba.

—Y yo me quedo aquí de bruta con todos tus hijos.

—No, pos te mando con qué vivas; te mando cada semana.

—No, si eso quieres hacer mejor espera que el Vale tenga sus seis años y entonces sí nos vamos, es el último que nos queda pa mandar a la escuela. Tres años tenía el Valentín y todavía lo traían en zapetas. Bueno, es decir, en zapetas y tierra porque se la pasaba en el patio de la vecindad, revolcándose, comiendo y amasando la buena tierra de Kingsville, Texas.

En los años productivos para los derechos civiles y el mejoramiento económico del pueblo, el presidente Johnson, gracias a su habilidad de persuadir al Congreso de la Unión, organizó muchos programas de recapacitación para la gente de escasos recursos, o sea, los que en este país en realidad no tienen poder político y económico. Uno de esos programas existentes lo llaman el Job Corps; éste está diseñado para adiestrar en oficios y artes a jóvenes que de no ser así tendrían poca oportunidad de prepararse para tener buenos empleos.

Ya te imaginarás que la mayoría de los jóvenes de este programa son raza, negros, algunos indios y, por supuesto, anglosajones también pobres. Más o menos todos son raza brava; gente que ha sido golpeada por la pobreza y la privación. Me perdonarás la seriedad de esto pero es que quiero que sepas en qué pasos anda nuestro Oscar Balboa, procedente de la muy noble y leal ciudad de Edcouch, y de aquí no paso por respeto a los afectados.

El lugar de trabajo y escuela está ubicado no muy lejos de San Marcos, también en Texas . . . ese Tejas que no podemos olvidar, ¿no?

Es la primera vez que me veo fuera del ambiente de la raza, aquí hay de todo, con perdón de los presentes. Aunque hubiera querido que tuviéramos uno que otro de la tribu, es decir, de nuestros parientes de la antigua Israel. Aunque excepto por uno que otro del lado de Mercedes, quienes raramente admiten la ascendencia de su buena sangre judía. Me pinto una secreta sonrisita cuando llega a nuestro programa la raza de Nuevo México, algunos de ellos no saben que en un tiempo sus nombres, ahora mexicanos, sonaban clarísimos en la vieja e inflexible España: los Luceros, los Villarreales; ni hablar de los Carbajales, y uno que otro Santamaría —puro juderío. ¡Pobres! Por ay se desviaron del camino de la ilustración y la prudencia. Con la chinga que les metieron los gachupines no les quedó, o no les quedaron ganas más que de fingir que eran como el resto. Pero tú y yo sabemos bien quién es quién y no nos rajamos; ya vendrá el día en que he de revolcarme en las arenas del Negev, y pa que más te guste voy a echarme una cerveza con los árabes, también parientes, y jugaremos canicas hasta que nos salga sangre de las rodillas.

Pues nunca he estado en un campo militar, y si son como éste, pues ya estuvo que no se ve muy bien la cosa que digamos. Supe allá en el Edcouch que Camp Gary había sido una base militar en sus mejores tiempos, hace mil años, allá por la segunda guerra mundial. Pero también he sabido por ay que los cuarteles de la fuerza aérea son más cómodos que los del ejército. Pos aquí se jodió todo porque está de la patada. Acabo de llegar a Gary, como ves, mis padres me trajeron y ahora aquí estoy bien solo sin conocer a nadie de allá. Nunca había visto a la raza junto con los negros y los gringos, y te confieso que es divertido verlos.

—Qué pasó, ese. Acabas de llegar, ¿no? Se te nota lo bronco todavía.

—Qué ay, pues, pos aquí nomás, recién llegadito.

—Me llamo Valentín, Valentín Rodríguez. Tú eres del Valle, ¿no? Se te nota.

—Sí pues, soy del Edcouch. . . ¿Y en qué se me nota?

—Pos en las patas, ¿en qué había de ser?

—Pos sí, y tú mismo lo has de saber que las tienes tan grandotas que apuesto a que duermes parado.

—¡Aya madre! Ya me salió galla el pollito este. Ta bien, pues, ¿y. . .?

—¿Y qué?

—Pos, ¿cómo te llamas, ojitos, cómo te llamas?

—Oscar.

—¿Nomás Oscar? No tienes papá muchacho.

—Se apellida Balboa.

—¿De los de San Benito?

—No, ya te dije que soy del Edcouch.

—¿Y caben los Balboa en esa ciudad tan grande?

—Ay nomás, y si no caben, pues a ti te cabe, ¿no?

—¡Ayale! ¡Ah! Así me gusta que no se dejen. Ya stoy cansado de andar con pendejos por aquí. Pos aquí tenemos a un wise guy. Oye, güerito, ¿y qué vas a agarrar aquí?

—Pos si ta tu hermana, me gustaría agarrarla a ella.

—¡Ah! Ora sí que arrieros somos. ¿Conque ya te crees gallón, eh cabroncito?

—Ya chale, ¿no?

—Pos sí, pos nomás estamos de broma, ¿no?

—Y qué pues, ¿qué vas a agarrar?

—Welding, a ver si hay lugar en welding.

—¿Cómo no habría de haber? Acaba de salir un grupo de mayates y ora si hay lugar. Ayer se fueron pa su tierra.

—¿No eran tejanos?

—No, eran de por Ohio; Cleveland o por allá.

—Pos vengo a aprender welding.

—Le vas a agarrar fácil, ya verás.

—Y tú, ¿en qué tas?

—Toy en carpentry, voy a ser carpintero.

—¿Ya te hiciste tu coffin?

—¡Ah! Otra vez me chingaste. No, voy a hacer una camita pa echarme a tu hermana en ella.

—Te jodiste porque no tengo hermana. Pero si tantas ganas tienes aquí traigo una de campana.

—¡Jijo, tas bravo, bato!

—¿Y ahora qué? ¿Pa dónde jalo?

—Ya que te arregles en la entrada diles que quieres lugar en el K 14, ay es donde estoy yo, si quieres.

—¿Y qué es el K 14?

—Es la barraca, señor; es la barraca donde dormimos y tenemos todas las chivas. Oye, ¿traes algo?

—¿Algo de qué?

—Pos tú sabes, alguito de fumar. Tú sabes.

—No fumo.

—Ah, el señor tiene gran lengua pero no trae qué fumar, y lo que es peor: no fuma. Tons, ¿a qué le entras?

—Ya te dije que a tu hermana.

—Ya se rayó ese disco, ese. ¿Traes o no traes?

—¿Pos qué?

—Mota, güerito, mota, Mamá Carlota.

—¡Ah, deso! No, pos no. No le hago.

—Mira, entonces cuando te pongan en la lista les dices que te manden al L 9, allá estarás a gusto con tus parientes, la mayatada de Alabami.

XVI

—This is private property. Go away, you are trespassing on private property!

—Háganse pal otro lado del camino o nos arresta la chota.

El ranchero andaba bien nervioso; nunca había visto a la raza hacer tanto barullo y no lo podía creer. Desde anoche llamó a la policía de caminos y a los rinches para que corrieran a los que andaban organizando a los meloneros.

Dicen que es huelga de César Chávez pero no ha aparecido por aquí, se quedó en Califas peleando con los lechugüeros de Salinas. En su lugar mandó a Tony, un mexicano que hace años trabaja con él en el Farm Workers Organizing Committee para sindicalizar a los trabajadores de campo. Dicen que el Tony es de México, pues habla español como los del otro lado y como que se le sale el modito de hablar de allá de Jalisco.

Yo no sé qué hacer porque mi apá anda pizcando melones, es la temporada y toda la raza quiere aprovecharse del corto tiempo que les queda pa trabajar duro. Y pues no se pa dónde va a tirar: si se va a hacer tonto, no hace caso a los huelguistas y se queda agachado recogiendo melones o se arriesga saliéndose a la guardarraya donde están los huelguistas.

No creas que los huelguistas no están asustados porque sí lo están. Les tienen miedo a los rinches, esos cabrones inventados por el diablo nomás pa matar a los mexicanos y proteger la sagrada propiedad de los gringos. Por eso andaban con mucho cuidado para que no los acusen de violar la ley.

Este sol me calienta por dentro y por fuera. Ni modo de parar, eso no le gusta al ranchero, luego cree que nos vamos a sentar a comer sus melones. Ya no aguanto las chichis, ya tengo una semana que se me hincharon los pezones, y tan paraditos como que quieren echar leche. ¡Pero de dónde voy a tener leche! Me duelen cuando se me pega la camisa al pecho. ¿Por qué se le hincharan las chichis a los chamacos? Luego toda la esquina entre las piernas como que me las acaban de frotar con alcohol. No sé qué me da cuando de repente el pito roza el dril de los pantalones, y ni modo de evitarlo, ando sin truza, pero me gusta.

—Oiga, apá, ¿qué pues?

—Sosiégate, Oscar. No le hagas. A ver qué pasa . . . espérate un poco.

—Sí, pero ¿qué quiere esa gente de las banderas? ¿Por qué dicen que nos salgamos del fil?

—Es que son huelguistas.

—Ya sé que son huelguistas. ¿Qué no ve al del sombrero negro que nos dice que salgamos del trabajo? Pero, ¿por qué?

—Ahí te digo después en la casa.

—¿Y ora, por qué no?

—Porque tenemos que trabajar.

—Me voy a acercar a la guardarraya pa platicar con ellos, a ver qué me dicen.

—Tate quieto, no le hagas.

En la guardarraya se ven hombres y mujeres, trabajadores de campo que quieren hacer un paro a la labor para forzar al ranchero a que reconozca el sindicato de trabajadores y firme un contrato en forma. Pero aunque ya van muchos que salen, todavía queda la mayoría pizcando melones; muchos de ellos los traen de México con promesa de pagarles bien por su trabajo; y a veces es cierto. Los gringos lo han hecho para frustrar los esfuerzos de los que quieren organizar a los campesinos, y pues, la raza del otro lado se viene encantada a trabajar. A veces no saben ni con quién trabajan; y les gusta venir pa este lado, como ahora porque los gringos les pagan al contado, no con cheques.

—¡Órale, ya dejen el jale! ¿No ven que el ranchero les paga poco? No se dan cuenta que mientras no se organicen no van a tener ningún derecho si se enferman, ni pensión ni seguro social. Órale, mira, ven pa acá a platicar; nomás a platicar un rato.

Traen banderas que nunca había visto por aquí. Era colorada, bien colorada, con una rueda blanca en el centro y un zopilote negro con las alas desplegadas y la cabeza mirando a la derecha. Taba bonita. Luego traen cartelones con FWOC y HUELGA. El Tony se viste de negro, con un sombrero también negro de copa aplastada y a la ancha. Parece villano de película mexicana. Luego con un bigotón zapatista que basta miedo da verlo. No lo veo de cerca pero desde aquí se le nota el poder en los ojos.

—¡Órale, güevones! No sean rajones. Así están al lado del ranchero. ¿Tan contentos con lo que ganan? Y pasado mañana cuando se le acaben los melones, ¿creen que se va a acordar de ustedes?

Por allá, por la carretera están los rinches con sus gafas ahumadas, escopetas y estrellas de chota en el pecho. Ay se la pasan como que esperan que se descuide uno pa tirarle un escopetazo.

Entraron sin permiso en la casa de un huelguista que vive cerca del Río Grande City, le echaron la puerta abajo todos con pistolas y escopetas. Adentro estaban el Magdaleno, el Gil, el Escolático Gastélum (del otro lado) y Matías Fierro, muy a gusto jugando al conquián y tomando café hervido.

El *Valley Morning Star* dijo al día siguiente que unos criminales mexicanos se les echaron encima a los rinches. El líder era el Magdaleno, a quien The Texas Rangers se vieron obligados a agarrar porque resistía ser arrestado. Pero la raza dice que el capitán de los rinches nomás entró y le dio un culatazo al Magdaleno, luego lo patearon y lo apalearon. No es la primera vez que los rinches abusan de la raza, ¿quién los va a detener? Yo tampoco quiero líos con la policía gringa porque ya sé lo que hacen con la raza. Yo nomás quiero tener chanza de agarrarlos uno por uno, levantarles el cuero del lomo y echarles un puñado de sal, no mucho, nomás un poquito. ¿Pero quién se mete con la chota gringa y sale ganando? Todos se protegen unos con otros y uno no tiene derechos en su propia tierra. Algún día cuando pueda me voy a pelar de aquí, me voy pal norte y si no me quieren en el norte, me voy más al norte, me pelo más allá, y si en Canadá me hacen mala cara pos agarro pa Alaska y si allá me corre el frío no me queda más remedio que irme a vivir muy a gusto en una estrella. A ver si allá no hay policía gringa tejana.

—No me vuelvas a hablar de aquello cuando andamos en el jale. ¿No ves que anda uno muy ocupado? Al ranchero no le gusta que ande uno platicando.

—Yo nomás me callo, apá, ¿pa qué le digo nada?

—Mejor así. Uno va al campo a trabajar, a eso va uno.

—¿No sé da cuenta de lo que está pasando?

—Sí. ¿Y qué le vamos a hacer?

—Pues averiguar lo que se pueda hacer. ¿Qué le cuesta hablar con el Tony?

—El Tony no es de aquí. Es de México.

—¡Ah! Qué curioso, y su apá y su tata venían de la China, ¿no? A poco la línea es de fierro o de ladrillo pa que detenga la sangre. La sangre llama, apá, la sangre llama, y si la raza de aquí no tiene güevos pa aventarse con la huelga pos qué importa que sean del otro lado los que la hacen, además que el mero mero de la huelga no es del otro lado, es de aquí, viene de por ay, de Yuma o Suruma, o no sé bien de dónde.

Tú vienes de lejos aunque no tienes necesidad de estar aquí, bien sabes por qué. Los grandes capitalistas, los rancheros ricos y otros enemigos del pueblo quisieron que te murieras, o que de repente dejaras de hacer la obra en que estás comprometido. No te han asesinado porque . . . pues no sé por qué. Pero ay estás pues, César Chávez, señor de la buena palabra, visión lejana en los ojos, buena raza.

Estábamos mi amá y yo en la placita donde hablaste, había mucha raza —qué raro, no se veían los gringos por ay, ni uno solo había. Y dijiste que venías a ayudar a la gente a organizarse para que mejoraran las condiciones de trabajo; luego nos dijiste que el FWOC estaba escaso de fondos. Fue todo lo que quiso escuchar mi amá porque el día siguiente hizo una gran tamalada para vender y entregarte todo el dinero recaudado. Mi apá ayudó un poco pero como que le daba vergüencita hacerlo, y creo que por eso tampoco fue al mítin; era más vergüenza que otra cosa. Tú sabes que hay gente que como que se paraliza cuando te ven. No creen que eres tú, que eres de carne y hueso; y creo que eso le pasó a mi papá, no sabía qué hacer. Mi apá no es rajón, es nada más medio rajón, pero yo sospecho que si no te hace caso al menos te quiere.

Pero tú sabes también que hay raza que habla mal de ti, yo sé por qué, como que se avergüenzan de verte tan recto, y luego se ven a sí mismos y no les quedan bien tus pantalones, les quedan grandes.

Y yo pues te tengo frente a mí, me gusta ver el leve rubor en tu cara, me gusta ver tu cabello lacio, negro.

Se perderá la huelga, quién sabe, pero la conciencia de la raza no se quedara así como así, no te olvidarán.

Mi apá no quería que fuera con la marcha, pero de todas maneras me vine.

Pasamos por Karnes City como a mediodía. No sé de donde salía tanta gente, pero ay estaban esperándonos con lonche, sodas y gritos bonitos. No pudimos quedarnos mucho porque teníamos que caminar otras diez millas aunque apretara el sol. Todos traemos sombrero puesto y de todas maneras hace calor. Me corre el sudor por el canal de la espina dorsal. Me puse a contar los pasos para distraerme y hacer que pasará el tiempo, pero lo que sucedió es que cada paso empezó a retumbarme en la cabeza. Me imaginé que era el principio de un vuelo, que el retumbar era el principio del ronroneo de mis máquinas.

—¿Tas bien, Oscar? Tienes la cara encendida de calor.

—Sí, voy bien, hace calor, pero si me detengo se me enfrían los motores y luego hay que echarlos a andar y tardan en llegar a este ritmo bonito.

—¿Los motores, qué motores si vamos a pata?

—Los de mi cabeza, ¿no los ves, verdad? Pero de todas maneras los llevo bien calientitos.

—Pos échales agua pa que se te enfríen.

—No es necesario. En la boca llevo agua fresquecita y con eso les voy pasando un chorrito poco a poco. Así quedan bien.

La Gina López se nos pegó en Luling y aquí andaba, como nosotros, con la cara encendida de calor. Pero de todas maneras se veía bonita, la calor hace bien parecidos a todos: los ojos se le veían más cafés, el cabello más ondulado, la boca más rosita, los pechos más paraditos y el talle más sinuoso.

Algún día yo quiero ser mujer. Pues ya empecé con las chichis que aunque no grandes ni duritas me acuerdo cuando traía los pezones bien paraditos y delicados; no me importa lo demás.

Algún día voy a ser mujer y me voy a lucir de cuero, buen cuerón seré, y me verán los hombres que pasan y van a querer cogerme, y me gustará eso porque no me voy a entregar hasta que yo quiera. Y me voy a sentir rebonita porque voy a ser una cosa bonita, delicadita y olorosita.

"¡Qué buena está la Oscara!" dirán y yo fingiré que no los oigo. "Ya sta bueno pa suegro el viejo Balboa". "¡A quién le tocarán esas nalguitas!" Y yo me sentiré más y más chingona. Los haré que sufran. "¡Qué mujer!" Ahora sí sé lo que siente La Que Nos Quiere a Todos.

Viene un amigo con su acordeón. Ahora toca "De colores" como polka y eso interfiere con mi movimiento de fuera y de adentro. Ni modo de decirle que no toque, se oye bien aunque su ritmo se encuentre con mi cadencia, su acordeón no se acopla con mi guitarra, prefiero mi propia zarabanda.

En Poth nos regalaron tajadas de sandía, todos comimos, aunque yo un poco, lo suficiente para quedarme un poco pensativo, mas esta vez no es como en otras ocasiones. Me ha entrado una suave onda de movimiento por todo el cuerpo, desde mis cabellos que destilan sudor gota a gota, basta mis piernas ya lampiñas. Hoy calzo huaraches para mejor caminar. El sudor me cubre los pechos, y no me importa que los vean en relieve con la camisa empapada, pegada a su redondez. En los ojos tengo un semitransparente velo . . . Lo colorado de la sandía no está hecho de hilos, fibras . . . son puros puntitos coloraditos de varios matices, aunque hay uno que otro blanquito. Uno quiere descansar, pero por más que le haga la lucha siempre le quedan los pómulos palpitando; es el calor y la fatiga, se sueña bien así . . .

¡Ay, qué lindo estar tirado boca arriba, descansando después de haberte paseado con tu viejota junto al lago, pero saliendo de entre los sauces llorones! Nomás que el traje me queda ajustado: la María Rentería lleva vestido largo, y debajo un par de refajos para que se le vean curvas de nalpa, nalgas que no tiene. No sé si es ella o yo el que lleva la sombrilla porque cada vez que pienso en un puntito de la sandía cambia de mano. Pues ahora nos estoy viendo de perfil, pero ahora que voy caminando no puedo verme el perfil. Todo esto también está hecho de puntitos aunque no son tan chicos como los de la sandía de Poth que te dije.

Cada instante me retiro para este lado, unos diez metros para ver la silueta de María. Me impresiona la curvatura de su trasero, se ve demasiado redondo, luego su espalda se curvea hacia la izquierda, ¿la estoy viendo de aquí, no? Como que vamos caminando porque no queremos que se muevan los puntos. Se me figura que si caminamos más rápido se friccionan y cambian a colores chillones, y solamente los quiero ver en semicolores. ¿Quiénes serán todos esos que andan en su día de campo? No recuerdo haberlos visto, ni los habré visto cuando se mueven tan rápido para allá a la derecha por allá donde ya pasó el movimiento, más allá de lo pasado, pero para allá, a la derecha porque yo estoy aquí en este momento. Alguien o alguienes juegan con las partículas, se nota una leve sonrisa en labios de altísima mujer.

Ay vamos, tiesos como figuritas de plomo en el tiro al blanco del circo, a mí se me ven los pantalones pero la figura no da señal de que da pasos; a ella no se le nota nada por la falda tan larga.

—Oye, pero María no es así, ella sonríe mucho. Y jamás la he visto con chapeau. Oh, well! qué importa si una casi ni tiene control en lo que mira, mucho menos en lo que pasa.

¡Ay! me acaba de correr una gota de sudor del pezón derecho de mi teta, corrió los diez centímetros al torso y agarró velocidad, pero para cuando llegó al ombligo ya iba fresquecita, por poco brinco. Y qué bueno que no salté de éxtasis porque hubiera movido los puntos milimétricos que miro de mi oscariana posición a la figura perfilesca y mariana que todavía pasa, como te digo, de derecha a izquierda, todavía silenciosos los dos.

No recuerdo haber mordido la sandía. ¡Ah! Pues se acabó de todas maneras.

Ahora sí me arde la pequeñísima corriente de sudor que me ha entrado en el ojo izquierdo, ahí la voy a dejar que me irrite, y si sacudo la cabeza para echarlo hacia el pómulo no vaya a ser que el reverendo Navarro se sorprenda y se descomponga su sacerdocidad; eso sí, los gringos que nos siguen en los carros negros voltearían sus largavistas ópticas hacia mí y no quiero que me vea nadie, mucho menos chota bolilla.

Ay te va una gota de jugo de sandía que se deslizó de lo que queda en cáscara, pasa por la parte clara del antebrazo, brazo, axila, costado y de repente vira a la izquierda y se esconde en mi bosquecito de rizado cabello, más abajo por el lado derecho. Ya sabes que no hay vello que la detenga.

Si llego a Austin con los marchadores quiero pasearme en silencio por las calles; si llego, ojalá que no nos mate de un escopetazo algún redneck. ¿Respetarán a las mujeres? Ni modo, ¿no? ¿Quién va a saber cómo estás en ese brillante instante? Aunque secreticamente me gustaría ser como hombre en el momento de morir en una violencia.

Todavía está pasando María con su Oscarote francés, nomás que ahora se ven chiquitos porque no los veo de frente, pero son los mismos, todavía en silencio.

Ya se me quitó el calor pero se me quedó pegada la camisa al pecho. Bajé la vista a ver si encontraba alguna manchita donde quedaban los pezones y no se ven más que los botones amarrando las tapas de los bolsillos. Y más allá, como a un metro más abajo se nota un bultito donde hacen esquina los muslos.

¡Qué bonita sonrisa tengo dibujada en los labios! Algún día que tenga bigote de veras me voy a sonreír mucho para que se estire todo el bigote a lo largo. Un bigotito más o menos delgadito como el del Oscar francés que pasó con la María Rentería del brazo ¡Je! ¿Y pa qué quiero bigote?

¡Jij! Ya están listos pa seguir marchando. ¿Y a quién le toca limpiar todo este basurero que dejamos aquí? El reverendo

Navarro dejó su iglesia bautista en Houston para solidarizarse con la huelga; él es el que nos manda hoy, pero hay días en que anda con nosotros el padre González, el de San Antonio.

—Pues, amigos: De aquí a Austin, la capital del estado de la estrella solitaria hay más de un camino, pero por razón de raza éste mero es el que he escogido. Pudimos irnos por otro lado porque es en los pueblos chicos donde la raza más vive, no muy lejos de los bolillos.

Pero por este venimos caminando despacito, con las banderas en alto y cuadro de la virgen en un palito, su gran estampa colgada; no me pregunten por qué a Guadalupe pa ir adelante hemos escogido, la cabeza de la raza en estas cosas tiene más razón que el petróleo de Houston.

Con acordeón y guitarra aquí camino, aunque viene un poco retrasado el del bajo sexto platicando con requinto, no os preocupéis, chicanos, quedarse atrás no es perder, a veces hasta mejor, ¿qué no sabes que de lejos se ven los toros y tampoco por mucho madrugar amanece más temprano?

Ergo: el gobernador Long John afuerita de New Braunfels, queriendo apagar la flama del fuego que nos movía, se presentó de solapas, rodeado de seis compinches con las manos en las cachas de sus pistolas de rinches:

—Hi ya, fellas! I don understan all this fuss. All this march is unnecessary, ya know. We want ta keep it peaceful. In Texas we live in peace and ya know that the door to my office is always open to all citizens of peace and goodwill.

Y el curita buen chicano, con la palabra de Dios en la mano, con el gringo se enfrentó; de nada le sirvió la sotana porque los güevos no reconocen calzones.

—Mire, usted, señor gobernador, lo que aquí se ve, no es más que una muestra de la furia mexicana. Lo demás queda en los corazones de la raza que a Austin con ganas marcha. No pedimos más que dollar twenty-five minimum wage. Ni modo de pedir amparo de racismo, burla y exclusión, porque tú sabes dentro de tu corazón que todo ya está arreglado. Nomás queremos hacer manifestación; de aquí pasamos al norte del Río San Marcos. Así es que, escuse me, man, we got a ways to go. Los gabachos se marcharon, en sus brillantes carros negros, y afuerita de New Braunfels dejaron tirada la arrogancia. En Austin nos esperaba la raza de allá, junto con mucha gabachada para marchar por toda la calle Congress. Diez cuadras pa llegar, aparecen tres batos, Tijerina y sus hermanos enlazados de los brazos, desde el Alto Nuevo México se vinieron los hermanos. Taba Andrade y Joe Bernal, de San Antonio; un amigo Bela, vecino del mismo lugar; Gus González con su vieja, los que pelearon en Wharton para que se admitieran a chicanos en las piscinas públicas; Israel San Miguel, el Culoalto de Seguín, un poco tarde, ay se va, pero vino también; José Ángel de Crystal City y veinte mil más, ¿qué tal?

El cherife me advirtió que en la ciudad no se daban permisos de marchar en las calles mas que a gente de paz: no pistolas, pisto ni desorden. Permiso no hay.

—Señor, tres verdades chicanas le prometo: el lunes présteme cinco pesos, se los pago el viernes; vamos a echarnos una cerveza; déjame meter nomás la puntita pero ahora le prometo que no vendrá más gente que la que viene, y los que no, nunca jamás lo sabrán.

El Culoalto se asustó, pues nunca había visto tanta gente. No te asustes, ése, no son más que chicanos. A la gringada ni le importa, andan ocupados haciendo su business en los bancos; los merchants a las diez en el Woolworth's están tomando café y bromeando de su juego de golf, y los brokers ocupados paseando a clientes por las casas de venta, pensando en su seis por ciento. ¿Qué hay que temer en Texas, the Lone Star State?

XVII

En octubre regresamos del norte al Edcouch. Era algo tarde para entrar en la escuela, ¿crees tú que mi apá y mi amá me la iban a perdonar? A la escuela, muy tempranito.

Entré al segundo año, pero yo me creo más adelantado que la otra chavalada. Leo mucho; lo que encuentro, hasta los papeles que encuentro tirados por la calle, ¿por qué no? ¡Pos no cuesta nada! Tengo una maestra bastante buena. Es raza, joven y algo guapona; aunque creo que lo digo porque todos los demás dicen que es bonita. Pero sí, se me hace bonitona. Aún así, y aunque fuera ella la reina de las puntas de las palmas reales de todas maneras me doy mis escapadas; bueno, mejor serán ondas que me entran, o entro en una onda, pero me entro. Ay tás, pues.

A mi apá le dieron trabajo en el sanatorio para tuberculosos; ya van varias veces que lo ocupan ay. Y suerte tiene porque hay mucha raza que no consigue nada después de volver de las pizcas de Ohio, Indiana, Michigan y otros estados del norte. Al menos no tiene que ir a que le den el Güero Félix como le dicen al Welfare, eso que les dan a los que no pueden conseguir trabajo.

Los sábados a veces mi apá me lleva a Jálinche, la linda ciudad de Harlingen. Me lleva para que le haga compañía y para que le ayude a cortar la yerba. A mí me gusta ir porque allá me toca comer lo que me da la gana en la cocina del sanatorio.

—¡Ah! Balbow, ¿este muchacho ser tuyo?

—Sí, Miss Schaeffer, es mi'jo, es el único que tengo.

—Muy guapo, nice-looking boy. What's? . . . ¿cómo te llama?

—Oscar Balboa, para servirle.

—Buen muchacho.

—Gracias, señora.

—Señorita, hijo.

—Thank you, Miss Cháifer.

—¡Ah! ¡Qué chulo! Balbow, ¿Oscar poder trabajar en mi casa? ¿Cortar zacate? Pago dos dólar.

Y mi apá me echa una mirada derechita diciéndome que yo diga que sí; y pa dónde voy a jalar si por un lado mi apá me grita con los ojos y la Cháifer ya me contrató sin mi permiso.

—Sí, Miss Schaeffer, sí puede. ¿Verdá que sí, mi'jo?

Yo, más tieso que una tortía de ayer, apenas puedo sacar un par de palabras de mi cuerpo . . .

—Yes, miss, ¿cuándo?

—Ya, ya hoy por tarde.

Me llevó la Cháifer a su casa. Yo esperaba que viviera en una mansión pero resulta que vivía en una casita modesta de madera. Con razón no corta ella el zacate, pues es ese tipo de zacate grueso que se da por aquí y que tiene las hojas tan grandes que parecen navajitas paradas. Aún así me lo eché en dos horas fingiendo que era gigante que cortaba un cañaveral.

Sabe que se traería la Cháifer porque hasta limonada me trajo. No me la quería tomar porque me imaginaba que eso era todo lo que me iba a pagar. No, es que de veras le caí bien y hasta me invitó a su casa a que me la tomara en el portalito. Ya me di cuenta por qué lo hizo, quería que me viera su mamá.

—¡Mutti! —le dijo a la viejita—, Hier meiner Kind er heisst Oskar Balbow.

—¡Aya, madre! ¿Y ora que tan ladrando? No sabía que taban masticando alemán.

—¡Tag, Oskar!

—Buenas tardes, señora. —Me quedé con ganas de que siguieran hablando pero luego le cambiaron al inglés. Ahora sí me doy cuenta por qué le decían la alemana a la Cháifer, ¡pos porque era alemana de veras!

Otro sábado volví, andaban las alemanas más alegres que de costumbre; me contagié porque yo me sentí muy bonito por dentro y me pertenecía la yerba otra vez.

—Oskar, do you like music?

—Music?

—Yes, you know, orchestra music.

—Well, yes, I like it.

—I have asked your father if he'd let you go with us to a concert.

—A concert, Miss Cháifer?

—Yes, a concert whith a large orchestra.

—Well, I . . . well . . . I guess it's okay. When?

—Tonight. We have the San Antonio Symphony Orchestra in the Civic Auditorium tonight, and after the concert we can take you home. Or if you want to, you can stay here with us. And if you stay you can go to church with us tomorrow morning.

—Oh, well, I guess, Miss Cháifer, I want to see the orchestra.

Chin, chin, chiiinn! Rascaba un violín mientras que todos callaban en manos de los músicos.

¡Eran tantos! Yo creo que eran como cien músicos, aunque me puse a contarlos cada vez que lo hacía se me perdían muchos detrás de otros.

Primero tocaron una pieza que hizo retumbar el techo del lugar, se llamaba "Mañana, mediodía y noche en Viena". Después no sé qué tocaron, pero estuvo suave. Ahora estoy repleto de cosquillas nuevecitas por dentro, como que se me quedó una cuerda de algo por dentro.

Me quedé a dormir en casa de las alemanas. No me dormí luego luego porque no se me quitaba la música de la cabeza; ya era tarde cuando terminé de tocar todos los instrumentos. Ahora me tocaba hacer mi propia música. Voy a coger un cello porque con ése sí puedo, tiene muchos modos y suena suave. Aquí tengo papel y una pluma fuente con tinta nueva. Pongo a los demás instrumentos por un lado, recargaditos en las paredes, al lado de la cama, pero tengo que poner algunos encima de la cama porque no hay lugar en otra parte; el arpa apenas pudo entrar porque es la más alta de todas; los timbales entraron de ladito, ya me ronronearán quedito cuando estrené mi "Trío para escritura, niño y cello". No conozco las claves por su nombre pero sé lo que me gusta. Tampoco conozco todos los signos que usaba el güerito de la peluca blanca, pero de todas maneras voy a agarrar una foto suya y la voy a poner en la pared para que me vea cuando toco el trío; mejor nomás con la foto para que me mire y no me diga nada. También a ver si las alemanas no despiertan.

Lento.

Yo . . . señor de la instrumentación, pido permiso al chamaco genio que me guacha de la pared, para empezar este paso, ondas que al principio dejo libres que caigan y como leves papeles blancos quedan una sobre otra. Línea de mi pluma que suelta, su color no color, más negro, para dibujar un siluetado esqueleto de Volkswagen barroco.

Gracias por el silencio, ahora sí tengo permiso para sobar como con cuerdas de gato notas deslizadoras ya de lino, y caigan encima de las primeras otras.

Timbal retumba continuo, tu boca de cuero lindo castellano chivo, mi emanación cellesca recibe, y por favor responde inmediato —menos la distancia de este yo cuerdas cuatro y el brevísimo rato.

Andante.
Palmas que podé esta tarde. Brisa del mar que las mueve. Susurro de hojas secas de abajo, las de arriba más suaves. Sigan soñando, las germanas no recuerden de su inconsciente estupor, bañándolas con el vaho laderas del Rin sinuoso calor. Dejad que sonrían. Continuar con la cuerda gorda más el número dos para que cuerochivo entre más grueso, y las dos últimas con su fondo resalten y no asusten a las mías de mi corazón, por eso. Paso más largo pero no mucho, quede medido el espacio y el tiempo que con mi cuerpo escucho. Afinándolo para mayor, ausente de cadencia, entre el suave salto, ritmo de mi corazón.

Allegro.
No, no quiero más. Quede solo el cello, mis líneas negras y mi juventud; ahora saltando y el timbal amarrado chivito por mi lado queriendo; las cuatro cuerdas turnándose más rápido más en orden. El tiempo está que brinca por entrar; no se va a poder, en este momento diría la Cháifer: *no poder.* El tiempo, chavalo del timbal, no existe: sólo lo que se mueve puedo contar.

Menuetto.
Chona: Dame tu mano blanca, deja de hacer tortías y vente a bailar, con pasitos, vueltecitas y una caravana. Compás de nuestros cuerpos transparentes. Chona, ¿nunca te imaginates echarte una danza estilo alemán? ¿Quién dijera que en Texas, en casa de la alemana, qué te parece? Tu viejo corazón con el mío mozo, qué bien se mecen.

Finale.
Daremos todos vuelta, pasando por tu cuerpo andamio de alambre Volkswagen, para enredarte una vez más con mis cuerdas. Cello no tieso, sino pauta volante; gracias, gato, has ronroneado con gusto y el cuero de chivo te ha contestado, una vez más: así, así. No está mal para un chavalo del Edcouch para

empezar. Se acaba la tinta, se calla el cello, el bato ya va a despertar.

Soy malo para dormir en casa ajena. Pues siempre me excito y me es difícil poder dormir. Esta noche ha sido igual. No he podido dormir, ¿quién se pone a dormir cuando se tiene que componer una pieza y luego conducirla? Además de que soy nuevo en esta materia; es decir, había en el pasado hecho música en mi imaginación en la cabeza, de otra forma cuándo suceden otras cosas incontenibles. Lo que pasa es que aunque nunca había asistido a un concierto ya había tenido la oportunidad de escuchar música formal aquí y allá, más bien cuando estábamos en Ohio, cuando pasábamos cerca de Columbus y podría oír la onda de la estación WOSU. ¿Qué te parece, Chona?

Luego que me gustan los instrumentos de la orquesta, todos ellos. Aquí enfrente los tengo, no seré experto en su construcción, diseño o en su ejecución pero sí sé para qué sirven . . . y lo que es más importante: incientíficamente me gustan. Esta noche pude trabajar el cello, adoro el cello, quien está hecho de finísima madera, diseñada, pulida, pintada y laqueada. Y me refiero ahora a su forma; después tienes las cuerdas, sólo cuatro de ellas. ¡Ah! ¡Pero mira todas las variaciones de sonido que es posible hacer con la combinación de juego manual y del arco!

El violín, bueno: también el violín a menudo me acompaña. Cuando camino me cubre en su vuelo un buen allegro; no me preguntes cómo es un allegro porque no sería muy bueno para decírtelo, pero sí sé lo que se siente.

Y no estoy hablando de caminar rápido, sólo un paso sencillo basta. No veo el cello, sólo lo escucho. ¿Has visto ese dulce de algodón que venden en los circos? Bueno, pues multiplícalo por mil, más o menos, quítale un poco de espesura y suéltalo; ay tienes, pues. Eso es el allegro que a veces mide mis pasos. ¿Quién lo tocará? No vayas a creer que me gustan todas las piezas formales de cello que he escuchado, porque no es así como siempre lo oigo. Eso sí: sirve haber escuchado algo alguna vez . . . pero ya te dije.

Ay está uno pues, recargadito frente a un armario de madera vieja.

Luego pues uno usa en la vida lo que puede para enredar bien las necesidades que lleva uno por dentro, o puestas por fuera, nunca te falta un cello con qué darle vuelta a lo que quieras, a veces prefiero darme vuelta a mí mismo y lo hago con el tórax, jamás de las caderas abajo. ¿No será que me gusta que retumbe el pecho, o el estómago?

No se te vaya a ocurrir hacerlo sin que primero te fijes en lo que pasará, no vaya a ser que rompas alguna de las cuerdas, o que te las enredes tan fuerte que te vayas a cortar . . . no creo que te puedas sofocar. Pero como ya te dije, tómalo por advertido y ya estás listo para acompañarte con cello.

Volviendo a lo del trío de esta noche, ya se te habrá ocurrido qué parte tenía el niño en eso, ¿no?

He sabido desde hace tiempo que tengo la capacidad de ver cosas que la gente a mi edad no puede, o debe. A nadie se lo he dicho nunca, me da vergüenza, y luego que hay algo, o mejor dicho, tengo algo en la cabeza que de veras me lo impide; es decir, que no te puedo decir todo, porque en el momento que se lo dijera a alguien en ese instante ya no sería lo mismo. Como que no podría hacerlo.

Bueno, a ti te lo digo porque tú eres yo, y yo soy tú, pero yo soy el que mando. Es decir, yo soy el responsable, a mí me toca guardar en la cabeza, anda, para decírtelo otra vez, si te digo lo que te diga, si te muestro lo que te muestre, haga lo que haga, aunque con gran fidelidad y precisión en el momento en que sale, ya sabes de donde, *no* es lo mismo aunque seas mi otro yo. Pero fíjate, cómo muestra que no lo digo de manera opuesta, que yo soy tu otro tú. Ya en este mero momento no debería decírtelo porque duele hacerlo. Las cosas duelen, o uno duele cuando ha descompletado lo que estaba perfecto.

Mira, si no me entiendes me callo, pero, y sé bien que me entiendes, al menos casi todo. Yo ya sabía qué podía y qué no podía hacer dentro de ese trío. Yo soy el del continuo también, ¿no te diste cuenta? Ay estaba, todo necesita un continuo aunque los compositores le den otro nombre. Uno puede hacer, o mejor dicho *ser* el continuo si se quiere. Aunque es más difícil ser el cello, yo no vería mucho problema en serlo, aunque a veces creo que la viola me queda también. Se me ocurre que algún día voy a hacer a Dvorak, ¡ah! ¿no sabes? Es el amigo checo que anduvo por aquí hace como ochenta años, tiene un concierto para cello que me gusta. Bueno, no es cuestión de que me guste. Yo he sido el concierto, no sólo el cello, sino todo el concierto, vieras cómo me gusta entrar después de la pequeña introducción.

Mira: más aún de lo que te he dicho. Una vez Antón, es decir Dvorak, tuvo que pasar a la ciudad vieja al otro lado del Ultava; iba a la catedral de San Vito a presentarse para un ensayo en la gran nave. Fíjate que apenas pude alcanzarlo antes de que cruzara el Puente de Carlos, él llevaba su cello en su estuche a cuestas. ¡Pobre! Daba la impresión de que jamás terminaría de pasar por todo el puente, pues a veces se me hace largo, aunque mide todo unos trecientos metros de largo. Don Antón ya llegaba a la parte más alta de la curva del puente cuando lo alcancé. Era la primera vez que hacía esa cosa y por un momento creí que no podría meterme dentro del estuche para alcanzar el cello. Pues no me preocupé porque en el momento de pensarlo ya veía la figura del instrumento y lo siguiente fue fácil. Me hice cello. Bueno, de pura curiosidad me asome a ver si don Antón se quejaba de que ahora su carga pesara tanto. Ese día, pues, aprendí dos cosas importantes: que hago lo que quiero, bueno, no todo porque hay alguien que me impide que lo haga todo todo. Y luego descubrí también que la gente no me ve, ni sabe que ahí estoy . . . es decir soy . . . hasta que yo lo digo . . . y ya sabes que a nadie le he dicho eso . . . sólo a ti.

¿Ahora ves cómo puedo ser el continuo de un trío para escritura, niño y cello? Nunca había estado en un templo en el extranjero, ni en uno cristiano, me gustan ahora. Me gustan más los grandes y antiguos. Una vez que tenía seis años, no me acuerdo cuánto hace de eso, es decir a como la gente cuenta el tiempo, de repente se me sube lo loco y empiezo a hacerme como luz o movimiento de otra forma, y como ya conocía San Vito de Praga ahí estaba muy altivo, recargado en la silla donde había estado sentado don Antón. No quise esperar que regresara de echarse su cerveza y salí disparado, llegando a Alkmaar en Holanda en menos de lo que tardé en pensarlo. Me dio risa porque en San Vito de Praga era cello y cuando llegué a la iglesia de los pioneros en Alkmaar me puse de órgano, afortunadamente que estaba bien lleno de sonido tocando un sonecito barroco, mi favorito, al órgano.

No veo sorpresa en eso, porque, como ves, no es más que una transformación de una persona o un violoncello. ¡Ah! Pero vieras lo demás, lo que va con tener cuerdas, un cuerpo bien espacioso y hueco y todito de madera por fuera, además de que uno no está hecho más que para hacer sonidos hermosos. ¿Sabes que ahora pienso que quizás sea imposible hacer sonidos desconsonantes? Ya te hablé de mis relaciones aunque breves con don Anton Dvorak pero no me has visto que me tenga entre sus piemas, bien abrazado y con la mano izquierda en mi cuello; me da una sonrisita linda cuando esto sucede.

Hay muchas piezas que los maestros han compuesto, puedo conocerlas todas si así lo deseo pero estimo que no hay necesidad de tenerlas todas de repertorio en mi cabeza, o cuerdas, si así se quiere. Creo que lo importante es hacer bien lo que le va entrando y saliendo a uno. Bueno, pues también en el momento de ejecución también hay éxtasis. Tú sabes, lo que digo que entra es toda la partitura que en un buen tiempo se hizo, la aprende el maestro instrumentalista quien interpreta de una manera u otra, luego me tiene a mí para ejecutarlo que es cuando sale la música ya hecha. Cuando se reúnen los elementos del leer, ejecutar, y mi responder eso mero es lo importante. Para ustedes, los que andan con el cuerpo vertical eso es la verdadera música. Por eso te he dicho que hay cosas que la gente toma por logrado, pero en realidad no existen.

Tengo una plétora de favoritas, tantas que no tienen *número,* como dicen ustedes que tienen la maña de contarlo todo. Para qué repetir tanta composición, baste decirte que cojas por ay la partitura del K424 del precioso Mozart, es un andante cantabile bastante divertido.

Oye, es hora de reportarme, las alemanas están por despertar. Fíjate que presiento que Mutti Schaeffer tiene duende musical. ¡Ay voy otra vez! ¿Ya te dije lo que es duende? Si no, no te vayas, que te diré más otro día; es más, quiero que estés conmigo cuando ande por ay *duendeando.* De todas maneras, si se me pasa, ya nos veremos el día en que me muera porque *ahí* estará todo, bueno: ahí estarán todos, también tú porque no puede ser de otra manera, ¿ya se te olvidó que eres yo? Ahora no puedo contarte, pues aunque pudiera decirte cuándo voy a morir no lo digo, ¿para qué gastar el éxtasis?

Algo suena en la recámara de Frau Schaeffer, los mayores siempre madrugan, esperaré unos momentos a que se arregle, luego que esté en la cocina hirviendo agua para su té le sorprenderé con un suave abrazo. En un instante durante la noche hice un esfuerzo, no muy fuerte porque no es necesario, un pequeño esfuerzo por llenarla de un dulce adagio cuando estaba dormida para que susurrara su ser al despertar. Y por eso quiero llegar de puntillas a abrazarla, sin palabras, por supuesto.

Me da risa porque por un momento pensé que en mi gusto de llegarle que me anticiparía antes de *oscarearme* y que se me olvidará el cuero de cello encima y así llegar. Bueno, en realidad es absolutamente imposible que esto suceda porque no soy yo el que controla este vaivén, es La Que Te Digo quien lleva las riendas de sus lindas manos. Ayúdame a sacar a todos estos compañeros de aquí, no te preocupes, no harán ruido aunque los tropieces con los muebles. Ay después te explico por qué.

XVIII

—Osca! It's your turn to stay in the barracks today. I wan it clean as a whistle. You know where to find a bucket and a mop, unnerstan?

—Yes, sir.

Para unos, esto de quedarse de guardia en los dormitorios es un martirio. Para mí, ésta es la primera vez. Qué mejor que estar solo horas y horas.

Pues como no hay quién me observe ni me quite el tiempo habrá lugar de descansar un poco; pero como sabes, mi mejor solaz es el vuelo.

¿Recuerdas cuando conocimos a la raza de Nuevo México? Más ariscos que un venado en noviembre pero ya sabemos por qué, uno no nace así, se hace. Ahora ya somos cuates, aunque todavía no me acepten totalmente como nativo, nos vemos bastante bien. Ahora sí puedo comprender esa amigable rivalidad que tienen los del norte, que según algunos de ellos son Spanish, y los del sur del estado, a quienes a menudo les llaman surumatos. Tendré que preguntarles por qué les llaman surumatos a los del sur, pues porque yo no he oído mentar el territorio ni ciudad de Suruma, de donde sospecho que vienen los del sur. Pues si ellos no declaran los generales de esa alta ciudad, quede pues, que es ciudad, pues entonces tengo el derecho de establecerla con todos sus bellos atributos y excelentes cualidades.

Suruma, cuate, es la famosa cuidá que se encuentra ubicada más o menos al norte de la frontera entre la Gran Gringoria y el

México que conocemos. Los paralelos fijan más o menos sus límites geográficos. Pero de todas maneras que sea todo lo que queda al sur de Truth or Consequences. Suruma se distingue entre sus habitantes por el ingenio y picardía de estos. Al norte de T or C, como se dice en inglés para no gastar aire al pronunciar tan largo nombre, también hay gente chistosa, aunque en ambas partes se presume de ser vivo.

Los surumatos dicen de los norteños que son tan prácticos que cuando quieren ver si alguna niña está en edad de merecer que la sientan en una silla, y si los pies alcanzan el suelo pues ya estuvo, y si no, pues ambulan por un momento en su rededor mientras se rascan la cabeza, al fin concluyen que el problema se resuelve cortándole las patas a la silla.

De los surumatos se dice que son tan pendejos, que habiendo querido distinguirse de alguna manera natural y sin presunción han hecho solicitud al Partido Unido de Pendejos, cuya sede es todo México, donde se conoce con las iniciales de PUP. Los mexicanos, es decir, los pupistas negaron el privilegio a los surumatos. ¿Qué te parece? Uno no conoce su verdadera realidad hasta no verse en un espejo, ¿no? Pues ay nomás quedó lo de la categorización de los surumatos.

Se dice que estos son tan como son que ni se dieron cuenta de lo que significaba el rechazo oficial del Partido. El Partido se reserva el derecho de no hacerle caso a nadie, aunque reconocen que entre su agrupación hay lugar para todos. Los surumatos, pues, esperan quién les diga algo.

Ahora te contaré algo que nadie sabe. Y te lo digo con la inteligencia de que no lo dirás a nadie. Te ruego que lo guardes en secreto, porque si lo cuentas jamás volveré a decirte nada en confianza, y lo que más te amenazo es que si no haces caso te acusaré con la Señora de los Ojos de Estrellas, que son más que estrellas para que te desordene las moléculas y te vuelvas loco tratando de ordenarlas.

Eso sí que no quiero que me interrumpas porque te voy a hablar de una mujer, ¡sí! una mujer, y ya te dije que no quiero que me interrumpas.

Pues apenas tenía diez años, era cuando estaba en cuarto año de la escuela. Me acuerdo muy bien porque en aquel tiempo las mujeres todavía usaban más faldas que pantalones. Conocí a la Carmen, la que me hacía reventar de coraje. Teníamos la misma edad y no me quitaba la vista, y no sé por qué. Quería que fuera su novio pero nunca se lo concedí por ofrecida. Nomás me andaba mirando y me daba no sé qué que me viera.

Su mamá, la señora Amalia, era nuestra maestra. Le decíamos la bigotes, y no es necesario decirte por qué, pues eso era lo menos que pensábamos de ella. Era dura, muy dura con nosotros, y eso no lo entiendo porque nosotros no hacíamos nada malo.

Un día que estábamos en clase, al Chino se le cayó una canica, ya te imaginaras el escándalo que hizo al rebotar en el piso de cemento. Todos nos empezamos a mirar unos a los otros como queriéndonos decir "¿Y ora qué, cómo salimos de esta?" porque ya conocíamos a la Amalia y esperábamos ser castigados en grupo si no le decíamos de quién era la canica. Y nadie dijo. Éramos cuatro los caniqueros, yo, el Chino, el Héctor y el Nano, este último tenía la distinción de ser muy bruto.

—A ver, jovencitos, ¿a quién pertenece esta linda obra de arte de cristal?

Silencio total, cuarenta y ocho pares de ojos miraban a la maestra silenciosamente.

—¡Ajá! Conque de repente esta canica no tiene dueño, ¿eh?

Todos seguíamos silenciosos como deseando que nuestro silencio fuera suficiente respuesta, se cansara ella y decidiera no hacer caso a lo ocurrido. Pero no fue así.

—Ahora bien, como parece que el culpable se niega a presentarse tendremos que hacer un ejercicio de justicia democrática. Quiero que uno por uno pasen al frente y se vacíen los bolsillos.

Le tocó al Nano pasar primero, y el muy bruto metió la mano al bolsillo derecho, agarró las canicas que le quedaban y se las entregó a la Amalia. Ya quí se jodió la cosa. La maestra recogió como dos docenas de hermosas canicas, y ay se acabó el lío por el momento.

A la Carmen no le faltaba pretexto para hablarme: "Que, sácale punta a mi lápiz", "Que, si me compras una raspa", "Que, si voy al cine a la noche". Y no no le hacía caso por ofrecida, y pues porque: ¿a quién le gustan las mujeres? El asuntito en realidad no termino aquí.

Resulta que la señora Amalia, protectora de su clarisima y miada hija Carmen, no contenta con habernos robado nuestro tesoro de canicas, tuvo el negrísimo hígado de pasárselas a la hija, a quien le gustaba jugar con ellas. Nosotros rutinariamente la boicoteábamos, pero ella nunca se alejaba aunque no le permitíamos jugar con nosotros. Pues no lo hubiera hecho, porque bien logró encabronarnos de coraje y nos despertó el ingenio para preparar una rápida y ejemplar venganza.

Varios días nos pasamos acechando a la caniquera, a quien espiábamos durante el recreo, a la salida de la escuela y cuando salía a comadrear con sus amigas. Tuvimos la audacia de querer asaltarla en misa, flanqueándola en ambos lados nos sentamos lo más cerca que pudimos de ella en Santa Genoveva. Aunque nuestra estrategia no era un diseño de altos ingenios militares, pues pensábamos rodearla entre todos y después de los insultos de rigor, quitarle el bolso en la iglesia, o maletín si es que el ataque era en la escuela, vaciarlo y recuperar nuestro tesoro y símbolo de la afrenta amaliante.

Pues ay estábamos haciéndonos pendejos en la iglesia, esperando no sé qué para lograr nuestro justiciero intento; el Chino se acercó de reclinatorio en reclinatorio hasta que podía casi husmear la cara recién lavada y jabonesca de la Carmen. Logró situarse directamente detrás de la nunca bella criminal quien no se separaba de su profesoresca madre para nada, más la odiábamos por eso, pues considerábamos que no hacía bien el juego en nuestra guerra. El Chino, hincado para observar el bolso de la carmenesca se zarandeaba un poco de rodilla en rodilla de tanto esperar, en esto hace lo mismo nuestra fiera y le truenan las huesudas rodillas, el Chino se desconcertó, no sabiendo en un pequeñísimo instante a qué se debía el trueno rodillesco; se imaginó que mil canicas caían en el sagrado piso, la solemnidad de la misa rota y desarmonizada por la redondez y cristalero ruido no supo en esa fracción de instante qué hacer; se imaginó que de todas maneras no podría recoger tanta canica, todo mundo voltearía a gritarle con los ojos, La Gran Amalia lo reconocería, tomaría notas del caso y al día siguiente tendría que recitar las tablas de multiplicar de cinco cifras al revés, y en chino de la China . . . creyó no tener alterativa e hizo lo naturalmente humano: se rajó. Fingió rascarse la cabeza, se sentó, cambió de una nalga a la otra y se escurrió hacia donde estaban sus compañeros y heroicos cuates. Yo pude meterme fácilmente dentro del cuero del Chino y llevar a cabo la misión pero desistí por no quitarle la gloria ni arrebatarle el trueno y relámpago de su ataque. Tendríamos que esperar para después para llevar a cabo el sagrado rito de nuestro desquite.

Salían las chavalas de sus salas de clase, como siempre, en un gran grupo de colores, palabras, chilliditos y arrastrar de los zapatos en el piso. Entre ellas venía el odiado enemigo, pero eso importaba menos que las hermosas canicas que según nosotros, inocentes, venían secuestradas en el maletín de Carmen Aida. Alto nombre para una ladrona inmerecedora de redondas canicas, chinescas, oscarescas, etcétera.

Pues allá ellos con sus caniquescas preocupaciones; allá ellos con su enojo por la pérdida de sus materiales canicas, allá ellos con su cada quien codicia.

La Carmen gozaba de envidiable tranquilidad ante la furia de los chicos. Ella, tan estudiosa y hermosamente femenil como lo son normalmente a esa linda edad de diez años las mujercitas. Ni quién se preocupara por nada perdido ni por perderse. Oigámosla:

—Pues el vestido de organdí azul claro que me está haciendo doña Julia, la del Chuy el carnicero, debe de quedarme bien. Esta tarde paso por su casa, la que está por la calle Olas Altas, para probármelo; me dijo que fuera hoy o mañana a ponérmelo, pero no voy a esperar hasta mañana porque no aguanto sin vérmelo puesto hasta entonces.

"Cuando mi mamá me llevó a comprar la tela, me acuerdo, ella tenía pensado comprar los dos metros de un satín blanco que se le ocurrió sería buena para el vestido. Pero yo ya tenía tiempo viéndome vestida de azul, con mi vestidito de azul. Con mi vestidito de falda bien circular, con un encaje blanquito a tres centímetros de la bastilla, un cinto del mismo material más largo para hacer un gran moño por detrás, escote alto y pequeñamente redondo, mangas cortitas y bombachitas que apenas caen sobre el hombro. Salió hasta mejor de lo que pensaba porque la tela tiene motitas blancas, y eso me gusta. Ahora con calcetas blancas y zapatillas negras de charol.

"No entiendo por qué solo la gente tiene que vestirse. Algún día podré coger de los pichones que viven en el centro y uno por uno llamarlos a mi cuarto; con muchísimo cuidado explicarles que ya es hora de que ellos también puedan lucirse con ropas diseñadas por doña Carmen, la señorona de la calle Olmo y fabricadas nada menos que por mi costurera exclusiva: doña Julia la de Chuy el carnicero. Los admito en mi recámara uno por uno, tomándolos, hombre-mujer-hombre-mujer. Les mido de un centímetro detrás de la cabeza, por todo el lomito basta donde les nace la cola, pues la cola debe de quedarles libre para que la luzcan al caminar como cuando la hacen abanico cuando se saludan; luego de la gargantilla, tres centímetros de espacio, como que les cuelgue la tela para cuando se esponjen de gusto, y se les deja una medialuna alrededor de la cloaca para que no ensucien las galas y se sientan a gusto. De los muslos y patitas no me preocupo, excepto que a los vestiditos de las pichonas se les pone un bordecito de encaje fino para que su gente sepa que son chicas. Por lo demás: los colores eso sí se los dejo que los escojan ellos, uno no debe de forzarlos a todo lo que uno quiera. No faltara material porque yo siempre tengo de vestidos que ya no me quedan, no son viejos sino que simplemente ya no me quedan.

"No me preocupo por los zapatos, zapatillas y botines, aunque se les verían bonitos a algunos de ellos, pero los dejaremos así porque están acostumbrados a caminar con los dedos separados, como si siempre los trajeran listos para contarlos: 'mira, yo también tengo cuatro: tres para adelante y uno para atrás, aunque no tan colorados como los tuyos porque mi papá era un gallo medio prietón y mi mama era indita de Pekín'. Hay que dejarlos así para que se puedan sostener cuando anden caminando o estén nomás de pie, charlando frente a la gente que les da de comer.

"No le he dicho a doña Julia la de Chuy el carnicero hasta que haya contado a todas las aves que le llevaré. Después de esto le llevaré nada más de muestra uno de los patos del parque, son más grandes y todavía no sé si les guste mi plan; ya les hablaré, a ver qué deciden. De mis planes a largo plazo tengo pensado hablar con el pajarero del centro para que me preste algún par de gorriones, pero eso es para mucho después porque ésas serán las obras maestras; los gorriones son inquietos y tengo que pensar cómo los pescaré, y se queden quietecitos cuando les tome la medida. Ya sabes que las medidas son tan importantes como lo es el color de la tela.

"No me parece nada extraño en particular que haga mis planes pues por boca del padre de la iglesia he sabido que hay gente que se dedica al arte de la alta cultura de vestir pulgas. No creo que toda esa gente sea china porque aquí mismo tenemos gente muy curiosa. Pues es como los grillos que se dice que en un circo traen amaestrados para salir en comedias; dicen que hay unos muy curiositos que salen vestidos de frac, con todo y corbata de moño, camisa bordadita y levita de golondrina. Esos grillos no los he visto, no necesito verlos, con sólo mirarlos como los estoy viendo, basta. Además que aquí hay un maestro que los adora, jurando que todos, absolutamente todos son buenas gentes que nos miden las pulsaciones de la ilusión en las noches oscuras. Y no sólo eso, también que Alguien que los ha creado les regaló la sagrada misión de traernos noticias del pasado oscuro, así como del claro. No tengo planes de trabajar con grillos porque ya hay gente que los necesita para su arte, y para mi serían, por el momento, nada más materia de lujo. Hay que saber siempre quién es quién, y qué es lo que les conviene. Me quedaré con los pichones, paso las pulgas y que los organillos de la noche nada más me acompañen, al fin y al cabo que ya traen su vestido original desde que Alguien les otorgó nacer; bueno, aunque ese vestido es algo rígido, eso no afecta su musicalidad.

"No puedo ahora dejar a los grillos, es que aunque sea invierno, en ese tiempo en que según la gente no cantan, de todas maneras tengo algunos guardados donde nadie los ve, y pues de vez en cuando los llamo a que se acerquen para que raspen sus cuerdas. Ya sé que no son cuerdas, no hay necesidad de que me lo recuerden, yo les pongo cuerdas si quiero; así como podría ponerles teclas o válvulas, yo sé bien lo que hago con mi artesanía personal.

"Pues pichones no faltarán; el mundo está poblado de ellos. Hay otras cosas que tengo por hacer. Por el momento me dedico a caminar a casa y tengo otras tareas, la menor de las cuales es fijarme por dónde voy caminando. Esta tierra suelta está buena para construir un amplio desierto; también eso lo dejo para después, porque si comienzo ahora tendré que preocuparme por las palmas para algún oasis. "Un vestido azul de organdí. Estará bien para estrenarlo en misa".

El sonido de los cuatro chicos se apoderó del ambiente mientras bajaban los escalones del atrio. Se detuvieron al pie de éstos, aunque se hicieron a un ladito, casi escondiéndose ante el muro que sostiene la explanada sobre la que está construida la iglesia del pueblo. En esta región de planicies no hay altos, así es que estos grandes edificios se construyen en terraplenes artificiales.

Ya termina la misa, alguien repica la campana, ha quedado suspendido un canto en lo más recóndito de la nave de la iglesia; el amén un poco más abajito pero no en capas paralelas, flotantes, salío en nubecitas imperceptibles a la mayoría de la gente; ambos cánticos se convierten en estambre suave y algunos de los fieles se los llevan sobre el tesoro que tienen sobre el cuello, algunos los llamarán a que suenen en ocasiones especiales de asombro, meditación, ensueño, maravilla, pero los más afortunados los tendrán diamantinos y cadenciosos en el largo instante de la muerte: dependiendo.

Los cuatro acechan a cada uno que baja del último peldaño. No todos piensan lo mismo, aunque tienen la misma actitud.

Baja Chuy Castro; don Jesús Castro los domingos y días de fiesta, pero el Coludo entre semana porque es muy alto, mide casi dos metros, muy famoso por sus mentiras originalísimas. Va con su señora. Tres pasos detrás le sigue su tío y heredero aparente de las mil y una cabeza de ganado; este señor también goza de apodo apropiado, de acuerdo con su aspecto físico, algún momento bochornoso de su vida, alguna mentira mal construida o algo por el estilo, le dicen el Colacorta desde que era adolescente y lograron observarle una especie de cola elemental o incipiente más o menos donde le hace ángulo el sacro ilíaco.

Pasa el solemne Perico Tierno, es la naríz en gancho que lo distingue de todos los seres humanos en el pueblo; perico por la nariz y tierno porque de niño evitaba a toda costa los pleitos para que nadie le pegara en el lugar que te imaginas. No creo que haya estado enamorado de su nariz.

La Estela Domínguez, es la única que se atreve a teñirse el cabello; dama algo solterona, digo esto porque desde mi punto de vista parece ya andarle pegando al cuarentón. No tiene apodo; eso sí que la gente se imagina un millón de anécdotas, incidentes y cuentos ejemplares en los cuales ella es la heroína. Viene acompañada de su honrado padre, don Higinio. Ahora baja magistralmente la Piernas Peludas, dominadora del pueblo que a diario atrapa en el cuarto año de la escuela del pueblo; no lo sabré, yo soy uno de sus esclavos; la altesca Amalia, fíjense en eso, altesca, que no alta, pues esto se reserva para otras personas que tienen menos espeso el espacio que los rodea. Me niego a describirla, sea suficiente que es la apropiada madre de nuestra desheroína, doña Carmen de las Canicas Robadas, quien muy obligadamente la sigue con su esbelto cuerpo de píccolo ajustado a una aria larga y pesada.

Reconozco su perversidad al verla en el quinto peldaño contando de abajo pa arriba, ella: en su silencio redondo y caniquesco corresponde mi reconocimiento, mas no se digna, correctamente, a bajar sus caniqueros ojos. Los tres permanecen detrás de mí pues a mí me toca rendir este homenaje. Mil torturas ejemplares se desbocan en mi mentalidad, más frustración de frustraciones . . . por el momento no podemos lograr el asalto. Baste con que me quedo estupefacto ante esta aparición que ya viene en el segundo peldaño y el vestido azul claro que observé en el quinto y que vagamente trasluce hasta veinte centímetros de su figura arriba de las arrugadas rodillas de naranjas viejas color café, ahora lo veo más cerca y distingo un millón de motitas blancas, todas invadiendo su verdaderamente hermoso y azul vestido, cuyas motas se desprenden de la tela y semi adheridas a su cuerpo suben en una eternidad hacia su cara de estrella. Y ella casi sonríe, casi casi porque los extremos de su boca han hecho ese arco de sonrisa que todo mundo ve en las personas que te dominan sin decir palabra alguna. Se desarmó el asalto.

Además que es pecado asesinar en domingo por la mañana; hemos de esperar un día de entresemana para lograr nuestro espectacular intento: me gusta el martes para eso.

Martes, marzo de 1962. Martes, en nombre de Marte, mitológico dios de la guerra, planeta colorado como los cachetes de su jefe, el guerrero que se alimenta de sangre. Buen día para hacer una fechoría con Carmen la judía. Hay que llamar al arma a mi caballería.

6:30 de la mañana. Residencia de doña Amalia López, viuda de Hernández. Habitantes: dos; un adulto de 37 años de edad; un menor, de diez y desafortunadamente creciendo como una flor, ¡aagh! ¡Muero violentamente con una estaca de corazón de mezquite que me atraviesa el tierno corazón! No aguanto la idea, el pensamiento, la verdad. Músicos, tocad una marcha fúnebre en mi velorio; toquen algo como marcha lenta para que este cuerpo presente pase bien de esta alta vida que he gozado por cientos de años a una muerte baja que es testigo de la desorganización de mis millones de células. ¡Aagh! Ella vive aún.

Con mil chongos en la cabeza, primero la pierna derecha, luego la izquierda, también despacio; pies que buscan pantuflas de color rosita; camisón que le cae hasta media pierna; cuerpo que se levanta de su figura de número cuatro donde estaba sentado, ahora vertical; lo llevan muslos, piernas y pies que se arrastran por el linóleo hacia el baño. Puerta que rechina al abrirla y vuelve a rechinar al cerrarse. Nalgas flacas que se depositan en la omega del depósito de cosas que le sobran. Bostezo de boca carmenesca. Hay que rascarse la cabeza; los chongos aprietan. Al fin el cabello suelto. Carmen se viste hoy con pantalones azules de mezclilla y playera multicolor por encima de unos calzoncitos blancos y camisetita del mismo color. Ahora todo está en orden. Un desayuno frugal de cereal azucarado, leche y un plátano.

Hoy, aritmética. No: prueba de aritmética. Gimnasia, pero no en el salón sino en el estadio de deportes para hacer el salto de distancia, coro, almuerzo en la cafetería, clarinete por la tarde y el Oscar: ¿qué andaría haciendo?

9:00. Chino: —La Carmen sale de aritmética en el cuarto de enseguida después de esta clase, va a música. ¿Qué te parece si la agarramos a la salida camino a clase de coro?

—¿Ya le avisaste a los otros?

—Tan listos. Oye, ¿pero cómo la vamos a hacer?

—¡Sepa! Pos nomás la agarramos y le quitamos las canicas.

—Pero es que sale con las otras muchachas.

—No importa, yo la agarro abrazándola por detrás mientras tú le arrebatas el maletín donde trae las canicas, lo vacías rápido.

—Sí, y que el Nano le dé un jalón de mechas pa que se le quite lo ladrona.

—¿Se animará el Héctor a levantarle las faldas? Hay que verle los calzones.

—No, los calzones no. Nomás las canicas.

—No, si el Héctor y tú se arriman, yo le levantaré la falda y le canto: "Valencia, ¡te bajaste los calzones y salió la pestilencia!"

Chino: —Déjate de chingaderas porque no habrá tiempo para hacer todo eso. Ya le veremos los calzones otro día. Lo que nos importa ahora es quitarle las canicas que nos robó.

9:04. Es la hora de salida de una clase a otra. En un momento hay un cambio notable en el ritmo de la vida, el aire, la planta física toda del edificio de la escuela. Es que en este momento todos los niños de todas las clases salen de sus aulas para dirigirse al gimnasio o a los patios a hacer su hora de educación física. Se llena el pasillo de voces alegres, chilliditos, pasos, zapatos que se arrastran por el piso.

El Chino, Oscar, Héctor y el Nano han salido de su cuarto, se apostan al lado del pasillo y permanecen de pie muy pegados a la pared, casi militares, espiando la puerta del salón de donde saldrá Carmen a quien esperan ansiosos, pletóricos de intención. Todos, como uno, cuentan con un plan: una mentalidad unísona motivada por el deseo de recuperar su tesoro, las canicas que la Señora Amalia les confiscó el día anterior.

Carmen, estatua blanca de piedra fría. Hija de la chota. Carmen, títere de madera sin color; vehículo que rápido se ha llevado de nuestra casa todas las pertenencias, nuestro capital, nuestros esféricos juguetes que ahora en manos profanas se pasean dentro de fea bolsa, bolsa que pretendemos arrebatar.

Ejército femenino que protege la traición misma que ante nuestros ojos pasa, apartaos ordenadamente que aquí estamos presentes para salvar el honor de la patria, para rescatar nuestro patrimonio.

Carmen: reo ante tus jueces supremos quienes fallamos que en un momento de tu natural locura has cometido un grave crimen violando altas leyes que nosotros mismos hemos promulgado. En nombre de la Autora de todo y todos, lo creado y la que crea otras cosas, ante nuestra autoridad te condenamos a devolver cantidad inmensurable de mundos, planetas, asteroides y desconocidas entidades universales y bellamente esféricas a nuestras justas manos.

Calla: que ninguna protesta ora dulce, ora sentimental intente ablandar nuestros corazones.

Guardaespaldas que ordenadamente marchan alrededor de la acusada, la ya juzgada reo que marcha al suplicio: atención, ¡alto!

Con sonora voz de lo alto de mi montaña juzgo y ordeno que te presentes ante este agregio colegio de jueces; que sumisa y en lírico silencio desistas de voz, gesto y pensamiento, y devuelvas

inmensa cantidad de esferoides planetas multicolores a este
augusto cuerpo que ha deliberado el caso juris, delicto, corpus,
mundi, etcétera . . . cuyo fallo es final.

Cambia el rumor de tonos de voces de niños de nueve, diez,
once y doce años que ahora llenan por completo el pasillo; ahora
todo mundo, menos las niñas del salón contiguo, todo está en
movimiento. Faldas, pantalones, zapatillas suaves, botines, blu-
sitas a penas llenas de pecho, camisas de manga corta y larga,
cabello desordenado y corto de niños, cabelleras trenzadas,
melenas bien cuidadas, todas las caras son hermosas, todas las
voces vivarachas y alegres. Cuerpecitos que chocan casi sin
querer hacer ruido.

Sale un grupo, son las de tercer año B: Irasema, Blanca Luz,
Melquiades, Ana María, Armida, Camila, Remedios, Teresa;
Ilona Zakany la chiva güera, Marisol Villalobos con su hermana
gemela, Belisa; y Carmen.

Un calor diferente entra en el rumor de voces que hemos
estado escuchando. No es nada en particular, es que de repente
hay voces nuevas que aumentan la corriente: la de Carmen entre
ellas. Es sólo un momento, un instante en que salen de la sala de
clases, vuelven hacia la izquierda y pasan con paso lento hacia
la distancia cuadrada al final del pasillo para salir al patio, allá
hay luz de sol . . . aquí dentro la media luz de pronto ligeramente
oscurecida por el lleno de cuerpos humanos, jovencitos, parale-
lamente ondulantes, excepto por cuatro estatuescas figuras que
queriendo abrazar, pegarse a la pared con sendas espaldas,
miden la rigidez de su intención en total con la tensión vertical
de sus de repente células alargadas y vibrantes como cuerdas de
violoncello recién afinado.

Instante eterno en que el fin de la vida, ahora pasante, de las
doce niñas, desfila ante las antorchas ocho que las vigilan con
extremo prejuicio horizontal. Se suspende la razón, ¡ah! tierna
razón que frágil se baja a la repentina gelatina del corazón cam-
biable.

Chino: —Carmen de calzones inolvidables. Con ellos te ríes hacia abajo haciendo círculos y cubriéndolos con la periferia de tu falda. Te alcanzo con los gatos enfurecidos que salen de mis ojos de fuego porque mis manos han sido ordenadas a permanecer en posición de firmes en esta militar revista.

Héctor: Carmen, perfil de alambre grueso, te alcanzo con mi venganza hasta posarla en la punta de tu bien hecha trenza de cabeo; la cojo delicadamente para que sea más fuerte el jalón que te voy a dar. ¡Ay! ¿Por qué se alarga hasta el suelo tu trenzado cabello? Mi suicidio hable retórico ante la vergüenza de mi fracaso. Tú ganas la batalla por hoy pero ya te veré en el infierno y allá nos agarramos, y ya sabes quién ganará.

Oscar: —Pasa, pasa, cleopátrica hembra rodeada de cocodrilos parados. ¿Dónde se habrán escondido la cola? ¿No llevarán en ella mis canicas? Caballero maltes, Cruzado francés Godofredo, Jacinto Treviño con dos pistolotas, Hércules que te apalea con la columna de un Gibraltar entero, Anaconda abrazada a una tierna capibara. Entrega el cuerpo del delito ya que el tuyo humanoide está a punto de derretirse con la sal del odio que te estoy echando.

Nano: —Yo, troglodita volcánico, agarro un inmenso as de bastos para darte un garrotazo en tu cabeza homeopática. Esperaré a que en tu estertor se transmita el dolor verticalmente hacia abajo, y tiemblen tus piernas y brazos, teoría productora de repentina debilidad que descontrolen tus dedos, agarradores de bolsa caniquera.

Inocente instante que me has parecido con tu inmensidad invisible e inexistente. Vuelve y dame otra oportunidad de medir con mi formidable plan la red de venganza que intento. ¡Rescate frustrado! No nos queda más que nos entreguemos todos como uno a la maravilla de una nueva sorpresa y quedemos petrificados por la eminencia de nuestro fracaso. Adiós, canicas. Sírvanse de vivir

una larga vida para que le recuerden a la Carmen la distancia de
la perfidia.

No como las elegantes garzas que de perfil hemos visto en algún
remanso tranquilo de un lago, que al acercarse el cauteloso gato
montés a beber el agua emprenden en ordenado silencio el vuelo
hacia otro lugar seguro, sino como mudos pececillos que con su
redondez horizontal pasan todos mirando en la misma dirección,
de derecha a izquierda menospreciando a nosotros los que
observamos. Así pasaron las cuatro, seis, ocho, doce muchachas
frente a nuestros presuntos asaltantes, ora sin darse cuenta del
inminente peligro de quienes les acechaban, ora bulliciosas y
vibrantes de vida frente al cuarteto de ignorados enemigos que
han quedado absortos ante el fulgor de belleza y delicadeza que
de repente ha llenado todo el pasillo como un perfume enervan-
te que los domina y paraliza.

Qué bueno que a nuestra edad de diez, once años, podemos
hacer grandes enemigos a quienes odiamos con toda el alma;
pero qué bueno también que por la misma edad, todavía en las
nubes de la fantasía así mismo se nos olvidan aquellos enemigos de un día a otro para luego seguir bogando en las aguas de
la vida en compañía de la gente de nuestra propia clase, como
peces del mismo color, forma y tamaño que buscan su propio
cardumen para seguir, todos, en la misma dirección.

XIX

Mira, Vale, te acordarás que te dije una vez y es tiempo de que te explique lo que quedó pendiente. Quiero advertirte, con muchísimo cuidado que estoy en perfecta salud, que tengo todos los sentidos comunes en orden y que no estoy loco. Sólo te pido, te ruego que me escuches con paciencia.

En primer lugar y aunque lo diga yo, que soy joven y por supuesto no entrado en años, que a mi parecer, hay ciertas constantes en mi vida que yo tengo, gozo y que valoro como si sin ellas no pudiera vivir. Te lo cuento cuidadosamente, anticipando que al terminar me dirás que tú también ves eso, o lo sientes, o lo piensas, o lo vives, etcétera, de una forma u otra.

Pues así como la gente que en estos países occidentales mayormente creen en una deidad que ellas llaman Dios, hay muchísimas que no lo creen pero no se lo dicen a nadie, no lo divulgan ni en público ni en privado por temor de que los crean ateos, locos o enemigos del pueblo y la prudencia nos hace que nos callemos.

Pues yo no creo en aquello desde que he sabido que la materia es imposible que se haga abstracción y viceversa.

Para mí, todo vive, todo se mueve y hasta creo que todo es sagrado.

Los mercadores del pecado original, explotadores de nuestros temores comunes y enemigos de la libertad te dirán que estás obligado a creer en su dios, y que ese dios es un gran señor que lo mira todo, lo puede todo y en todas partes está.

Así como muchas veces he pensado en la muerte y más aún, en el mero momento de mi muerte, como ahora está sucediendo, no ha habido duda en mi mente, ni la hay en este instante de parte de la conciencia y orden mental, que existe una alternativa a la idea de Dios como hombre.

Mañana cuando mires mi cuerpo ya tieso y yo esté callado quiero que te des cuenta que yo me estoy moviendo; es decir, que el que era mí yo ya entonces será únicamente cuerpo "muerto" y en realidad está en una de las fases del perpetuo movimiento.

Físicamente, quizás no veas que todas las células de mi cuerpo estarán en plena descomposición. Y ya sabes que la descomposición de la materia no es otra cosa que la transformación de una condición a otra. También sabes que todo está hecho de moléculas y aún de partículas más pequeñas, y éstas de otras todavía más pequeñas hasta llegar al momento en que sólo un científico ilustrado podría explicártelas.

Pues ay tienes que todo eso está en constante movimiento. Y se convertirá todo, absolutamente todo, en otra cosa hasta dejar a ser polvo. A mí no me gusta decir polvo en realidad, mejor digo tierra porque con el tiempo tarde o temprano todo se mezcla con la madre tierra, y eso también tarde o temprano volverá a convertirse en otra cosa, y ay vamos pues, empieza de nuevo otro movimiento en otra forma.

No hay nada aquí en este mundo que no se mueva, nunca lo ha habido ni dejará de haberlo. ¿Qué te parece? ¿Ahora puedo pasar de esto a lo que más he querido decirte?

Si creo yo que todo está en movimiento, y eso está por todas partes todo el tiempo, ¿acaso no podría eso ser mi idea de dios? Y ese dios no es un viejo barbudo que te está constantemente acechando o jodiendo que con esta culpa o aquella. Si acaso ese dios tuviera forma de hombre pues debería ser mujer porque dudo que un "hombre" tenga la delicadeza o sensibilidad de haber creado tantas cosas tan bonitas; y por eso veo eso como una mujer. De ahí que ella no es él sino ambos y a veces ninguno porque ella tiene el derecho de ser, como abstracción, un no ser. Pues porque quien puede crearse a sí sola también puede descrearse a sí mismo, todo lo que se mueve es permanente, constante y siempre bueno, tanto así que se convierte en abstracción.

Qué me dices, pues. Quéjate si quieres, repróchame o haz de mí lo que quieras por lo que te he dicho. Pensé decírtelo hace tiempo, pero desistí porque temía que me rechazaras aunque yo pienso que estas cosas tan arcanas e íntimas podrán decírseles a los seres más queridos. Son tan personales que se teme que hasta el amor que le tengan a uno se convierta en reproches; y ese temor me lleva hasta pensar que aún un buen amigo no pueda entender, aunque no acepte la idea y que su afecto se vaya a convertir en desprecio. Ha sido, pues, mi falta que no te lo haya dicho antes pues la buena amistad como el verdadero cariño no debe de ponerse a prueba.

Ahora que te estás muriendo, Valentín, te lo digo. Es mi ofrenda fúnebre y de afecto que te tengo. Y aunque sigues silencioso desde que caímos aquí cuando nos balacearon por la espalda, no has dicho nada; sé que te balacearon, no sé quién o quiénes porque cuando veníamos corriendo de repente te desplomaste sin cuidarte cómo caías, y te vi doblar tu cuerpo y ay estabas como a tres metros de mí. Yo sé que me balacearon también porque apenas ibas tú cayendo cuando sentí algo caliente en la espalda y mi cerebro, y ni mi espina dorsal pudo sostener tan bonita carrera que llevaba. Pero tú te veías más hermoso que yo cuando corrías, ¡qué lástima que la fuga durara tan poco tiempo!

Ahora me conformo con el dulce olor de tu sangre que hasta mi llega aunque no pueda verte con los ojos. Puedo escuchar el suave fluir de tu sangre que antes de caer al zacate se va haciendo espesa poco a poco. Ay tas pues. Lo que te he dicho que sean

las flores para tu velorio, y me alegro porque son las primeras
que te dan; con eso se completa el bonito color de tu sangre . . .
¡Qué lástima que tu sangre se empape en tu camisa en vez de
correr nada más por tu piel!

Ves pues, ahora comprenderás por qué te dije que podría yo
salir del cuarto donde dormí en casa de las alemanas y que me
ayudaras a sacar todos los instrumentos musicales que me
acompañaron aquella noche. No importa que no nos hayamos
conocido en aquel entonces, lo que vale es que ahora lo sabes y
ya has estado conmigo en aquéllo aunque hace años que sucedió. ¿Entiendes ahora lo que te he querido decir con lo del movimiento? En esto no importan los años ni dónde hayan sucedido
las cosas. Ahora sí te puedo decir estas cosas para que veas al
fin que te aprecio como amigo, díselo a quien quieras, me río de
pensar cómo podrás contar esto a alguien y explicar la manera
en que me sostengo. Ahora que hemos estado juntos este corto
tiempo desde que nos conocimos, y que hemos podido comuni-
carnos con palabras te darás cuenta de las ventajas y desventa-
jas de podemos decir cosas con la boca principalmente.

Ahora dime, ¿crees que podrías solo, sin ayuda, sacar el arpa
sin hacer ruido que despierte a las alemanas? Por supuesto que
sí puesto que te he enseñado a hacerlo.

Todavía tenemos tiempo para platicar un poco más. Dime,
¿cómo estás tirado? Yo estoy casi boca abajo con el lado izquierdo de la cara en el verde zacate; así es que tengo el ojo izquierdo cerrado y aunque no lo estuviera de todos modos no podría
abrirlo por la posición en que quedé al caer, pero de todas maneras te estoy viendo. Te voy a pedir que me hagas un favor, no
pujes para que no te salga sangre, déjala que salga toda. Eso ya
lo estoy haciendo yo para que no quede nada para cuando te
agarren los gringos; estos cabrones nos van a llevar a la funera-
ria y lo primero que van a querer hacer es sacarnos toda la sangre para llenarte en su lugar las venas con un líquido químico
que le dicen formaldehido, o formaldemadre, qué se yo . . . ¡y

eso no! Yo mismo quiero hacerlo. Además que quiero que todi-
ta salga aquí mismo y que se cuele por la tierra hasta perderse,
que nadie la vea y que sirva de comida para este zacate verde tan
bonito que tenemos aquí donde caímos. ¿Qué te parece, Vale?
Es la primera vez que te callas la boca. Ya me estoy poniendo nerviosito porque se me figura que te estás preparando para
darme una buena maltratada. Si fuera así, pues acabo de decidir
que cuando te me eches encima, no vas a agarrar más que mi
cuerpo porque yo voy a estar un poquitito por arriba de él, como
en el aire, mirándote y burlándome de ti que no sabes que estaré bien muerto. Ésa será la prueba de si aprendiste bien lo que
te dije hace rato, pues te dejaré que trates de voltearme creyendo que estoy despierto, y qué chasco te llevarás cuando veas mi
cara con la boca chueca, un ojo medio abierto, cubierto de gelatina transparente como lente de contacto, y el ojo izquierdo
cerrado y aplastado. Si te asustas es que todavía tas pendejo, si
no, es que ya sabes bien que por ay ando aunque no me veas.
¿Qué te parece, Valentín de la Sierra?

XX

LUGAR: bordo sur del puente de la Calle Dos, Austin, Texas, Gran Gringoria.

ESCENA: Cuerpos: dos. Varones de 16 y 19 años.

GENERALES: 16, adolescente, soltero, mestizo.
19, post-adolescente, soltero, mestizo.

SITUACIÓN: Habla 19: Conste que 16 le ha estado hablando a su manera, mas no sabemos a ciencia cierta si 19 lo escucha.

ACCIÓN: Habla 19: Nos balaceó la chota, o me balaceó a mí y no sé si a ti te tocó u te tropezaste y caíste ahí donde estás, ligeramente a mi izquierda y detrás de mí como a tres metros. No me has dicho nada o si me has hablado no te he oído. ¿Qué tienes, Oscar?

¿Tas bien? *¿Habrá muerto este hombre?*
¡Pst! Oye, ¿por qué te caíste? ¿No que muy hueno pa correr?
¡Oscar! Sonaron los disparos pero no se oyó nada cuando entraron las balas en mi cuerpo. ¿Tú tambén tienes blanda la carne? Parece que estoy en un lecho de algo semilíquido y algo pegajoso, adivina que es, ¡anda! Huele a algo dulce.

Oye, Oscar, no me duele nada. A mí no me duele nada. ¿Dónde estás? Por aquí anda alguien, se oyen pasos, se oyen pasos pesados de mucha gente; aquí andan gringos, se oye que hablan inglés. ¿No los oyes? Se oyen los walkie talkies, también los radios de las patrullas; gringos cabrones nos echaron toda la policía encima como si les hubiéramos robado todo el oro de Fort Knox.

Yo venía corriendo bien y tú venías bien detrás de mí cuando nos venían correteando los chotas, ¿no te fijaste cómo nos gritaron, *halt,* y no les hicimos caso? No nos hubieran alcanzado por las buenas porque tan gordotes, por eso sacaron los cuetes y nos tiraron. A ti te pegaron primero porque nomás pujaste y diste contra la tierra; luego yo me tropecé y al querer levantarme me cuetearon por la espalda sin decir nada.

Oye, no tarás muerto, ¿por qué no me contestas?

Oye, Oscar, tú no creías que sabía manejar, ¿verda?, por eso te dio miedo subirte al carro que agarramos. Oye, ¿de quién será ese carro que agarramos? El ex-carro porque ya lo jodimos contra el poste de la luz, de suerte que no nos matamos cuando nos estrellamos. ¿De quién será ese carro?

No puedo mover las piernas, parece que me pusieron un gran peso encima de ellas, no las puedo mover: como que las botas me aprietan y me quedan chicas, apenas puedo moverme, estoy boca abajo y no sé cómo siempre puedo hablarte.

Quiero voltear a verte pero todo está oscuro, y luego como que tengo los ojos abiertos y me ponen luces chiquitas enfrente pero puedo oír todo lo que pasa y ya ves que te estoy hablando.

¿A ti también te tocó caer en el zacate? De buenas que aquí el zacate está espeso, será porque estamos cerca del río. Se oyen pisadas que empujan el zacate pa adelante, ¿ya te levantaron?

16: Unas semanas antes de salir de la panza ya escuchaba algunos sonidos de fuera, más en la casa porque tenemos piso de madera y el piso rechina cuando camina mi apá; cuando pisa mi amá no porque ella y las mujeres se mecen bonito cuando caminan y no tienen que zapatear, son gente suave. Quería separar bien el sonido de la voz de mi papá.

Sabía que era la voz de mi papá porque todos los días sonaba con su ronroneo que nomás subía y bajaba pero eso era nomás, puro ronroneo. A mi amá le entendía mejor su cadencia porque aquí cerquita la tenía, arribita de mí y su voz era más altita y como que le entendía mejor. Nomás no me gustaba que le palmearan la panza porque retumbaba adentro y me asustaba, aunque fuera mi amá.

Quiero voltearme pal otro lado pero no puedo. Como si mi cuerpo por estar tirado ya se hubiera hecho plano por debajo y no puedo rodar. Quiero voltearme porque se me están enfriando la panza, las piernas y el cachete que da con el zacate. Como que ya quise voltearme y tronaba algo que tenía de la espalda o la panza, ¿no será sangre que se cristalizó? y si es sangre estará ya negra coagulada o transparente como la maizena cuando se te seca en la punta de los dedos.

Taba rechiquito donde estaba pero estaba muy a gusto. Después supe que era domingo porque era el día que a veces las alemanas se llevaban a apá a que trabajara en su casa y allí andaban ellas. Ahora después me di cuenta que era la casa de ellas porque yo no conocía, ni conozco ningún lugar donde toquen tanta música de esa de muchos instrumentos. Mi amá vino a ayudar a apá.

19: Mejor hubiéramos agarrado uno sin transmisión automática, esos me caen gachos, luego que tenía power steering y no estoy acostumbrado a manejarlos porque son demasiado fáciles. Eso fue, por eso la llanta delantera le pegó al bordo de la acera y nos encaramamos en el poste. Oyes, ¡qué bonitos se te veían los ojos bien pelonitos de miedo! ¿verda, Oscar?

Luego, ¿pa qué se nos echó encima tanta chota? No había necesidad de tantos, con uno, o a lo más con dos hubiera bastado pa pararnos. Pero esta gente de aquí es muy arisca, con cualquier carrito robado se asustan. Luego todo mundo quiere pescarte. Hablando de susto, a ti se te salió la tripa de puro susto, ¿dime que no?

Ahora sí ya te puedo decir que no es la primera vez que me agarra la chota, nomás que las otras veces no lo hicieron con cuetes, los gringos todo lo quieren arreglar con pistola.

A ver, tírame un cigarro, luego vienes a prendérmelo, con esto me pagas el excitement que te di esta noche. Ta mejor que entrar al carnaval y no cuesta dinero, pa que no digas que no te quieren, te traen a Austin a pasearte aunque sin lana. ¡No te creas, ojitos! Nomás lo digo pa vacilarte, tú sabes bien que somos cuates; no como cuando llegaste al Camp Gary, venías bien bronco y no querías platicar con nadie, tabas metido en tu propia estrella. ¿Y ahora, my dear? ¿Quién te quiere más?

. . . Ay andan pasos. ¿No vendrán a rematarnos? No veo a nadie, nomás oigo a la gente que dice: "Mexican boys", "Stole a car", "Yeah, they reached for a gun and I had to draw mine", "Yeah, happens all the time . . ." "These Meskins", "You never know what they're up to", "The small one pulled a knife".

Me duelen las patas.

Ya es tarde, me está cayendo el sereno en la espalda. ¿Cómo se verá el serenito sobre la tela de la ropa que traigo puesta? Oye, mejor no me des el cigarro; traigo los fósforos en la bolsa delantera y de todos modos no los puedo sacar. Ay quédate tú con ellos.

Oye, ay viene alguien; no, son varios.

La semana que viene me toca terminar la escuela y me dice el supervisor que me va a colocar en Houston con una compañía de construcción. Luego a ti te faltarán cuatro semanas pa que termines; dile a tu maestro que te gustaría ir a trabajar en las tuberías de una compañía petrolera y así te mandarán pa allá como a mí; tú eres buen soldador y no será difícil que consigas trabajo. Yo tengo un tío que vive por la calle Fannin y con él y su familia voy a quedarme. Después te vienes tú, yo le diré a mi tío que somos amigos, y te recibirá bien. Pusieron algo junto a mí, ha de ser una camilla. ¿Ay tas todavía?

Bueno, y si no te toca irte pal lado de Houston, entonces yo me voy contigo pa otra parte; dicen que pa Tulsa hay chamba. Nomás que digas tú que sí y jalamos parejo.

Me están queriendo meter la camilla por un lado por debajo de la panza. Me agarraron de los pies, a ver si me quitan las botas porque no las aguanto.

16: Ya se me congeló como una cubierta de vidrio todo el ojo derecho. No veo más que rayitas brillantes que parecen que tengo un lucero enfrente.

Naranja dulce
limón partido
dame un abrazo
que soy de vidrio.

Cuando me levante de aquí a ver si no se me quiebra todo ese plato redondo de cristal que ya sigue creciendo pal otro lado de la cara.

19: No son más que dos enfermeros, ya quieren levantarme, ¿tú también vienes?

Dicen que en el momento de morir que toda tu vida pasa frente a ti; pues no me estaré muriendo porque no pasó nada; lo que siento es frío, tengo frío y como que tengo todo el cuerpo entumido, ya me dirás cómo te sientes tú. Pos sí, nada de que toda la vida frente a ti pero eso no quita de que me acuerde de algunas cosas.

La primera vez que te dejaron salir del Camp Gary nos fuimos a pie con unos batos a San Marcos. Yo nunca había estado en ese pueblo pero de todas maneras fuimos a dar la vuelta. Se notaba que tú no estabas acostumbrado a andar de paseo con raza brava porque andabas muy calladito al principio, ya después cuando te echaste unas cervezas Pearl te alegraste. Entonces sí te dejaste conocer; bueno, al menos conmigo porque con el resto no querías meterte porque te bromeaban, eras novato, pues.

En un restorán mexicano conocimos a raza de allí, uno siempre va a buscar a su gente cuando va a esos pueblitos.

Luego llegaron unos batos del pueblo con su guitarra, acordeón y bajo sexto a cantar. La raza canta por todas partes, al menos aquí en Texas donde muchísimos todavía no se han agringado. Los del trío cantaron puras canciones de José Alfredo Jiménez y tú te alegraste que hasta cantabas con ellos y te dejaban hacerlo aunque habían venido a practicar para hacer una grabación para la compañía Falcon de San Antonio; de todas maneras grabaron en un magnetófono para llevarse lo que cantaban y repasarlo después. Como que querías llorar cuando cantaron "Cuatro Caminos", ¿de qué te acordabas? Ya después dejaron la práctica y se pusieron a cantar de relajo, cuando se echaron "De Colores" como polka la dueña del restorán y yo bailamos con gusto.

Lo que se dice de volada no es lo mismo que se dice despacio y aquí te estoy hablando con educación. Oscar, despacio, no vaya a ser que pase todo y te deje por un lado. Yo estoy seguro que tú me esperarías o te acordarías de mí y por eso ahora mismo voy a rechinar los dientes para ver que sí estoy despierto y no sólo soñando o muriendo. Ya cerré los ojos muy fuertes para limpiarlos de una vez por todas y que no se me hagan estrellas con la opacidad de ese líquido que quiso cubrirlos.

. . . Y mañana o pasado cuando te vea no vayas a decir que soy rajón y chillé; es que cuando azoté allí en el zacate verde se levantó el polvo y se me metió en los ojos y pues como no podía limpiarlos tuve que hacerlo fuerte con los párpados; tú sí que eres re-chillón. . . ay no tabas pues con los ojitos bien vidriosos de la cerveza que se te subió, es que no aguantas y te estabas acordando de tu mamá, doña Elsa, que aunque no la conozco se nota que ha de ser rebonita nomás de verte a ti la cara de jotito . . . o cuando eras ayudante del cura y para la misa te vestían de vieja así como ese cura también joto con su falda larga.

Ya me imagino cómo te verías . . . pero ahora me acuerdo que nunca me has dicho si ibas a la iglesia, de todas maneras pareces joto con faldas . . .

> *Es imposible que yo te olvide*
> *es imposible que yo me vaya*
> *Por dondequiera que voy te miro*
> *si ando con otra por ti suspiro*

> *Cuatro caminos hay en mi vida*
> *¿cuál de los cuatro será el mejor?*

SHOOTING STAR

SERGIO D. ELIZONDO

TRANSLATION BY
ROSAURA SÁNCHEZ
AND BEATRICE PITA

SHOOTING STAR

SERGIO D. ELIZONDO

**TRANSLATION BY
ROSAURA SÁNCHEZ
AND BEATRICE PITA**

For Sean Santiago Elizondo

I

Oscar and Valentín, or Front and Center

Oscar Balboa, sixteen years old, and Valentín Rodríguez, nineteen, were doing the *bato loco* walk in Austin on that hot humid Saturday afternoon when they arrived on furlough from Camp Gary near San Marcos, occupied Mexican land, Texas. Decked out in clean and pressed white shirts, blue pants, black shoes, slicked black hair, big black shiny eyes and golden brown skin, these were young Chicanos and out of their mouths came more Spanish than English.

They headed toward the hustle and bustle of a visiting circus set up near the river running east to west as it crosses the city. Right where South First Street ends and where the impressive city auditorium building is located. But singing this ballad just to tell you this tale is getting old fast, especially when more creative impulses are rising up in me.

In the north part of town, out by the university, some music-lover was listening to the first measures of Mahler's Fourth Symphony. At this university there are no Chicanos; my guitar knows it so well, having been there once when a bunch of hippies that didn't mind Browns and Blacks sneaked me in. The symphony didn't reach the corner where South First meets the river, but, unlike Miles, the chief of police, or Governor Connelly, the strains from my guitar reached down Guadalupe, turned on River-side, and arrived at the spot where tonight, at 10:34 p.m. the green grass would be tinted red by Chicano blood, Balboa's and Rodríguez's blood.

As the two *batos* walked, talking idly in their soft sing-songy way, they approached the circus grounds. South of this intersection the sky that Saturday was full of blue smoke from the 40,000 pit barbeques the Gringos had set up. Large pitchers of lemonade sweated, while pot-bellied Texans in sunglasses reviewed the week's earnings. X number of houses sold at 6% interest to clients bamboozled by Colgate smiles and reams of mortgage paperwork. That's their music. How do I know? First, because I am by nature philharmonic, but also because the High Priestess that created the universe has granted me voice. The guitar I took out of hock in the barrio pawnshop and the creative urge I inherited from my Mexica and Sephardic ancestors. Now I sing because my guitar bids me to do so and I must abide.

Towards Austin's west side, the phony White cowboys drank bitter beer and listened to their twangy country music, oblivious to the lively noise coming from the riverfront. Coors, the beer meisters from Colorado, "yes, that one, the one that got rich exploiting low-wage Mexican workers," were sure to be happy today. At that very moment, Mr. Coors was flying in a police helicopter equipped with halogen lights seeking out Chicanos from the *Crusade for Justice* looking to kill Corky. Lots of beer was guzzled that night.

Meanwhile over in East Austin, the part pointing to the Gulf coast, the Govalle part of town resonated with the laughter of a thousand Chicanos sitting on the hoods of their second-hand cars. Each one with a beer bottle in his hand, balls tight in their jeans and a mocking tone in their musical voices, reaching a crescendo in their weekly celebration of life and death. The dance halls, scrubbed down with bleach, were ready for couples to tear up the floor dancing their polkas . . . and the streetwalkers were putting on their faces for business later. The entire barrio was an instrument, a guitar, each home a concert, each voice a song.

The Man was cleaning his magnum, just in case he ran into a Mexican. It was Officer Cocks, 27 years old, married with two young children. He'd only been on the force three years with okay reviews, nothing special. But he sure liked being a cop. Nothing more was known about the guy. He was who he was and that's about it.

So the two young *batos* walked over to the coliseum grounds. Balboa, the sixteen-year-old, right alongside Valentín, the nineteen-year-old. The younger kid walked like a young pup alongside the older dog that he clearly admired, observing his every move and gesture.

16 (Oscar): "Hey, *cabrón,* you almost didn't get a pass, right? That's cuz you messed up with the supervisor all week. You know he's an asshole, but you still try to half-ass it on the job, fool."

19 (Valentín) didn't answer but thought: I don't like this fucking town. I'd be better off at home, but my folks kept nagging me to go to Camp Gary. Go so you'll learn something and get a good job, they said. All I want right now is to find me a babe, and, yeah, a job too, but first a babe, cuz the ones at the Camp are already taken, it's like they all have someone to go out with already. So here I am on a Saturday night like a stupid fool with this guy tagging along.

16: "So, what'll it be? The circus or Second Street? We going out for some beers or what?"

19: "Get off it! I'm thinking."

16: "Thinking? About what? Anyway, it's the circus, right?"

19: "If we were back home, we'd be dancing already instead of walking around like a pair of idiots without a damn clue."

"Well, like I told them Meskins two years ago, the governor's office is open to all good citizens. By the way, did you follow up and check on that property in Floresville? You know we need that land to build us a nice warehouse. Who owns it anyway?"

"Some Meskins."

"Gotta go to Houston, the law office needs me to sign some papers; we can do it tomorrow."

"Well, Ramiro, you've always been a good patrolman and I know you're a decorated veteran and all, but I just can't put you in a car yet, you need to put in more time. You know you're one of the first Mexican Americans we brought on the force and you're doing a good job. You just need to wait a little longer."

And the Ferris wheel turned and turned on its axis; the spokes with their neon lights shooting outward making it look, well . . . ? Like a rotating star, no?

In the parking lots next to the circus grounds the lights from the rides bounced off the shiny hoods. It was like two worlds, the circus, full of people, and the parking lot, full of cars, but out here all was quiet along the nicely lined up rows of vacated cars.

And so, as in the ballads handed down from our ancient forefathers, here came our heroes: the handsome sixteen-year-old and the brave nineteen-year-old, strutting icons of young Raza manhood worthy of a guitar ballad.

Valentín: "But in my hometown, there's nothing but mesquite trees and blazing sun, even in winter. The badgers are gone, one or two armadillos that dare go out to eat the early sprouts, so there's not much to sing about."

Oscar: "Forget about that! Don't be stupid. Don't you see that each step we take, even now, leads us to something bigger, and when we're good and dead, our people will look back to now, which will be their past, they'll see us through time and they'll say we were more than what we are. You follow?"

So, for this ballad let's call up a guitar player, but who? We'll summon the spirit of a poet so that he can adapt our people's story through time and set it to music. Even if the poet is not a balladeer and doesn't have a guitar, he'll know what to do.

And, meanwhile, the *gabacho* crowd was having a good time on the rides that the circus brought to town; all had come with their families to have fun tonight. The Raza too was there, whole families walking up and down the midway, stopping at the stands and looking around. The parking lot was off to the side, towards the river. There too, cars were congregated, all different makes, models and colors, lined up side by side in rows, but stationary, unlike the milling people over at the circus grounds.

II

Reverie: Like a Little Ant

Oscar: I'm a tiny red ant and I live in a place that we cleared of sand that we dug out to build our maze. But, hey, I'm a little ant with a penny. I don't know what to do with it. That penny is my weapon, my wealth and treasure.

What to do? If I buy a bread roll and eat it, it's gone. If I buy shoes, they wear out fast. If I buy a dress and wear it, it too will soon be gone. If I buy a headband, my penny will be gone. If I pay for a bus ride, it'll be gone. What to do? Decisions, decisions. I think I'll keep my penny.

Valentín: Footsteps make sounds; mine speak their own measured language. I hear them. Walking. Balboa's at my side, I see him in profile out of the corner of my eye. He's just a kid, a bit green. It'll take time and fine-tuning for him to come into his own and someday, in time, he'll come to understand what's what.

Oscar: Someone bought a broom to make a ladder to take the animals up to heaven; that's how the rooster, the hen, a donkey, a dog and a coyote got there. But when he tried to take up the bull and the cow, his ladder broke and the bull raised his tail and out came the golden stream and then came the cow, and out came the shit.

III

Oscar's Thoughts on the Cornfield, Sugar Cane and the Grass Beneath

Oscar: "Cornfields are so different, you know, Valentín, not like these blades of grass; they are planted in straight rows, and grow into stalks. Well, on the slope of the sierra, they just dig a tiny hole in the ground, drop a kernel and it grows just as well; I'd wager the Tarahumara Indians have something to teach us. You can see how the long leaves are inserted like a semicircular base into the stalk, at neat angle. One time, I guess some six years ago, when I was ten years old I was looking at some corn stalks over in Deshler and I wanted to be small enough to take a nap right inside that little corner where the leaf joins the stalk. My size didn't matter then and it doesn't matter now. I see another green leaf coming out of the little corner that's lighter in color than the stalk and the leaf itself. If I come back after all of this is over and done, I think I would like to be a four-string instrument. How about a cello? Flanked by a well-tuned violin to the left of my vertical figure . . . and with a mellow piano on the right. You think I'm crazy? If you could only see where my head's at right now! You would want to rest your left eye right next to my right one, the one that's always away from you when both of us are up straight and moving forward. But you aren't here just now. I can feel your presence a few feet from me, but why is it your back looks brown and catsup red?

"Are you too in a field full of sugar cane stalks, fool? I'd put together a good trio of violin, cello and piano and fly over all those stalks. Why aren't we born with rockets on our butts or on our feet, or even in our armpits to fly horizontally as I wish I could do right now. Well, I shouldn't complain because I am doing it right now, but I can make it across only, well, maybe twenty five stalks, at most, if I turn my eye upward towards the upper eyelash . . . that's as far as I can go and be able to see about twenty-five of these blades. Too bad they aren't lined up like a cornfield. That's what made me think about the music thing, the trio performance. It even feels rather nice, but what I don't like is the warm feeling running down my side that then gets cold. Disgusting.

"Hey, Vale: It looks like now you won't have to pay me what you owe me, eh? Know where I'm at? You were always a liar. Don't tell me you're dead? If not, then what you up to? You want to act like a bad-ass guitar man to make me look bad, right? But here's where you get messed up, Bro. I'll do you first, because you can't move, anyway. I wish I could laugh but my teeth are up against this damn cane field and the lower part of my mouth is stiff and won't move. Shit. I can't even stick out my tongue through these corn stalks. Anyway, I better not; there might be a bug out there that'll get into my mouth, although it would be sort of strange and anyways that a bug would appear would be weird; I better try something else. Like what? Whoa, I'm already doing it. I'm letting my whole body go. Hey, what body? Ah, that one, the one that brought me here running, but that now is lying beneath and behind me, well, at least behind my right eye, the one that's still open, and behind the thing that's above the eye, the thing that's talking. Talking?"

Who'll sing a pretty song,
For all my mischievous little children
who are always nothing less than perfect?

"I'll let Vale take care of them. Let's see what he does with them. What a surprise for the dude when he finds out that all the children of the earth, as far as my eyes can see, are mine, because I saw them . . . and see them. And boy, he's going to get all riled up because at first he won't know what to do with them. . . . Well, I didn't either, but in time I learned. He will too; he'll be pissed at first because the kids are going to mess up his routine; but then later he'll get into them; eventually their laughter and screaming will win him over, in time anyhow. He'll see.

"Hey, Valentín, get up.

"He can't hear me because I can't put out the waves, that is, sound waves. My voice can't reach him without words. I wonder how he's doing. Ah, yes, I remember. The cops! I wonder what happened to him.

"Hey, someone throw a pebble at him so that he can wake up. The eyeball has its axis and cannot move like a gyroscope. Hey, it's not an axis. It's not moving from side to side. So what? Since when do I need an eye to see? Haven't I been able to see before without opening my eyes?"

London Bridge is falling down
Falling down, falling down
My fair lady, and I am fallen.

"Well, not exactly fallen and laid out, but rather fallen facing down. Hey, you, *cabrón!* What's this you starting to talk fancy, eh? It's about time. So what? What good is it to you now?

"Well, guess I can still use it to say something and even sing, if I like. Look:

Down in Laredo
They like to strut 'round
'Cause they're on their own turf
Oh, I wish I was a walkin there.

"The ground is shaking; hey, don't they know they're going to damage the cane. What the . . . Black boots. Damn! I wish I had a cat so that it could purr near my ear, the right one, as long as it doesn't touch my ear, so it won't tickle me.

Lights at night,
fire in the water.

"When I'm gone I'd like to take a fistful of light, ferment it and create things with it, like those stars right over there.

The Ark of the Covenant: Pray for him.
The Ivory Tower: Pray for him.

"Flickering lights. Valentín, *ése!* Get up, *bato.* Get a basket and grab me some of them lights. Yeah! What I'd really like to see is you arriving at Camp Gary carrying a bunch of stars. Come on. It's getting late. *Vamos.*"

"What do you mean let's go! You be needing shovels to lift me up. But do it carefully, eh? I don't want the dry blood to scatter."

"So it *is* blood. No kidding. You're all decked out in red ribbons and red polka dots. Take some, put them in a bottle and leave them there so people will see them. See them? Why? So they can see they're crystal dots."

"I'm getting kinda sleepy. A snake of flour dough just went in front of my forehead and behind my throat. I wish I could yawn."

Clarinets in a scherzo.
Second movement.

"Shall we dance, mein schatz? Please? Don't worry, though I'm not from around here, you should see how my legs can move and I'll know just how to move them right in the hills and valleys of your Austrian fields, *chula*."

"But do bring a loaf of wheat bread and . . . and . . . a bottle. Right?

"But make it a bottle without stars, okay?"

IV

At Camp Gary: Rise and Shine

I like the mornings at Camp Gary because it's when the guys are busy getting ready for a day of classes and work. Everybody's up by 6:00 a.m.; the group leaders go around the barracks giving short, curt commands—as you'd expect in a place like this—ordering everyone up. "Rise and shine!" "Up, Up, everybody." For some of them this is the first time they're in close quarters with any Anglos, or, for that matter, Blacks. La Raza there has never in all their lives listened to so much English, and since so many of them come from families and barrios where English is hardly ever heard—or needed—they have classes for those guys that can't speak, read or write too well in English.

All around you can hear the morning ruckus in both the men's and women's bathroom areas. They're mostly all teenagers, so the sounds heard and the animation is the most natural thing in the world. From the canteen come sounds of plates and utensils clacking, sounds of eating, and the dissonant chords of chairs and trays shifting as people sit down to eat. All good noises and sounds.

There are the greetings called out to buddies from one side of the room to another. The sound of voices fills the cafeteria. It is not against the rules to speak Spanish here, not like it is in public school. Each person speaks his or her language of choice, the Gringos in English, the Raza almost always in Spanish, and

164

the Blacks in their own fine dialect, which at times, depending on where they're from, only they can understand. It's the way they relate and just the way they talk that's likeable about them. For most of these guys, being at this work and study camp perhaps represents one of the few chances they have to continue their education and learn a trade that might enable them to earn their living—their daily bread, or daily tortillas, depending.

By 8:00 a.m. everyone is in place, whether it's a math class, a carpentry shop, plumbing, or electrical soldering shop, or a food service class for those thinking of working in restaurants, hotels or big institutional kitchens. Each day brings classroom study and workshop training; once in a while a group gets taken to a factory or to a nearby oil field to observe and get some practice training. Field trips.

The rules of conduct for the trainees are clear and to the point. Once a week, more or less, when everyone is at work and the dorms are empty, the guards do inspection of the communal trainee barracks. It's done to find out if they're hiding something; so we're talking weapons, mostly knives, daggers and switchblades; guns are rare. But the guards also search for drugs, hallucinogens, pills and the ever popular weed. It's really something to see how the guards delight in finding a wad of weed, since the guys will always find ingenious ways of stashing it, and the guards of finding it. It never fails that someone has spent hours drilling a hole in the leg of a chair to hide a cylindrical tube of weed; or removed part of a 4x4 in the wall to hide a brick of marihuana, paper for rolling frags or a little match box full of seconals. Here, what is learned in the workshop is put into practice with skill, patience and the deliberate touch of a skilled surgeon. This type of activity, or *movida*—as the Raza calls it—is not constrained by ethnicity, color or religious preference; all the guys are equally highly skilled when it comes to stashes.

Love affairs, there are some; no way to avoid or hinder that, not even if they placed solid steel plates between the dorms of the young people of opposite sex. We all know that love has a pull stronger than that of 100 tractors. Once in a while a young lady wakes up with morning sickness, vomiting and feeling out of sorts, while the young bull breaks into a sweat worrying.

Like in the army, great bonds are forged at Camp Gary, although it's not a military camp. The youth talk, sharing stories, making pacts to have each other's backs, or to save money for joint acquisition of this or that. Pun intended. There are no major interracial alliances, although the Chicanos seem to get along better with the Blacks than with the Anglos . . . no hard feelings . . . that's just how it is and no one makes a big thing about it. One thing, though, the Blacks hang out together more than anyone else; maybe it's their skin color that brings them together. The Raza coming from the same area know each other and also hang together; the Gringos cooperate with each other, and with the others as well, if it suits them. The young Black women also hang out together, as do the Chicanas. Like they say: all together, *juntos pero no revueltos,* but not mixed up.

Every week new recruits arrive and the fact that they're greenhorns is obvious. Their eyes are like those of deer in headlights, deer that have been previously shot at. Still, someone always finally comes up and asks, "Hey, what's your name? Where you from?"

And that's where it all begins, where they start to feel that maybe there's a friendly face around.

Camp Gary, gentlemen, is not the University of Texas, but neither is it the state penitentiary, where they make license plates. Here we simply have a number of working-class youths who for reasons not of their own making find themselves on the lower rungs of the socio-economic ladder of this most wealthy nation. I, the main balladeer, can call the tune because I know them well; I have been one of them, and although I am neither Black nor Anglo, I could say that I have observed them up close and come to know them in all the years that I've been here. That's how I have come to certain ideas and feelings that—whether they made me happy or sad—have enriched me. My particular commitment is to the Raza, to the Chicanos that I care about and know better than the rest, and I suppose too because in the end blood ties are thicker than you know what.

I think that in this Great Gringoria or Gringolandia, as I term it, because they are the dominant group, the Chicanos, out of all the ethnic minorities, if one can call them that, stand out for their collective and fraternal spirit, their wit, sensitivity, irony and passion. These are all attributes that can define the group's character, thanks in large part to our language and to the cultural identity that we have kept alive and developed for over 100 years, . . . and thanks as well, no doubt, to the nasty treatment that we have suffered at the hands of our so-called "cousins."

Who has not joined in the ironic verbal play, typical among men working in the fields harvesting fruit or vegetables? What worker has not found himself stuck with a nickname that the older workers have chosen based on his physical appearance, his speech, a slip of the tongue, some mistake on the job or anything else that has led to his being called, snub-nosed, crooked, lefty, cross-eyed, fat-ass, bent nose, *mota* smoker or whatever. Who has not been called a fag at some point in his life? Who has not played the fool at some point? Among us, Chicanos, no one should be surprised to hear taboo words, or racy language, to refer to some aspect of ourselves.

Here in Gary, when one arrives, one has to be on one's toes because one is a greenhorn, and la Raza is given to being rough, even if it's with good intentions. One has to watch what one says and to be alert to what one is told. In the short while that I've been here I've learned to distinguish between different types of

Raza coming from all over the place. I've already figured out that the border Raza is super sharp, like a wasp, plus they also are skillful in their use of the Spanish language. Yes, the guys from South El Paso and those from the Lower Rio Grande Valley have some mighty sharp tongues. These guys are up there with the best of Mexicans from Tepito in Mexico City when it comes to wordplay. When I first arrived I was pretty naïve because I did not realize that the double-entendres and verbal play, like Blacks playing Dirty Dozens, can be an ironic art form that only those in the know can understand.

I was standing in line to go to dinner, like everybody else, behind two dudes clearly from the border area that were, so I thought, having a friendly conversation. But no, sir, it turned out that they had converted their tongues into blades and were having one of those Mexican word plays chock full of *macho* rhetoric bordering on blasphemy. If I remember correctly, those two guys were telling jokes and playing verbal duels, like the Dozens, competing to see who could outdo the other in the telling of racy stories.

What really stood out was the word play that one of them had initiated in the form of an anecdote, while the other one listened attentively, as if he were sitting in a catechism class. It went like this: "Did you know that when one is about to die, right before one takes one's last breath, the devil always shows up, that is, if that's where you're headed. If you're going to heaven, then Tata Dios comes to take you there. In any case one of them takes you 'cause it's time to clock out, and there's nothing you can do 'cause you're already screwed.

"Well, there was this one guy about to croak, with his eyes rolling and his gasps for air growing ever more feeble. He had only a minute, more or less, to live before Death herself was going to show up to take him, when all of a sudden the Devil appears at the door. Leaning on the doorframe, he waited for the sick man to stop moaning and finish dying so he could take him to hell. The Devil just rested there, cleaning his teeth with a toothpick, bored out of his mind and pissed off because the man was taking way too long to die and, he wanted to ship him out. But all the man did was continue to moan: 'Ay! Ay!'

"By this time the Devil was busy working his fingernails with that toothpick and getting antsy. He then shouts at the sick man, 'Shit! They're all assholes even when they're dying.'

"Somehow the sick guy seems to have heard him because all of a sudden he reacted and seemed inspired to live a little longer, saying, 'Just let me sweat this one off,' he said with what seemed like the last breath of a dying man.

"Upon hearing this, our Devil, surprised at the unexpected signs of life, felt obliged to defend his honor by answering the disparaging remark. Wishing the guy would go ahead and die, he said, 'Jacking off would be better, don't you think?'

"'Take me outside for some sun.'

"'By the balls, maybe.'

"'Don't come on me 'cause my balls are wet and sweaty,' said the sick man who by now was wide-awake.

"Seeing that the man was not dying after all and seeing he'd lost the verbal joust, the Devil disappeared as fast as he had come, literally with his tail between his legs, leaving only a trace of sulfur in the air."

Damn! How could the Devil lose the verbal challenge to the dying guy, being a Mexican and all?

Well, this is only a sample of the science of word play that the Raza handles with such skill, an art form that truly distinguishes this culture. La Raza has a natural flair for these verbal exercises and takes them up without comment, criticism, analysis or explanation. Let others, members of other races, figure it out or worry about faithful translations; the play's the thing.

Outsiders can only stand back dazed and confused before the joy our verbal play brings our Mexican people.

V

Oscar on the Camp: Drop of Water, We Are Alike

A single drop of water falls from a cloud full of droplets and strikes the earth. It falls cleanly, untainted, and as it falls it unconsciously grows longer. It slams against the dry earth without much of a sound and no one sees it; we don't see it until it joins other drops buried in the soil that form a ribbon of water, like the tail of a kite, and run quietly downhill. Down a dark uneven road, they hurry silently, sometimes quite fast, to reach their destiny: a small puddle from which they expand over the surface of the earth, running irregularly till they reach an even bigger pool: an arroyo. The arroyo receives the stream without much fanfare, used as it is to the joining of the stream in its entrails. From there it runs down again, knowing full well where it is headed, toward an even larger and slower current; it's a river that used to flow to the sea but that now stops before a concrete curtain. Here everything stops. Now it's water that enters through a tunnel where it's forced to turn over a turbine. Good-bye water, good-bye river, good-bye arroyo, good-bye little dark puddle, good-bye water drops that greet each other with a kiss, good-bye to the sound made when the drops hit the earth, good-bye ephemeral fall.

Okay, so back to earth . . . so the way I figure it, the turbine is a shaft with blades attached that have a housing around them, a casement connected with copper wires that do not themselves connect till they reach the transformers, where with one hand, so-to-speak, the transformers greet them and with the other it sends them off making a particular sound—hummm—in another direction.

Even if you listen closely you can barely hear the hum coming from the little corral that houses the transformers at Camp Gary; from there the electric cables charged with electricity reach the main panel and connect with a generator that's near where I am, that is, when I'm here. One of the thick cables coming out of the generator is connected to a clamp that looks like the jaws of an alligator, where the soldering rod rests. I place my right hand behind the metal jaws of the alligator, trying like a damn fool to learn how to solder whatever it is they put in front of me.

So here I am linked to these 1500 *batos* and *chavas* in the Job Corps ghetto of Camp Gary: Chicanos, Blacks, Gringos, Indians of all kinds, all gathered around the skinny-ass Uncle Sam with his goatee. What the fuck. I'd be better off back home, in my barrio in the Valley. There's nothing there, Man! They grab you and say that if you're not in school you're up to no good. Let's see what you're good at. So here you have me tied to the tail of a humming cable; if it weren't for the stipend that we get . . . that's really not enough to score a joint . . . lies, not true, actually it *is* enough for that, I'm just pulling your leg to see if you're still listening.

Come on in, ladies and gentlemen, and all the rest of you, too. Step right up! Come see the red-necked Gringos from Arkansas, blonder than the tail of a newborn chick. These SOBs are scared of us, like we had horns or something. But do come on in, ladies and gentlemen, to look at the blacks from Alabama, those blacks that almost shine in their darkness; tons of them. Gentlemen, when these guys talk to each other, it's all partners, or Bros or even mofos, when they think Whitey cannot hear them. Ah! But do come on in, ladies and gentlemen, see one, see them all, our own people, the best of the Great Gringoria, *gaba-*

chos, White boys imported from our finest cities from the North, Kansas City, even Memphis, working right along, shoulder to shoulder with our fellow Mexicans and Negroes, everyone one of them of the chosen few.

And now, drum roll, please! The moment you were waiting for . . . Gentlemen: mariachis! Start it up or whatever one says. *Órale!* La Raza is making its debut, Gentlemen: the best of Rincón del Diablo from the Noble City of Edcouch; the cream of the crop of Magnolia, high barrio of the oil and fag city of Houston, Texas; the distinguished pimps, pride of the Aztec Race, coming from none other than the whore city of South Tucson, Arizona; silence please, we now have with us the supreme contingent, the fearless and eminent good-for-nothings of the Pachucada direct from the Second Barrio, that is, from El Chuco, Texas, otherwise known as El Paso, Sister City of Juárez. Ah! But who's missing? Ladies and Gentlemen! We have bent over before us, the Hispanos from New Mexico, our very own Raza hillbillies, the best of Barelas, from the northern shore of the Rio Grande . . . Fierce Dudes from Little San Antonio, Mofos from Mora, but all cool dudes. The bros from New Mexico. And now, the last but not least, here come the ladies from all parts of our Fair Land. Rosalinda from Columbus, New Mexico, more given to swearing than any *bato* loco . . . she don't take no shit from no one . . . she be the mouthy Queen of Pancho Villa State Park, especially at night. . . . T'aint true, t'aint true. The mouthy part, maybe, hey, I take that part back. Hey, I've never even been to Columbus.

And now, ladies and gentlemen, I present to you, Junetta Patriarca, the favorite daughter of no less than her most highly respected father His Highest Patriarch, Mr. Dale Parrish, expert tobacco producer from C . . . North Carolina, that is. Junetta is not a ho, nor Rosalinda . . . they're serious chicks . . . they're not go-getters . . . gotta behave yourself with them. Ana, oh, Ana from California, queen of the famous car club Los Boleros, res-

idents and resident fuckers from the other side of Colton, in
charge of Peace and Order of all Mt. Vernon Street. Gents with
a skull on the back of their sleeveless Levi jackets and plenty of
beer in their bellies. Only on Saturday, mind you. Only on Saturday. Ana, the chubby one, unjustly accused of favoring black
men because they saw her with a dark guy . . . not knowing it
was her own brother, who's darker than Zapata's mustache . . .
hey, who said you can't get no respect. There are still other guys
and gals from many a good city that I will mention only in passing. From Texas, Mercedes . . . the tight-ass one by the river;
Ajo, up yours, Southern bulwark of the part of Arizona that got
ripped off; Tres Borregos, California, to be used only in case of
emergency, in case you don't get to make it to San Diego.
Truchas, yes, Truchas, New Mexico, Rival of Sparta, the resist-
ant one; Cuatro Puntos, Utah, they're not Mormons nor SOBs;
and finally, Whites Only Red Level, Alabama. And so many
other towns, too many distinguished towns to name 'cause it's a
tight list, no pun intended, of course.

So, my friends, you do what you can with whatcha got,
right? Ain't it the truth, especially for us Raza. Some pick up a
trade to be able to get a job when they get out. Others just come
to get their GED, 'cause they didn't finish high school. . . . And
so here they are sweating bullets.

We also have knights of the Round Table, of the Round Bottle, rather; for example, my good sidekick and partner, Valentín
Rodríguez, nineteen, male, single, from Kingsville . . . from near
where there was once a Sinclair gas station; scar on his right
brow . . . from when he fell and hit himself on a rail on the train
tracks when he was running and not looking where he was going
one fine Texas day while out stealing watermelons. Vale, lately
of Dallas, where living in a barrio in the shadow of skyscrapers
and insurance companies, he acquired a certain little blue cross
between his thumb and index finger, a cross that is generally
crowned by dots but he added instead little webs; his left shin has

a scar too, left over from a scrape that he got when he stepped on a transom on a store's roof that he was bent on breaking into, an event that took place . . . outside of time, blocked by the arrival of a shiny brand new black and white, driven by a cop and a fine agent of the law, a fellow named Mike Gamboa, who, so they say, was quite the womanizer, and often used his job as policeman to get a piece of ass . . . as if he didn't have one of his own, a butt all squashed from sitting in the Harlingen patrol car, not in Harlingen, Holland, but Texas. This sidekick of mine, Mr. Valentín, adores me, especially when he's broke and wants to hit me up for money to buy cigarettes.

The aforementioned fellow, Mr. Rodríguez, born in the plains without mountains west of West Bear, that is, Bexar, is a fine dude, that Valentín. Who would have thought it? He's a dreamer, no shirker, when it comes to work, friend of friends and partner of very few, because he's very picky about who he confides in. Tall, well, taller than I am, which isn't saying much; he's a silent walker, as if he were always daydreaming, a great borrower of what belongs to others. Hair, a bit chestnut; skin, taut when he bathes; feet, a good 9 1/2D, I figure, although they seem small for such a strapping young *pelado* . . . that's a sociological term, mind you, and not a sexist one. Hands, two, although in his police file you'd swear he had more. Nicknames, often called Roadrunner, guess why, although he's not from the desert. Among his old buddies he was known as El Bocachula, Sexy Lips, 'cause of the sensual form of his lips that look like bumpers on a '37 Ford. Other distinctive features: he walks decisively although his steps are barely noticeable, perhaps as a result of habit. What habit? Well, the habit of walking as one should, as la Raza does when there's an important reason to walk that way. His I.Q?, is he dumb? No way. Well, according to the Gamma test, that's no longer in use, anyway, and he never even finished the test. Let's say he tested at least at 100, but that underestimates him, really.

VI

Ma and Pa Do Love Oscar, Valentín Is Out

"So what's wrong with his being over there? Isn't he doing fine? At least there he's safe, and not hanging out with all the no good bums around here. Look at his so-called friends, all a bunch of no account lazy bums, good for nothings. They're just a bunch of hoods, always getting into trouble. At least there he'll learn something. So what if he doesn't write. I know him, and you do too. What do you want him back here for anyway? Just so he'll bum around until you take him back up north. No, I'm telling you, that boy is not for picking crops, enough of that. Just because you don't know anything different, you just want him to do the same thing. Let others go, anyway, there's sure no lack of needy folks around; let them go pick beets. Not Oscar, I tell you, that boy's a gem, you can't see it, but I do, because he's my son and I brought him up, I breastfed him and saw him grow from being a boy into a young man that now you just don't understand, but I do. That's the way you men are, you don't know your own sons, but we do, that's why we're their mothers. That boy is special and he's not made to go up and down from one state to another, like an errant star. He's a boy with a heart. Leave him alone, he's better off there than being here."

"Yeah, he's doing well with that SOB Valentín. That good for nothing piece of shit . . . God knows where they met; that's the guy that got him all riled up about going to that camp. That

175

so-called friend of his is Barrabás incarnate and a good for nothing. Any day now he'll pull a fast one and my son will get stuck holding the bag; that's the way it always goes. It would be better for Oscar to come back, I need him here. What does he need schooling for, if he already knows how to work. And, who knows what bad habits he'll pick up with all those Gringo SOBs, and they say there are even a bunch of Blacks over there. No, he ought to come home; here he'll always have enough to eat; and, besides that, I need him here so he can help me in the field. I need him here. I didn't want him to go in the first place, but you stuck your nose in it and you blindsided me, and before I knew it, he was already on the bus. It's your fault he left. Children should be with their parents and Oscar is still young; he's only sixteen years old, after all?"

"I don't want to hear your bitching. So, he's too young to be over there learning skills to work, but not too young to be on the road with you, going from here to Ohio and from Ohio to Michigan and then, back, like gypsies. You just don't understand him; he's a young boy with a lot of heart; someday you'll see. He'll learn something and when he returns he won't have a problem finding a job with Esso. Besides, my son wants to be there. Don't you see that everyone has his own destiny, his North Star, and his is over there, getting ahead in some way. That's what he confided to me—and not you—that he wanted to go there to find a new direction for himself and who knows how the heavens will help him. He knows what he's doing, I know him, he already knows what life's about. Here he has no destiny; there he does."

"All I know is that, well, that Valentín, who the hell knows where he came from. I hope he doesn't get him in trouble. I think that Valentín guy already has a police record and I don't figure he'll be changing his ways. I hope they don't start drinking and get themselves into trouble, plus Valentín is already a grown man, but not Oscar. He's still a young kid."

VII

No Need to Speak about It

Today I shall not speak. Not as the voice of Oscar Balboa, space explorer, Lord of the Force able to see the future and control the gateway there, not being too sure of the present for reasons we all know, as is obvious to my imaginary others, that is, to those I love and know personally, to those I know casually, to those I know digitally, with my fingers, my digital speakers, as it were, and to those who don't know me 'cause their life's mirror has not come before my handsome manly face . . . too bad for them, they're beyond my sphere of influence, protected as they are by The Nameless One, but who exists anyway. In any event, not being able to control this fluid present so difficult to grasp, the present reality that no one can control . . . Let's leave it at that.

I, the panoramic observer with a 180 degree hawk's view of everything, an owl, ant, spider, fly, or the wily, unconquerable coyote, with a full view of what lies ahead, and blessed with invisible eyes to see what's behind me, that is, *"pa trás,"* in good Chicano-speak: having the gift of power to perceive, look and detect, without sound, without lines, be they straight or curved, or concentric spherical lines in space that my limited human frontal high beams can't reach . . . all that and more, more, today I have: I forgive today, I adopt my High Forgiver pose, forgiving all the rubbish produced, that they, mere mortal humans, equally men and women, produce. Today, speaking to you all my comrades in solidarity, I declare that I shall not utter a word.

At times I decide not to, there are those times, and pardon the limiting and utilitarian human words, times when, despite my reasoning, comrades near and far, I choose not to speak. I reserve, however, the sweet unreasoned gesture of leaving a little window open to the one who has seen me in my nakedness and who lovingly has on one occasion given herself to me. And only to her, who is woman and not man nor fag, do I leave a secret, open door so that she can, if she chooses, enter to call on me. If what I have said is not clear, all it means is that only my woman can enter into this space; there we go again with limiting narrow-minded human words that create the space of my passionate separation.

Although still young, they say, I am the tool smith of the universe, a powerful transformer of all things, expert handler of tools invented by me to sculpt, paint and produce sound, in things great or small. I choose to take my leave to nourish myself with silence. Let me be quiet, let my tongue be still, my lips not form a regulated sound; I, who can stop the wind that blows so that it can be heard, I turn everything off and rise up to withdraw into myself to my inner self, where the labyrinth, as I conceive it, is familiar and moldable. I do not retire, nor do I close myself off, I simply decide to be silent, ay! What an agony it is to have to use common words to give sense to things that otherwise wouldn't be understood.

It's not exactly keeping silent because I know there's a certain inner part of me that is always with me and that is not exactly hidden; actually it's not even there; it simply is; do you get it? Eh? Neither do I go into a realm of silence because it is not a place, nor a dwelling, nor a coconut husk into which one could enter. What takes place, that is, what happens, what's set in motion, is that today I become silence.

One time, when I was a prisoner in a certain place they called high school, some fascist, like most teachers tend to be, insisted that, for example, when a tree falls for whatever reason, far away in a forest, and if there is no living and moving soul within its radius, that there is really no sound of that tree's falling. Are you telling me that if I am not there, standing like a universal fool, flanked by my two eardrums, to hear the noise of the falling tree, that there would be no sound? Right!

What luck that one isn't a physical being and therefore does not need to obey or abide by or be terrified by the precepts of high priests of academe, right? Those squirrels that lived off the acorns of that tree that fell must be deaf. Did not the Earth itself tremble as the falling tree came down upon its fresh texture? Did not the grackles take flight, those manufacturers of echoes, surprised by the unexpected trajectory of the pine tree that once reigned in a vertical position as it fanned the air traveling downward so attracted by the hard ground where it would henceforth be forever horizontal? Do the insects not count because they have no pride like your Highness? The termites that reside within that pine tree, weren't they shocked into passionate vibrations by the impact of the tree's falling? But, shhh, so sorry, forgive me my minute of anti-tolerance. I thought there were more sensitive souls in this part of the kingdom of Our Lady, She who is self-created and mother as well of all that has been created.

It is She who comforts my tender being, with her song in silence, song of life and death linked by circumstance. Who doesn't surrender before Her love? She who is the unknown fountain of life for those who walk erect. Safe-keeper of our beautiful dead bodies . . . the real trip before, during and towards ecstasy. Gaze upon Her: so small and yet so rebellious. A closed up crown. A nut without a shell. Creation of creations. Immense orchestra. Tender lover. Constant friend. Pure priestess of constant movement. Unending musical break always awaiting my baton. Cello and constant accompaniment. Sole Queen of

Silence. She who awakens colors that once were and in you continue to be. Thank you for Your gift. You have instantaneously brought me to the human woman that loves me beyond space. I adore You in silence, silence being your sole nourishment.

From my momentarily suspended invocation, let only the murmur of soft curving feathers remain, a temporary exercise while I change the course of a river of tenderness toward my fellow human beings. No one expects it; therein lies the gist of the offering without hope made here. You have accompanied me across the musical numbers: each one of them has been a flower and sometimes a different song, knowing that I pretend that I have favorite musical instruments, but in fact the entire orchestra is the horn of plenty before me. You are the totality of music: the Shofar of David, transcendent synthesizer already halfway down the road of what my brethren have not yet invented.

A vertical four, a horizontal four, a round four that moves. She who is the Knower of the child that maliciously observes us from the back and waits. Knower of the innocence in the eyes when at the end of forty-eight months we are the personification of your image; and here I think about the beauty of the gurgling that we emit when you are to be found in a small female body about your size . . . many times we are but children, but there is a time when we are all poetry, music and innocent movement.

Your gift to us is the petal in the eyes of the infants so that their innocence will protect us from the growing violence as the number of days increase for everyone, like for me, now sixteen; full grown but not finished, and you know: only sweet and silent death can, like you, bring me to perfection. You are the confident child that projects on any screen the silent image of the transformative child.

My being is enclosed in a rounded form that contains the multicolored liquids that move constantly through sub capillary conduits. A chaotic stirring that obeys only that relentless energy that orders all things through unique factories that work around the clock and stop only once. Refuge of the rational, erotic nourishment. It's nicer this way, as one moves constantly forward, as you know, to a place one has never been before, but one can also, without even turning, return to where one was before; I prefer that to what lies in between.

The in-between part is full of people, and one has to wander among them to find someone to be and with whom to do things in the present, but the truth is I prefer "that which came before" or "that which lies ahead." I have searched, upon entering in a room in darkness, like this one where You are, and found on the floor a lot of strands of yarn that came from skeins of many colors, including the color black; I pick up one or more threads and with them I can weave a cloth and this cloth is almost perfect. But perhaps it is best to leave it at that because Perfection belongs not to me but to Her, Who Sees All and Cares for All that is perfect.

People on the street refer to these as daydreams but they are also called mind trips, games of the imagination, or even fantasies. I simply see them as they are and that's it; let others call them what they will. And you know what? Nobody else knows about this; it would embarrass me if anyone knew; it's best this way anyhow because it's not possible for anyone to really know what I'm talking about; it's not something that can be duplicated because then it wouldn't be what's mine alone, what's unique to me. The best one could hope for is to draw out some parallels or equivalences, and that's it. If it weren't so, then it wouldn't be unique or amazing. Could it be that everyone has his or her own amazement?

I have never been good at handling all the irregularities of the present, thanks to the fact that everything can be rounded off so that things or people or both don't get all tangled up or messed up, although there's always some priest that wants to straighten things out, when I, for one, know that everything is curved, or at least it seems to be. In any case, I enjoy what I see;

it's all more interesting than hearing things about people or even more interesting than being with them. It's better to observe in silence. And I, as you well know, have barely hit sixteen and can't know all that much; at least in the calculations of people in the present, a sixteen-year-old can't know much; and so it must be, but this particular ten plus three plus three has an exceptional head; I don't know why, but I think that's how it is; one is what one is; you work with what you've got. There I go again, but I would want you to know where you could find me, when you look for me; I think you would look for me because I am you, no? But I remember that even though I am you, you are not I; you may be like me or as much as I am, that's as far as we go, although I think that before or afterwards, you *do* know what I'm talking about: there could be the possibility of identity, but as for right now, let's leave it at that, a similarity between us males, or even between us females, depending on what She created, She Who Can Do It All. The ancients already discussed the fact that in certain cases a You and an I can be one and the same; I have learned that the ancient Mexicas also thought that to be the case. I do not bring this up because I am a descendant of those ancient men, but because today I cling to no particular race or culture; there comes a time when one is nobody and that's always better than belonging to this or that group. Blasphemy! the rigorous brothers of orthodoxy will say, and that is precisely the reason why I am trying to explain the *now*.

I'm stifling myself in an unnatural way here. I'm close to making determinations regarding my fellow human beings as I've done often before, but I control myself and I hold off on things, at least for now, because I'm awaiting a sweet intake of ecstasy. Can you believe it? Where the heck did I pick that up? Would you believe that I had that thought at that eternal moment when I conjured up that multiple image of the One who gave her heart to me; you know full well who it is: you know it without my telling you. Look, I'll give you more hints so you can look for Her and as you search I'll call out "cold" or "hot" according to how close you get to her, because it is a She.

"You are the last drops of clear water from a fountain."

"It's María del Carmen."

"Very cold, freezing."

"You're the one that says things to me without spoken words."

"It's the Grosshans lady."

"You're cold."

"The blond bee that triumphs in its flight and before every flower."

"It's Doña Chona who always sings out of tune in the last bench at church."

"The opposite of hot."

"You're the one that sang French medieval songs."

"Patricia, the short woman from Upland."

"You can see the light but don't feel the heat yet."

"You are my other I, but with breasts and something different between the legs."

"Aha! It's the one that knows you better than anyone else."

"Lukewarm. Only She Who Created Herself can be that one."

"Okay, then, I give up but I think I know who it is."

"All right, then; you should know that he or she can be a 'they' if he or she chooses, but under the circumstances that I have described to you."

"I'm amazed."

"You're mocking me, *ése,* but the best of our moments here are amazing, although not all are aware of it. Look, once when I was sixteen or a lot younger, I sang in a choir. We didn't have any music, only ourselves; we made the music. It was so harmonious that it sounded as if we were singing in our sleep; now that beautiful ecstasy is called a Gregorian chant."

Today I don't speak and I'm just lying here.

I'm lying here and I don't speak; my left eye is pressed against the green grass. One day I was no longer. I stayed. Someday I'll no longer be able to see.

I love you despite yourself; you have taught me those things that I now understand, when one has to learn what exists in between the words that he hears. Today I'm telling you this, in case I'm already dead and can't reach you, or in case you, Valentín-nineteen, are dead. I hope at least your body is still warm.

Today I don't speak.

VIII

Let's Suppose I Die, Eh?

If some day it's my turn to die, I don't want to be buried. I, the balladeer, the true Duende of the Night, am going to ask them to take me out to the hills where they can leave my corpse over a squat mesquite tree. The coyotes and the buzzards will not touch me because they'll know full well who they're messing with.

I'll stay there for a while, allowing everything else to continue moving about until my corpse picks up the rhythm and I too, now transformed, begin moving bit by bit until my horizon floats around a bit. I want to see that for sure, because it will be pleasant; it will be something that I'll want to prolong until I'm no longer conscious. But one doesn't always get what one wants; one has to accept what is.

No one has told me that. No one has taught me that; it's not something from the past and I don't know if it's happening in the present; I only know that that is what I want; and as you know, one can do many things; we all have the wherewithal and the tools, and time is always abundant. Oh, there is one thing, one has to be alone for that to happen right. As for the coyotes and the flying creatures that eat carrion I'm not worried; here there will be no flesh for anyone; at least I hope the buzzards will not dare to come close to a well-kept body . . . as for the coyotes, how could they eat their own kind? You know very well what I'm talking about. It will be a grand ceremony, in full color: the ashen green of the mesquite and its sharp thorns; the *cenizo* or ash-bush that never loses its leaves, the one people tend to think has died because of its ashen color and then when it suddenly blooms, it shocks folks; the cholla cactus, with its silent body and spiniest of thorns that sings low at night as the wind blows through it. It will be ceremonial music, not funeral music, as I will be coming back to life, but in another form; the cholla plant appears to be holding up its arms as if it were a candelabrum belonging to my Israelite relatives; that is also why I'll like it because in my transformative silence I'll look forward to their singing to me as I heard them sing in the synagogue of the ancient capital of Panonia, you know the one, the dark brown brick synagogue with the cemetery in the back. Then there will be the *biznaga*, a barrel-shaped cactus, as the Gringos living in Aztlán describe it, although they don't know the Aztlán inhabitants; that cactus will be a special girlfriend, who loves you, that's why she has big spines that curve downward, to grab you and stop you lovingly if you get too close. There will be a pair of quiet chameleons, those flat ones with a crest on top of their heads; they'll be waiting for the ants and when they go by, this time only, the chameleon will show respect and not eat them.

The ant workers, in their incessant search will be taking inventory of every grain of sand in the desert. Well, I'm not really sure they're only counting them; sometimes I've thought they're admiring and listing all the different colors. They too will know that the chameleons won't swallow them this day because all normal everyday life processes will be suspended. Everyone in the know will understand that we are in a moment of world stupor.

If the risen moon is not yet full, well, we'll all wait together for it to appear red and round on the eastern horizon, where it's born every so many days. As she rises, she'll let us know that we too should be getting up a little bit at a time. But I don't mean "getting up" as if we were just lying there, I mean lifting up our hearts, a la *sursum corda,* as they used to say back in the times of the Spanish *gachupines,* who didn't bathe, only used perfume. The young Aztlán hawk will fly irregularly in the twilight, the hour that it likes best for flying through the air looking for food. It will only fly in silence, competing in beauty with those excellent flying pilots, the bats.

The Lord of the Night, our great friend the coyote, will arrive stealthily on tiptoe. Eternal sentinel that watches over the insolence of those who walk erect. Loving father who always dutifully cares for his children, like the good man who always provides for his own. Solitary, he knows well the anguish of being constantly persecuted, watching over the surrounding areas with a steadfastness that goes beyond that of those who suffer invisible diseases. A panting presence that breathlessly exhales life in the sacred name of all those who speak with a mouth as well as all those who live silently and greet one always with leaves, stalks, and thorns. A canine being that can judge the elegant trajectory of the tawny moon by the irregular pitch of the cellist-like howls in the night.

And I will be already on my way to appearing in gauzy bodily form, now more tenuously, now more permanently, now invisible to those who see and think following the thread of rare reason. Solemn night in which I myself give birth to a new me, under the vigilant beauty of She Who Sees All and Loves All. A commitment to leave for the time being in the distance, the Mozart-like minuet, played by mathematical crickets out on loan from the Great Master Poet who herds them. The strings will wait patiently at the Vienna opera until the appropriate conductor, preferably a Bohemian peasant, gives them the signal that I have returned. A Strand of Good Eyes, the Great Dreamer of Mecca among them. Let the sweet lament of the Most Holy

Wailer from Judea be heard once again. Let the green plumed quetzal flyer from Guatemala return on the First Day of the Month of Canes; let the Nahual brother Yoreme from the middle of the Torim street in hilly Sonora dress me for burial, with the others, for a new life of mischievousness in the darkness that provokes the small fears of children, the ancestral fear of Totonacas who walk on the side of el Tajín to climb the ancestral pole from which to fly face down; the quiet rustling of leaves in the light breeze that startles the bride in heat awaiting the lover now walking in the dark straight to the fiery light of her eyes; the worry of a child concerned that the candle dancing in its vertical string not go out as he lies in bed watching it in his hut; the napping dog that in its death-like sleep kicks the air, like kicking the earth in its chase of the jackrabbit. The Mexican that enters the dry-river bed of the Rio Grande on his way north to Great Gringolandia, now watched over by my gauze-like presence. I am a spirit, a ghost. I have emerged from the womb of the clean hands of Her For Whom All Is Possible, born without water, without pain, without sound. I first lost my most transparent solitude, when I came out into the light in Four Tochtli, the fourth day of the month of the Rabbit when I was born. Now, anointed carefully with what was once a luxury—solitude—with it I am now neither king nor queen, but both among living things, those flying through transcendence and especially those whose cells have ceased to be alive.

I am a *duende* spirit only for those who believe in me. I specialize in the skill of turning the face of fear into one of ecstasy.

My kingdom is the people's daily silent sleep, but there's always some fool that insists on staying awake, that is, with eyes wide open all night long. But it doesn't matter for my purpose here, since I alternate with the Nightly-Defeated-One, he who night after night was knocked down by the Precious Lefty, more commonly known by the name of Huitzilopochtli, otherwise known by the derogatory name of Precious Hummingbird-on-the-Left. The Tenochcas held that Huitzilopochtli, king and supreme god, fought each night with Tezcatlipoca (the Toltec's Smoking Mirror) whom he defeated nightly; in the morning the faithful would give him the recently extracted heart of a sacrificial victim for breakfast.

The Irish have their leprechauns, the Mexicans have their *nahuals,* and all of us, Raza of both sides of the imagined border, have me: a *duende* spirit.

Duendes are ghosts that wander about, as people like to say, but in reality we don't walk around; we are suspended in the night. You'll probably ask what that means; well, simply that we don't walk like you, if you're of the kind that walk upright, although there are exceptions, you know. We never crawl nor fly; we simply are in the night. I repeat: I am, I exist in the night; I am not the night. The gift of being of the night allows me to be in a place always carefully chosen by me and no one else.

Because I, the *duende,* am part of you; this means I do not exist without your existing too. In other words I am a sort of window of that house that you have between your ears and, sometimes when you leave it open for whatever reason, I make my appearance. When this occurs, beautiful things happen . . . without the need of stimulants. Now do you understand me?

There were three Totonacas, young bumpkins, who left their huts one night. According to them, they were going to hunt for frogs, those big frogs that thrive in the canals. But when they were going down the hill where they lived, walking down a path bordered by low green weeds, the one walking ahead, as one can imagine, walked stiffly, full of fear, because at that time electric lights had not been invented nor whatever contraptions the geniuses of tomorrow will invent to light up the night.

They were speaking in Totonaca, in low tones, like Indians do in any part of the world, but the one walking in front was not paying any attention to those behind him. He was paying close attention to the path and wary of what might leap out in the night when one least expects it; and who knows what it might be, for people always fear things that go bump in the night for the night is full of unknown dangers, full of shit that can come up and blindside you, touch your back, pull your hair, throw a giant cobweb on you, or a bucket of cold water on you . . . or hot water; or a hairy hand might come up from the earth and grab your balls, as if testicles were something you'll want to look at. This is what people all over imagine, and this night this Indian is thinking of all these possibilities.

How strange! I think that all these falsehoods about the night are made up by people who daydream of dragons during the day and then blame the night, or me, for that matter, I who have nothing to do with people during the daytime . . . and it's for one simple reason: I am not here during the day; I am only a *duende* of the night.

Well, back to the Totonaca man walking down the path: he was afraid. A snake that was in the midst of its sacred rite of finding something to eat, like everyone else, just happened to slither by faster than usual to avoid the danger of being killed for no good reason; the first Totonaca heard this rustling and of course thought that some three-bodied Geryon monster was on the loose . . . and panicked. He stops cold, listens to the soft slithering sound of the snake, and assumes that it's about to wrap itself around his legs, or who knows what. He calls out to his other two companions, transmitting all his fright. Instantly the three are dumbstruck by fear; they talk it over briefly and decide to point their huaraches homeward, and return to their village post haste.

Arriving safely at the village, they immediately report to the elder who presides over important issues, saying, each by turn:

"Tata, we returned because we ran into a *nahual* that wanted to eat us up."

"Tata, we returned because the bogeyman was out there trying to drag us to his cave."

"Tata, the spirit appeared and we decided not to go on."

The venerable old man, knowing full well the foolishness of young people, said nothing. But I, extraordinary spirit of the night, was furious upon hearing the lies told by these fools.

He who lays siege suddenly in the darkness of night, encircling a man who is already trembling in fear as he moves about in the open or waits alone in his own chamber. He who plots with the night birds in inaudible whispers.

He who swims in the calm and infinite waters surrounded by frenzied insects. He who observes behind the gauze the Mexican owl's saucer eyes.

He who stands in the middle of mischievous children who late at night gather around for a ghost story. That He is not the true *duende*, despite what people might think; but it's not like that.

The real *duende* is the night sentinel who looks over the woman in love who waits for her lover and wishes the night would bring embraces, not loneliness. The spirit is the small puff of air that barely moves the long threads of inspiration. The *duende* is the watchman who holds a thousand opaque lights and who always comes to the aid of the troubled one that calls out. And that is who I am, at least for now, for I have more to do and be.

That is how the anguished Lola from Pasadena waited for her boyfriend to arrive. In the small hills at the base of the San Gabriel Mountains, not too far from Los Angeles, her house holds on to the soft soil of the incline that faces west. Her little house is made of wood, with a small porch, almost too small for the rocking chair where she sits waiting, looking south, in search of the car lights of her man that will appear among the lights of the small towns below: but he doesn't show.

His name is Pedro el Sapo, the Toad.

He will not reach the hills where Lola lives; his dreams and desires ended behind the *"Dos Amantes,"* "Two Lovers," cantina, where the steel of a dagger penetrated his left side—the eternal refrain of Raza *rancheras,* our country ballads.

El Sapo was once a Brown Beret. In the decade of the '60s our militant uniform alarmed the Gringo. His mere presence, in the company of two or three others dressed in khaki uniforms, his mestizo bearing and his following of *batos* from the Los Boleros gang from Colton gave rise to this Gringo apprehension.

As they arrived at the San Bernardino Valley College campus on their way to the Chancellor's office, the other Chicano youths looked at them with admiration. There, Jensen, head of the diploma factory, had been waiting for several days in the company of several large White men and a local sheriff, flanked by a pair of Mexican sell-outs, who—you could tell—were clearly sweating bullets.

El Sapo/The Toad came with the fierce Ruiz brothers, from the neighboring town of Banning and deserving of their reputation as "wild ones" on their turf; El Lupe Garza, president of Los Boleros gang, decked out in a sleeveless Levi vest, a skull and gang logo on the back and relishing the tension of the moment; and a couple of gals, steadfast women from Cucamonga who were always at the side of their men; nothing and nobody came between them and their men.

"Now boys, let's take it easy and reason this out together," said Ol'Man Jensen, and that's all he managed to get out because La Raza countered immediately . . . and in Spanish.

"*Sabes qué, ¡pendejo!* You know what, asshole! Enough of your B.S. about rules and regulations. We want you to know that you don't scare us, fuck the sheriff too."

That was the beginning and end of the dialogue. On the one hand, the Gringos got quiet; on the other, the darkies spoke and once again La Raza Mexicana was embroiled in a fight with the Gringos in the U.S. Southwest.

In the lounge of the college, some twenty-five young Chicanos and Chicanas locked themselves in and protested against the SBVC administration. They stayed there for several days, in a good mood more than in anger. Other Chicanos/as brought them food, stuff to read, beer and good weed.

Jensen would never have imagined that his docile Mexicans would lift their voices against him. According to him, the Mexicans were peaceful, nice boys. But, then, what Gringo really knows la Raza?

The campus was surrounded by the police in armored cars, expecting who knows what, since la Raza at the sit-in had no weapons, not even knives. Their weapons were the reasoned protests of the despised and offended.

I was with Sapo—inside him, really—that night and on other occasions when there was trouble. I was his eyes, his voice, his anger, the fire in his belly and the throb in his balls when he thought of taking down Gringos. Sapo was a short-lived hero of the Chicano movement, a foil to the mestizo sell-outs who thought they had it made, thinking themselves White men. I met Sapo in Texas in a protest march during the César Chávez UFW movement.

Inside the office, the Bolero gang members harrumphed in their beer breath as they stood surrounded by dark haired heads and berets.

"Negotiations," said the reporter from the local yellow press. But these weren't negotiations; it was only a confrontation in which violence was sublimated. Sometimes violence was not necessary; our mere dark presence was enough to scare Whitey . . . and to gain concessions.

On Friday, the Raza threw a party with dancing and beer. The Junior Counts were there, two or three of the Tokens, who were not yet as tough as they thought themselves; Pito Carbajal from Ontario; several teenage girls from Fontana already involved in the Movement; then there were the big shots: Los Boleros gang, of course, bad-ass Chicano rhinos that controlled the southern part of Colton on the other side of the freeway; dark Valizán, a

very good Catholic and singer of hymns for La Guadalupana . . .
and, el Sapo, now without his brown beret but with a king-size
reefer between thumb and index finger . . . talking to a circle of
batos and batas . . . all guerrilla fighters of that moment.

That night Jensen was so nervous that he couldn't get it up.
Let's say he couldn't rise to the occasion when he pulled his
blonde wife's ass toward him. The fool couldn't stop thinking of
the image of the brown berets, yelling at him in Spanish that he
didn't understand, and on the other side there was an ass kicking
coming his way from the City Fathers, all of them Gringos, with
one or two middle-class Mexican Americans. But that's all unim-
portant, really.

Everyone at the party was talking about next Monday's
protest. This time, more Chicanos and Chicanas would be there,
with the Berets from Barstow, a town controlled by the fascist
Marines and the usual Good Old White Boys. Students from the
University of California at Riverside, the younger sister of the
UC System, would also be there. We're talking 1968 and the
actor Ronald Reagan is governor of Califas and we are the gov-
ernors of our balls. And I am the *duende* spirit that inhabited the
head of each one of these young people.

"Hey, tomorrow we'll call Ernie Flores and el Tejón, the
Badger Maldonado for their support."

"Yeah, and Monday, bright and early we'll come in our
muffler-less jalopies, drive down Mount Vernon street, so they'll
think there are even more of us, and scare the shit out of them."

"We can expect the worst from the administration too.
Jensen will show up there with a hundred sheriffs and police-
men, and we'll be there with our Pancho Villa and Prince Zapata posters, with Che Guevara thrown in there too, so, let's see
whose balls are bigger."

That night everybody got some ass and smoked some weed.

And that night someone died. . . .

IX

Oscar Here; There, El Alfala, in Edcouch: In Constant Comparison

19 (Valentín): Oscar's still just a kid, he's only sixteen years old and look at him, he's already a man. He doesn't take shit from nobody; he's stubborn like a burro, a *bato* that can take it, without pulling punches. I've never been able to understand the dude, despite being older; there's something about him that I can't quite make out; he's just too smart, always doing something, and like a coatimundi grubbing with its snout, he's always digging into something. It's like he doesn't want to leave any stone unturned, just to see what's under it. And when he turns the stone and finds little critters hiding out, he studies them carefully. He gets on his belly and checks the insects out with his eyes, his nose so close to them that he almost crushes them; and he can stay like that for hours. I wonder what he sees. I just don't get it. Then there are times when we're out just walking around and he falls behind, talking to himself, it seems. I'm beginning to wonder what he's chewing because he really seems to be talking to someone. I don't really know, but I think he's talking to a woman, but it's probably all in my mind.

He laughs at himself as if he were two people, or perhaps, as if he were many people. He's too much like Solís, the town crazy, who insisted on working in the packing plant, although we all knew that we couldn't trust him with the vegetables that we were so carefully packing. Blond since birth, with blue eyes and very tall, Solís would get even redder in the face when he lost it, like he had a screw loose, and here's why I'm making the comparison with Balboa; yeah, it's a bad comparison, but, you understand what I mean, right? It's just that Balboa sometimes gets unbearable, acting nutty, and you can't even get through to him . . . like Solís, when he was moonstruck and he would stare at you as if he were meditating on what you had said, or as if he wanted to communicate with his eyes and face something like: you're stupid, why are you asking that? And sometimes his face would get so red, like he had eaten hot peppers, but in anger. How many times have I seen him carrying a box of tomatoes on his right shoulder when he was in one of those trances; people would stop whatever they were doing just to get quiet around Solís to hear what he was saying. And Solís would take long and firm steps and if you didn't know him you'd think he was fine, but we knew he was going through one of those trances, just like Oscar when he hears bells in his head, well . . . that's my way of putting it, 'cause when he's like that, you can't talk to him or maybe one shouldn't talk to him, 'cause it's like he's in love or in ecstasy over something around him . . . although in the case of Solís, he's surrounded with a vacuum, but still it's something kind of similar. But Solís doesn't get quiet like Balboa; instead, he talks, as I said: he begins talking to whatever he's carrying on his shoulder.

One time we saw him walking and grinding his teeth as if he were constipated or something, but he wouldn't slow down; he looked like a walking statue, arguing with the box of tomatoes: "Now what? Didn't I already call you *beautiful*? What more do you want?" And he kept grinding his teeth. You know Oscar Sixteen is not like that, but sometimes he's almost like that, but it's a different type of craziness; he's like on a trip, quiet and smiling . . . it's just that Balboa is only sixteen and that's why he's sometimes called "Sixteen."

You won't believe it but one day he told me that he'd like to
be a woman, or like a woman, and I got so pissed that I didn't
want to talk to him anymore because I began to wonder if he
wanted to be a fag, and that made me really wonder about him,
like that one time he told me he wanted to stick a bad air up my
ass, and it embarrassed me and I told the SOB not to get me
involved in any of that, that if he wanted to be a fag, it was his
thing, and I closed off that conversation and we left it at that.
The guy just looked at me without smiling or anything, just quietly, neither agreeing or disagreeing, and that's why I like the
fool because no matter what he does or says, he's still a good
guy; although sometimes I find he's like a woman, and I like
him for that too; not for any special reason, but just because he's
soft and sweet, and even pretty, well, pretty like a bro can be,
when he looks pretty . . . but not like a woman, but rather like a
soft thing that one wants to keep safe and to keep just pretty and
still up in the air.

And how do I get myself into these messes? As the older guy
I should control him and I sometimes think I'll do that, but then
the next minute the thought leaves me and is totally useless
because the thought is formless and there's nothing you can do.

Solís had his special way of being, and you always knew how
far you could go with him when he was moonstruck, even if he
might look crazy enough to stop a locomotive with the gnashing
sound of his teeth, but things never went beyond that . . . that is,
he had his limits and that's as far as it went. But it's different with
Sixteen, it seems that when he goes off it's the opposite; instead
of feeling trapped it's just the opposite, 'cause he simply lets go
and there's no force in the world that can stop him; he takes off
like a hawk flying high and without limits, up high above everyone. And I'd better shut up because sometimes it seems to me
that when the smell of cilantro gets to him, he seems to be able
to hear what I am saying even if he's not anywhere nearby. Who
knows what gets into him and it even scares me a bit, but not in

a harsh way, but rather it's a way of being afraid in a soft and
quiet way. In the voice of a child he'll say, "Don't be messing
with me, Vale." And it's not the first time that I feel that he's
watching me, and if he's watching me right at the moment that I
think of it, I start telling him not to pay me no mind, that I'm simply thinking and that it doesn't mean that I don't care for him,
'cause it's embarrassing for me to tell him that I care for him and
don't wish him any harm; and it's like at that same instant, even
though things are blurry, he's telling me that his silence is his
"right" with respect to all this. And that's why we get along,
because even though we're different, we don't fight and we talk
to each other without words, in a different way, as if we forgive
each other . . . and I'd better shut up because it's like I'm even
beginning to talk and think like him. I know only too well that
when this happens and as time passes what I say starts coming
out all curved-like and rounded and that's exactly what he is, all
curves and wheels. Right now I even feel like saying to him:
"Hey, there, fag, if you're watching me, why get pissed. . . . "
And that's when I let things just sit and I figure I'd better shut up.
Right, *cuate?*

He's probably angry because I compared him to Solís. This
Sixteen guy doesn't fool me, he's weird, maybe even bewitched,
given the way he acts sometimes.

Next time if he wants to be a woman, well, go ahead I'll say.
"It's your choice," just so long as he doesn't start saying his slip
is showing or that the straight stiches on his bra are showing, or
that his panties are so tight that it feels like his butt is being cut
in two, because then, for sure, that's something I won't be able
to take. But perhaps all this is just messing on my part. But . . .
it's intriguing, ain't it?

I'm fooling around as if I didn't have anything better to do,
or maybe it's that I'm becoming more like him and becoming
able to get high without smoking any weed.

Oscar's father: "Yesterday I saw them on 281," old man Balboa thinks to himself. "I saw them leave Linburgo early and I don't know what I felt. I felt like shame to see so many Chicanos together. I don't know why they do that. I just don't know. I felt . . . what can I say? Something like fear to see Mexicans doing that. What will the Gringos say? Who knows what the Gringos will say; they're going to say that we're something or other . . . that we're disorderly and that we go around disturbing the peace. I don't know what it is, but it bothers me to see the Raza marching on the road saying I don't know what. Why do they have to say "strike"? Aren't we doing okay like this? Let each person find work and not get mixed up in things, 'cause the Gringos might get angry and if they get mad, who knows what might happen. They're embarrassing us; we're doing fine here, working in the field, trying to make a living, why are they going around causing trouble? I'm staying here. I almost wish I were working in a corn field where no one could see me, 'cause then no one could see me behind the corn stalks, then no one would see me when they go by with their flags and yelling. Why do they have flags? We're not in Mexico here, to go around with flags; and the flags they have aren't even Mexican flags. Who knows what flags they are. The Mexican flag has green and those flags are only white, black and red. I'd better bend down, get closer to the earth. I just don't want them coming back this way and seeing me if they get too close, 'cause if they see me I don't know what'll happen. What will they do to me? I wish the watermelons were bigger so that I could get behind one when they go by. It's almost time to stop working and head home; I'll be fine there. I just hope they don't head back this way while I'm still here."

"Hurry it up, Oscar, we're almost done. We don't want the truck catching up to us and we haven't cut enough watermelons for

them to take. Oscar! Are you trying to hide behind the watermelons as well?"

"Excuse me?"

"No, nothing, I was just saying we have to work hard on the
watermelons."

"Yes, Dad, that's what I'm doing."

"So then, why don't you hurry?"

"Dad, I'm cutting as fast as I can, but I can't go any faster
because I get cramps in my legs."

"I told you to hurry, didn't I. Don't you see that people are
looking at us?"

"Dad, what people?"

"Well, the people that are going by."

"What people? They went by a while ago, already."

"Don't tell me you didn't see them, didn't you see them
when they went by?"

"Yes, Dad, but they're not going by anymore; they're gone
and already far away. You can barely make out their flags way
over there."

"What flags?"

"The flags of those going by."

"*Ah, sí.* The people going by. Where did they go?"

"Over there, they headed over towards Linn."

"Ah, so they're gone, right?"

"Yes, they're gone."

So, they're going towards Linn. You think they'll go as far as
San Antonio? But then, what if they come back? Anyway, why
do they have to go through here?

I'm going to have to tell Oscar not to look at them again.
Why is he getting involved with them? He shouldn't have anything to do with them; he's just a kid; he's too young to get
mixed up with them. Maybe he likes the flags. For some reason
I can't get them out of my head; those flags looked weird, as if

they were saying good-bye, good-bye, when they went by. I
hope my son doesn't run off; I need him here at work with me.

"Oscar, where are you?"
  "Here, Dad, what's up?"
  "Where did you go?"
  "I was here, Dad, cutting the watermelons. Where else could
I be?"
  "Ah, it's just that I couldn't see you. I thought you had gone
off. We're going to stay here, right?"
  "That's right. We still have a whole bunch more to cut."
  "But stay here. Don't be running off."
  "No, Dad."

The kid is gaining on me. He works hard. He's always quiet,
who knows what he's thinking 'cause he doesn't say anything to
me; who know what he's thinking 'cause he keeps very quiet.
Little Oscar turned out to be a good boy, but he doesn't talk
much, as if he didn't have a mouth. What's his mouth good for
then? I also keep quiet at times, I do talk to myself, but I don't
tell anyone, don't want people to think I'm crazy. They say people who are crazy talk to themselves. It's best not to think about
that, lest someone see me. So I go around thinking without saying anything. I think Oscar must have liked the flags.

My hands are turning green from the watermelon plants.
That means I've been at it a good while; it's time for a break. My
hands smell good when they're dyed the color of the watermelon plant. It's funny that watermelons come in three colors, just
like the Mexican flag.

There are times when strange ideas come together in one's
head. Suddenly what seemed to be in order changes without you
knowing how or why. Things that previously were not visible
somehow come and get a hold of you, and that, I don't really
know, could be, maybe, not something bad, but something good.

You have to be careful, be on the lookout, ready for anything and everything. Today things are happening that I didn't know anything about; I'm not really sure I understand them. Like those people that went by and didn't even see me but still they made me feel uncomfortable somehow; my boy working over there not saying a word and me over here mumbling to myself I don't know what. I'm like torn between my sense of obligation as a parent, and this other feeling, a stubbornness of sorts that I don't understand but that seems to be telling me that there is something I should be doing, or saying, or thinking about something, but there's no one here but me and my son . . . and he's all quite, calm, as if nothing were happening; I wish I could talk to him about this but something stops me and I can't. And then there's his acting as if he knows it all already. There's one more thing: why do I get thinking about all these things when I'm alone?

The bent over back of my son, my beautiful son provides the answer: there are times when there's nothing you can do when you get yourself all upset. You just have to keep quiet and wait; things will eventually fall into place and everything will balance out.

That year many Mexicans left to go work up north. None missed out. Why stay in Texas if there was no work?

Chicanos are always the ones left out when it comes to handing out jobs. The Gringos end up with the good jobs, the permanent jobs, the better-paid jobs . . . and La Raza, there's no one to help us out. You know how these Gringos are! Otherwise they don't even talk to you, except when they need people for the backbreaking jobs, that's when they call you, not before, and they only call you for hard labor. And they think they're the top dogs. Well, this year, the people set out again in their trucks to go work up north, they're like gypsies, going from place to place just looking for work. Granted that they get to enjoy the fresh air, the hot sun, life under the trees, drinking water from wells and from ditches, yeah, just like animals do.

Well, I'm not going, I'm staying and I'll see what I can do
to make do and survive. Besides, my son is almost sixteen and
we'll see what he decides, although I need for him to work with
me to help out with expenses. Let's see if by working alongside
his father he can help me catch up on my bills. The payments
are getting harder and harder to make. But, no, I'm not going,
let the others head up north.

Guilebaldo Rodríguez, from Mercedes, already fixed up his
'37 Chevy and he even painted his name on the doors so people
would know the truck is his. Ha! It's a beaut of an old truck. And
he means to drive it to Willard, Ohio, to work the celery fields.
One thing, though, he's taking all his children, all seven of them,
like gypsies, all piled on top of the others that are paying him to
take them up north. He does all right because he has a bunch of
hands to help him out; I only have Oscar, who is already a hard
worker. But Guile is a womanizer and he needs the money of all
his children to pay for his womanizing vices. You know, he'd just
barely buried his wife when he picked up some young wetback
gal who had just arrived; they say her ankles were still muddy
from crossing the river; he made her his wife and they already
have a child. . . . Ah, and she's still a young thing. Well, like they
say: best thing for an old cat is a young mouse. Guile doesn't go
around boasting, since he does things on the quiet and doesn't tell
anybody and then suddenly he's pulled some new stunt . . . and
now he's showing off his new bride. . . . What he would really
need to show off would be a new truck, one that can get him to
Ohio and maybe even Michigan, to the cherry harvest. But that's
the way it goes, everyone plays the cards he's dealt. Who knows
what changes are in the cards. But I don't know how I'm going
to make it . . . maybe my son Oscar will take off . . . no, not that
. . . because he's a good boy and he doesn't do things badly . . .
although still young, he's an honest boy and now that he's sixteen
he's on his way to becoming a man.

I figure afterwards I'll head for Laredo to work in the onion fields and I'll take my son . . . and from there I'll go to Presidio to pick watermelons and after that I'll go to Mesilla, New Mexico, at least there are no Texans there to step all over you.

Alafa says this is the last year that he's traveling north. He says his daughters are getting to be young ladies and he doesn't want anything to happen to them here . . . he says the Raza men are troublemakers and he wants the girls to have a chance. . . . Ha! As if there were no Mexicans in Ohio to fall in love with. Hey, love is like a cornfield, tall and leafy, and in the summer, when it's hot, you can even hear the corn plants creaking as they grow. His girl Fela is already big and full of curves, but her old man, damned Arab, guards her as if he were saving her for seed. I'd like to get a hold of that one someday and take off with her as far as heaven's gate; but the gal is very quiet and says nothing . . . they say the quiet ones are delicious and they only moan from pleasure. Well, so what, I'm married, not dead; you can dream, right? The other one, no, she's still too young and although she already has tits, you can tell she's still wetting the bed; plus she's very quick to argue, doesn't take shit from nobody. But one day she'll meet her match and then we'll see what tune she sings; she'll have reason to scream, and loud too. Old man Alafa could fill up Edcouch on his own with the mess of grandchildren he has; the whole barrio Rincón del Diablo just roars at night when the Raza youth from Devil's Corner cruise by Alafa's house in their cars every night just to catch a glimpse of the fucker's gorgeous daughters. Even though María de los Ángeles is still young, her turn is coming too. Alafa says that he's going to stay in Ohio, that a Gringo offered him an old chicken coop that he can fix up and make okay to live in. Nah, I can't imagine myself living in Ohio; it's too damn cold. I prefer to stay in Texas, 'cause even though it's shitty, I'll find some work, and then there's my son Oscar, who can already work hard and can help me. I'm not going to say anything to my wife until it's too late to leave . . . let's see what she says . . . not even my son will know . . . we're staying right here and maybe with a little bit of luck . . .

By the time the tree leaves in the little towns where the Raza come to work in the northern part of Ohio start changing color, turning several shades of red, yellow, and orange, people begin to sniff the air and prepare for their journey back to Texas. They don't like staying long when it starts to get cold, and by the 15th of September, they leave without even staying for the county fair; they take the road south . . . back to their homes in the Rio Grande Valley. One by one they get everything ready; give the truck a tune-up, adjust the canvas top to keep out of the sun, say good-bye to their neighbors and set out on the road.

When Alafa was younger he would drive from the shores of the Great Lakes back to Edcouch in three days and nights without stopping. Back then, the highway patrol didn't let people go over 45 miles per hour. Back then the roads were almost all narrow ones; crossing the Ohio River into Cincinnati the wide highways ended. In Kentucky all you had were curved roads and the small towns were tiny holes in the wall that took forever to go through. But it was worse in Arkansas where the roads were built with concrete blocks that only served to keep you awake with their clack-clack sounds as you drove over the joints where the blocks connected. And you had to be really careful on those roads cause if you took your eyes off the road for a minute, your right wheels would fall into a shoulder six inches deep; the drop would 'cause you to lose control of the steering wheel and would drive you into the ditch. Going through Little Rock was always bad, even in the daytime. In Houston you more than likely would get lost and getting through there was always a nightmare. But now we have freeways, and you don't have to stop except to stretch your legs and take a leak.

Mind you, I'm not saying Alafa was lazy; thing is that when he grew old he'd stay at home or at the labor camp and send all his sons and daughters off to work the fields. No one could get out of the work, not his daughters-in-law, the two of them, and not the son-in-law. He controlled everyone and all he did was wait around till they got back in the afternoon. His wife said nothing, maybe because she too managed to somehow avoid doing any housework at home; all she did was gossip with the other women who stayed behind in the huts. Alafa liked to chat up with everyone, no matter where he found himself. If he was harvesting tomatoes in Ohio he would talk about Texas; if he was in Texas he would tell folks about Ohio; it was an endless conversation; he always had something to say.

In the town of Edcouch he lived on the edge of town, on a corner townspeople called Rincón del Diablo, the Devil's Corner; who knows why they called it that, because I'm from there too and no devil ever spooked me there. Edcouch has only a few paved streets, and in the area of Rincón del Diablo there are even fewer; and of course, the Gringos live on the paved streets even though that town is made up mostly of Raza; the few Gringos in town lived out towards Elsa, near the state highway, that is, if they dodn't live out on their own ranches.

In Rincón del Diablo there were green water puddles on the streets that were older than the residents there. The water only moved slightly when trucks went by, and then looked the color of a punch mixture and then the water would half-heartedly stop swaying; not even the mosquitoes would lay their eggs in that damn stuff. That's the way it was; that's where people lived and had their homes.

Alafa's house was built by his father back when there were only four streets in Edcouch: two up that way and two across, and Alafa inherited the house because he was the one with the biggest family. Now several of them have married, but he still has a bunch of kids at home, I don't even know how many there are, 'cause now, with the grandchildren around, it's hard to tell. I think the only way to figure out who's who is to check who has a cold, who needs a haircut, and which gal is developing tits like small artichokes. But don't take me wrong; what I'm saying is true. I think that Alafa liked having a lot of children around to feel important. I'd see him on Sunday afternoons out back behind his house, when all his children came together, and you could tell he liked it, sitting there like a lord overseeing his realm.

And then there was always someone who would come by to say hello, and it was then that one could see the old man's eyes shining brightly; it was clear that he enjoyed having people drop by even if only for a little while. And there you'd have them, the two patriarchs would sit there working out the world's problems: going over who got married, with whom, and on and on, and that it was high time they got hitched because you could tell that the girl was pregnant and that the guy who was responsible was approached by her brothers and told that if he didn't marry her, they would cut off his balls; and the son of so and so went to Wichita Falls this year and, would you believe it, when he got back he had become an *aleluya*, a Protestant, and now he doesn't drink beer or smoke and he's all Christ here and the Lord there. Alafa wasn't the type to get into arguments with anybody, and so the conversations were always punctuated by a series of "that's right," and "hey" and "of course" for everything, and always punctuated with some beer.

"*Quiúbole.* Hey, there."

"Hello yourself," answered Alafa.

"How you doing?"

"All right . . . and you?"

"Hanging in there."

"Know what, seems to me you don't ever get any older, Alafa."

"I come from good stock. You still working at Linburgo?"

"Yeah, nothing else to do. No sense going anywhere else, it's probably worse there, so it's best to stay here, at least I have a house here."

"Well, you know how I get by here. I'm doing pretty well actually, what with my sons helping me, and so the *vieja* and I no longer need go out."

"That's good for you. I wish I could say the same, but all I have is my little Oscar who helps me, he's a good kid, a good worker and doesn't give me trouble, you know; I've never had to lay down the law with him; he knows what he has to do."

"As for mine, the smaller ones don't work in the field yet, but their time is coming soon enough. I have to spend my time looking after them so they don't get themselves into trouble—specially the girls. Thank God they have all turned out all right; you know Fela, who's already a young lady, doesn't even want to go out; and as pretty as she is, she just wants to stay in; she doesn't leave the house and that's good, 'cause she can help my wife out. The next one, María de los Angeles, she's also growing up fast, but she's still in school; that one does want to finish high school . . . but Fela didn't want to finish, and that's fine. I told her that if she didn't want to go, that it was all right by me. Why force the children if they don't want to go; why get them all worked up and angry 'cause of school. Fela's just the way she is; she's very serious and she spends her time at home, but María de los Angeles is another story; she's always up early to go to school. The girls are doing fine. But there's always a hard-headed one: José María is a troublemaker, although he's a good worker; here at home no one can tell him anything because he starts swearing and thrashing about, but overall I can't complain, the boy's all right, but he angers easily and curses right and left."

"Well, my Oscar is the light in his mother's eyes. The boy is a good soul; he never even gives you a dirty look. But I only have one, you know, and I wish I could have more, but it wasn't possible, and so I only have that one, my Oscar."

"That Chémali of mine is something else, boy sure can make me laugh and he knows it; no, I don't have him spoiled or anything, but that's how he is; that's just how he is; just that he doesn't want anyone telling him anything. The others are all right, but that Chémali can be a pain."

"The wife told me the other day that she caught Oscar talking to himself. I told her he might've been praying and my wife said no, that she also thought he was praying at first but that he wasn't kneeling; he was standing looking out at the yard, as if he were talking to the darkness; it couldn't have been to the trees because it was too dark to see them, but he was speaking softly to something outside. My *vieja* let him be, thinking he might've been talking in his sleep or something and she didn't want to wake him 'cause it's supposed to be bad, you know, to wake people talking in their sleep; they say something can happen to them, and so she just left him alone."

"Don't worry, man. Kids are always coming up with all kinds of strange habits. Every day they have something new, and there's nothing you can do; you just have to tolerate them. Most times the damn kids barely deserve the whipping they get; you know, it's tough being a kid; the poor things always have something to worry about. It's like they're in a hurry to grow up and become men, like their underwear's too tight and they needed bigger britches. But there aren't any big ones left for them, 'cause those are the britches that I wear as well as my older sons. And once you're wearing them, you want to keep them on. So when they get to a certain age they get sulky and moody and go around as if half asleep half the time; when they're about fourteen, they stop listening to you and they go around like ghosts but without saying a thing. Perhaps that's the problem my godchild Oscar has?"

"No, *compadre*: Oscar is almost sixteen, almost a man, and he behaves well. He's been no problem. But sometimes he's so quiet that it's almost as if his whole body is just a buzz, sort of like bees flying by. Well, he doesn't make any noise, but it's like he's—I don't know—flying by quietly, well, not that I see him fly, but more like I imagine him doing it. I wonder what it is?"

"Don't worry, *compadre*, let him be. Kids today have all kinds of things going on inside them. Or do you think, maybe, he wants to become a priest?"

"A priest? No, not a priest; not that all priests are the silent types; there are some that even like to drink. You remember Father Venegas, don't you, how drunk he used to get?"

"Yeah, *compadre*, but with Venegas it's different, 'cause he was already an older man and he deserved having a drink now and then."

"Yes, but, you know, I don't know what to think about my boy Oscar sometimes."

"Let him fly, don't you see that that's what it's about. Don't you recall when you were his age? Didn't you sometimes just get all quiet and didn't even answer when you were called? Look, it's like Fela. She just stays at home, or sits outside just looking into space."

"That's what I mean. That's exactly it. They're just looking out without seeing anything, and who knows what it is that they see inside their heads."

"Well, nothing. Didn't you just say that yourself? So what? They're not hurting anybody, are they? Don't worry about it. It's just that young people are like that. We don't remember because we're old but they're not; they're young, and we have to let them space out if they need to or want to."

"That's true, I guess. Nothing you can do, anyhow."

"That's right."

X

El García, Not A Nice Chicano

In Edcouch, as in other places where there's Raza, it seems that while the Gringos gamble or get together in their clubs or meet in cafes to talk about how to make even more money, the Raza meets just to talk, to converse. They talk in the bars, at work, in the fields, everywhere. Talking is their favorite pastime. It's the most common way to be sociable, it's how you're friendly, it's how to be human.

Around here there was this fellow, whose name I'd rather not remember because he was such a bastard with his own people. But, who can forget García, the one living in La Blanca, not too far from Edcouch, towards where the sun sets.

That guy is one sonnavabitch sell-out. I ran into him at a bar in Lima, Ohio, one time that I took my wife to see the doctor for some medicine because she wouldn't stop vomiting. Well, I went into the Gandy Dancer bar and there he was, strutting about with a Stroh's in his hand, with a small hat, like the ones worn by White sheriffs, with a foot on the bar and his elbow on the counter watching TV as if he understood English. I knew that SOB rat back in Edcouch, when he lived in the funnel section of Rincón del Diablo in Edcouch. We called it a funnel because all the water went downhill and collected at the end of the street; it was old stagnant water that ran when it rained, carrying all the slime and shitty residue that floated like merengue

211

on top and ended up trapped by a wire fence that ran across at
the end of the street. That's where the shithead came from and,
here he was, acting like a big shot. You know, there's Raza and
there's Raza, good Raza and oh! bad Raza too, so bad that even
the devil don't claim them.

Well, this García fellow was not one of those who enjoyed
talking. I'm thinking he already had plans to cozy up to the
Gringo since back when he had to quit school in the seventh
grade. Even back then you couldn't talk to him; just 'cause he
learned a few words in English he'd go around during recess
talking to us in English just to show off. We'd let him go on just
to see how far the prick would go. We never told him to go screw
himself, showing off with his *Chin*-glish, we just watched him
and stared him down. He even looked funny, lousy leper; he
didn't even have any eyebrows, and we used to tell him it was
because he got leprosy from his father's syphilis. But García
would ignore us because even back then he was a smug tight-ass
SOB. He was like that since way back, but today he's even
worse; now he hangs around the Gringos and acts like a hot shit
good ole boy—like he's one of them.

So, when I went in there he was at the bar and I didn't even
go talk to him, I just went to the tables in the back so I could
watch him just to see how far the fool would go.

If there are fools among the Raza, their kings have been the
Garcías, considering how damn stupid they are. And if the Raza
has its beginning and end from birth to death, then the Garcías
have been there as their baptismal and final confessional priests.
Everybody loses out sooner or later, except the Garcías; what
burns me up is that they really believe shit will never happen to
them; but, hey, there's enough good or bad luck to go around;
sooner or later you get some of both and you deal with it. But,
I'm telling you, the hardest thing of all to take is a damn *vendi-do,* a sell-out. And if some day there's a king of the sell-outs,
I'm sure it'll be a García, damn coyotes that they are.

So there you had him, standing there, with a sheriff's badge on his chest and a gun in his holster. So how was it that this guy got an officer's gun and badge among the White boys? You won't believe it, but when he arrived in Leipsic, Ohio, he groveled in front of the Gringos for a job, and they up and named him Deputy Sheriff. Would you believe it! So they loaned him a gun and sent him to check up on his own people in the Libby fields. And so now, when he sees Raza just relaxing and talking, that's when he comes up to them and tells them that if they want to work in Libby's packing plant, all they have to do is just wait, talk to him and he can arrange to get them a job—and a job he will get them—but then they owe him, and they have to buy a used car through him, of course.

So what do you think of the deals this soul-less coyote businessman pulls on his own people? You won't believe it but the guy makes deals with the auto dealers of Leipsic; the Gringos know full well that the Raza needs cars, and so they make arrangements with our good old middleman García and this way they unload all the old used junkers they've got on the lot. So, you know, one of those Chevys with the long tailfins—that you can get for $200, easy in Toledo—García sells it to you for $375 and he keeps for himself who knows what part of that.

It's a no-win situation. If the Gringo doesn't mess with you, there's always a sell-out sonnavabitch to screw you from behind. What's more, García always seems to like fondling his gun while he's talking to you.

I tell you, it's better to stay at home; there's always at least beans and there's always some friend to give you a hand, 'cause in the end you're always alone anyway, and if it weren't for good friends, things would be much worse.

And when we get back home here to our own soil, we will have to run into García again, but here he keeps quiet because his gun stayed in Ohio and here he knows better than to go around flashing it. People don't talk to him; he's the one who talks to them asking if come May they want to go back North to pick tomatoes; and so people who have already forgotten the way he screwed them over last year stupidly say yes; maybe because down here they see him without a gun and his hat is different because the one he wears now seems to have several layers of dirt at the base of the crown. But I'm not fooled. That SOB is the same damn García whether in Ohio or here in the Río Grande Valley. An SOB is an SOB here and there—even if you dress him up in pink with polka dots.

One thing I'll tell you: I want nothing to do with him. Over here I try to make it on my own, and for sure, something will come up, and if I come into some hard luck, by getting sick or something, there's always Valentín who'll help me out. Vale is my son.

XI

Oscar as a Boy Challenging His Dad

"Apá, what would you do if the Wolfman appeared all of a sudden in front of your car?"

"What'd you say, son?"

"I said, what would you do to the Wolfman if he suddenly showed up in the middle of the road?"

"Ah, how's that going to happen, the Wolfman on this road? There are a lot of people around here. No, the Wolfman is not around here; there are too many people around."

"No, Dad, the Wolfman goes all over the place. He can appear anywhere."

"Ah, well, what could I do? I can't believe you still believe in the Wolfman? Aren't you getting a bit big to fall for that kind of stuff? Don't tell me you believe in all that."

"Well, I'm not saying anything. I'm just asking what you'd do."

"Okay, so the Wolfman shows up and I'm in the car?"

"Well, yeah."

"Ah, well in that case I'd fuck him over good."

"How, Dad?"

"Well, I'd run him over with the car."

My father is good at doing lots of things. Right now he's happy because I'm playing some nice violin music that I heard once; he doesn't realize it because I control the volume, the turns of the cellos that started playing, and the violas that want to join in as well.

"Well, is that it? That's not fair, to kill him with the car. I'd want to see you fighting with him."

"Oh, yeah? You think it's not enough to run such a huge animal over with the car?"

"But the Wolfman is not an animal, Dad."

"So he's a man?"

"No, he's not a man either."

"So then, what is he?"

"It's something weird, but not a man."

"It's a woman?"

"No, Apá, you don't understand; it's not a man or a woman."

"Well then, you tell me. What the hell is it, then?"

"What can I tell you, well . . . "

"Well, what? Let's see."

"Does it have to be a man or a woman? Can't it be something else?"

"Well, you should know, son. I've never seen one of them."

"You've never seen one? Then what used to get people scared before? Don't tell me it was the bogey man?"

"No, we used to have *La Llorona,* the wailing woman, the *nahual,* the witches, the mad dogs with rabies, the coyote. Who else, *vieja*?"

"Well, the skull."

"The skull? Whose skull?"

"I don't know, anyone's skull."

"No, Apá, that's not fair. It has to be the skull of someone."

"Well, the skull of Nacho Pochi, the guy who hanged himself."

"No, Dad, it's not like that. It's like the Wolfman thing. You've already forgotten."

"In those times there were no Wolfmen. Among Chicanos there are no Wolfmen."

"Well, this Wolfman thing we imported from the Gringos. They're the ones that are always talking about the Wolfman."

"And, what do they call him?"

"Wolfman."

"Ah, that one."

"Yeah, well, who else?"

"No, son, that's not the way it works because going from Gringo to Chicano is not possible because to be a Chicano Wolfman he'd have to have balls."

"There you go, eh? Now we have a Wolfman with balls and all."

"That's right."

"All right, so how do you plan to fight him?"

"Well, if you insist. I'll get out of the car and grab el Wolfman by the ears . . . "

"You can stop right there. By the time you grab him by the ears, the Wolfman will have grabbed you and killed you."

"No, son, you don't understand. When he tries to get ready to bite me, I'll have put my hand way down his snout."

"He's not an animal, Dad."

"Animal or no animal, I'll put my hand down the fucker's mouth."

"He'll bite you and cut off your hand."

"That bastard won't cut anything."

"I tell you he'll cut your hand; he has sharp teeth like the little triangular ones of a saw."

"Doesn't matter what he has, I'll fuck him over."

"But the Wolfman is very strong and can grab you, he'll make you fall and he'll suck your blood."

"Well, I can tell you one thing, he won't grab me."

"And, why not?"

"Because Wolfmen like to eat shit. . . . "

"How so?"

"So, it's like this: he'll think I'm going to feed him and open his snout, and I'll stick in my hand and my arm until I can reach all the way down to his shitty tail and I'll grab it, pull it inside and up and before he's aware of anything I'll have turned him inside out."

"No, Dad. That's not fair."

"Well, didn't you want me to tell you what I'd do with the Wolfman?"

"Apá, you can kill the Wolfman?"

"Yep. That's right."

"That's right."

Silence falls between father and son. They continue on the road. The violin music turns into burlesque trombones.

Mr. Balboa took a day off work, just one day, to take his son, his only son, Oscar, to San Marcos. It's a trip that he does not wish to make; it's a trip that he's feared making since his son told him, during dinner, that he had been thinking of going to the Job Corps training program. He didn't know where they'd have to go; he had never heard of those job training opportunities, till recently; he heard about it from some friends.

Oscar did not tell his father, however, that with any luck he could join the Job Corps and that maybe that was his only chance of leaving town, of getting far away from the region where there's no work and few good opportunities for young people. That's the way the young man saw it. Although he was only sixteen years old, sometimes he thought like someone much older.

Oscar kept looking at his father; he wanted to find some sign of approval, some sign in his face that showed what he thought before he uttered a word. It wasn't fear; it was the calm anticipation that you feel when you await an answer from one you love.

There was a short silence in the car among the three of them; his mother listened in silence—her part comes later.

"And what's that Job Corps about, son? What's it to you? Isn't it only for Gringos?"

"Apá, it's for people without work and without much schooling that can't find a job."

"Well, but you already have a job here in the field. What else do you want?"

"Dad, I already know all the watermelon, melon, onion and lettuce plants from here. There's no more to learn here. There I can get my GED, instead of continuing school here. They put the trainees in classes if they want to finish high school, and then they also learn vocational arts."

"But, how can it be better there than here where you have everything? Here you have your mother, your house, your friends; you were born here and, well, you grew up here. Why do you want to undo what it has cost us so much to attain? Why do you want to leave home?"

"It's that I want to get to know what's on the other side of San Antonio?"

"On the other side of San Antonio is Austin."

"Before getting to Austin you go through San Marcos, and that's where Camp Gary is, where the trainees are."

"And you want to leave the Valley where we're doing all right, even if we are poor."

"It's not about abandoning the Valley or anything. It's about looking for something new, seeing new sights, and seeing what one can learn out there."

"You're dreaming, son."

"Yes, I have dreams."

"You're always dreaming."

"Yes, I always dream."

"And can't you dream here?"

"Yes, but from here to there there's just one dream, and over there there'll be more dreams and then, who knows, there are dreams even beyond in places one doesn't even know about."

"I don't understand you, *m'ijo*."

"Apá, I do understand."

"Tell me then."

"Well, it's about not failing to do things just because you don't know what's beyond the world you know."

"Now you've got me all confused."

"No, it's not confusing. It's that you have to think about what's beyond."

"But then we'll lose you."

"No, I'll be far away but you won't lose me; I'll only be away; and even though distance might erase details, not everything is lost; what remains is the better part, the most important part."

"How can that be, if you're not here?"

"You still don't understand."

"What I do realize is that you want to go away."

"Apá, again, it's not a matter of wanting to go. It's about doing what a person needs to do."

"I haven't felt the need to go anywhere, except to the north, but even that I no longer do; I remain right here where I have my home, where we all live, where I was born. I don't need to go anywhere. Why do you have to be different?"

"That's exactly what it's about, Apá. One is different, if it's not Camp Gary, then it'll be something else, but sooner or later you have to go out there and find your own way or else life will search it out for you. And that's what I think I want to do now, so just don't ask me to say any more."

"Ah, so now you talk back to me; so now I can't say anything to you without your answering back?"

"Dad, we can't understand each other this way. Aren't we already on the way to San Marcos? Didn't we already leave home? Aren't we far from home already?"

"Yes, but you're still here with us in the car."

"The car doesn't mean anything. What's important is what you think and what you do."

"*Ay, m'ijo*, but what happens if you get sick over there? And God knows what else can happen to you when you're so far away," says his mother.

" . . . Amá, you mean what will happen if I die over there, right? And what if I don't go anywhere and I die anyway right in Edcouch? Look, maybe I'm already dead and I'm just going to San Marcos to meet an end that has already been decided."

"No, not dead! Oscar, why do you say such things? No. It's best that you stay with us."

Oscar realized then that no matter what his parents said, they would continue on the road. He thought of staying quiet for a while and leaving it that way, but that wasn't what he wanted to do. Even quiet, or listening patiently to his parents, he felt separate from everything, far from them, as if only his body were present but his mind and spirit were far off, very far away from them.

My parents pull and pull, and pull me back. But even without wanting to, I pull in another direction, and I just can't help it. I no longer see them as bodily forms; all I sense from them is the noise that comes out of their mouths, words that have meaning for them, but not for me . . . just sound. What is happening is inevitable, and all I can do is keep going. Once I'm there this strange feeling will leave me, and in time they will be all right too; that's how it has to be.

They continue to talk, my mouth answers but behind my mouth there is another buzzing thing that fills my head. I have always been aware of that, and the older I get the more clearly and loudly I sense it; it's just the way it is. It pushes me, it controls me, it has a hold on me; that's why I feel a kind of pity for my parents because they don't know about it, and if I tell them, they're going to say I'm crazy . . . the weird thing is that I am crazy but not in the way they think; I'm crazy with craziness, which is different . . . and I suspect that few people would understand this, so that's why I don't tell anyone. Once I tried to with Nicho and Alafa when we were working the lettuce harvest. I thought he would understand what I was saying to him, but he came out with some idiotic thing about my wanting to be an ass and I don't know what else. I was younger then, and well, it made me feel bad. I still feel bad about it but now I feel bad without crying inside like I used to do. Nicho will never know what I'm feeling inside; it's too bad because he's a good friend; we grew up together; but the day came when life separated us telling us we were different and that from there on out we would no longer be friends; now each of us is going his separate way.

That's what's happening too with my Amá and Apá, but it's funny that with them I don't feel hurt inside; it's as if they're still there with their same bodies, but it's only that they no longer seem to have the same skin color; now I see them sort of bluish, clothes and all, and their faces, like they don't have clear cut eyes, noses or mouths. That's how they will be now because they're the ones that have entered into my wavelength. That's kind of weird, because when I was talking to them a few moments ago, they still had all the physical features of normal people, flesh and blood people, 'cause that's what one sees, the flesh and the pretty brown color, just like my own, and I think they have that aroma of chamomile that nice people often have. That's what my folks were like before, but no more.

I also am not like they used to be. Now I take on different forms; sometimes I am a wheel about a yard in diameter, suspended in space; or a type of semi-transparent sphere, or clear like distilled water, depending on whether I have a fever or I'm cool . . . that too I do not control.

Since he's driving, I can see my father's profile pretty clearly from here. I've always liked seeing his profile; the lines seem to be made with the metal of a clothes-hanger and the rest of the figure is painted brown—what's really clear is what—I don't know what to call it—what he's always had around the eyes— like a smile that smells of just roasted peanuts. And my Amá, she's always wearing what looks like a shawl that shows up when I see her in a certain way, and I don't know why it's . . . She looks that way because she never wears a shawl, in fact, she doesn't have a shawl, but I imagine her with a shawl, but not when she's in the kitchen working.

My Amá is a strange person, that is, she's not like people say or believe women are strange . . . perhaps that's why I like her. She's like a bit quiet, a thinker; when she sees you, she looks directly at you when you talk to her. Those brown eyes see your eyes in hers, not asking questions, just looking at you . . . more than once I have thought that, well, she's just staring. And then when you have finished talking, she doesn't answer you right away, but rather she waits as if to see what's going on inside. Perhaps the path from her eyes to brain is so nice that what is traveling from eyes to her head stops along the way to admire what it sees along the way so it takes longer for it to arrive. So what? What does it matter if it takes time, if in the end it arrives? Who says things have to arrive rapidly where they're going? That's what I like about her. Well, it's what I see in her that I like and that's why I'm telling you. She's just different, not slower or faster; it's just the way she is. She likes to savor what one says, well, what I say because I'm the one who's noted these things. Or perhaps it only happens with me because I'm her son. And she likes to look deeply, intently without making use of words. At the end, she might say something; she's always been like that with me.

And now that all three of us are stuck in this car together, she's the one that has spoken least. But, as you can see, my Apá won't stop talking. Why is it that some speak more than others? I don't think it's fully my Apá who's talking; it's not all of him that speaks; it would be obvious if it were that way. I know that it's only part, only part of his head that speaks, because for a while now I've noticed that the rest of his body does not support what he's saying. I'm not sure that he realizes that only part of his head is connected to what he's saying. I don't know if he's even aware of it. This time it's the part of his head that makes him tremble inside, as if only his nerves were vibrating in harmony, although surrounded by muscles . . . what's more, it's not all his nerves; I would say that it's only the pale yellow ones together with the pink ones that are biting into him in their own way . . . those threads are the ones that specialize in fucking you over. They're the ones that bruise you, but I prefer to say "bite you" because that's the way it feels all over the body. And look, I say that that's the way it feels although I'm not so sure it hasn't happened to me too . . . I've only seen it in my Apá; I have been able to see my Apá from the inside and he doesn't even know it. Why tell him? Can you imagine the questions that he would ask if he knew that I'm his mechanic; better yet, his observer, but no; his watchman, but no; his snoop, no, no; his surgeon, but no, not one of those because they have to cut into you to find what's inside; let's see, what then? Well, it must be the look of She Who Has All Power, sees all and can get into everything. I know all too well who it is, but I keep that to myself, except for what I'm telling you as a buddy.

It's the pink ones, the pink nerves that become all jumbled up, the ones reminding you of the little dragon that they put into your head. And in the case of my father, it's a fear, more than being afraid, fear. It's fear of losing me, fear of having something happen to me and I don't know what that could be: that I'm in a car accident, that I'm grabbed and beaten up, that I'm robbed, that I get myself involved in something and lose my sight, that I lose a leg and become a cripple, that I'm grabbed by some old lady with big boobs who will suffocate me with her breasts, or that the same old lady with big boobs takes me to her house and cuts off my balls to turn me into a eunuch. You don't know what a eunuch is, right? You can't even imagine it. I know about it since I read "Paquito" in the land of your distant ancestors; they're people that get castrated so that they have a high pitched voice and in the case of danger can yell like surprised girls. Or that I go to Camp Gary on the other side of San Marcos and I get involved with lowlifes who will teach me things, not that I will learn them, but that they will teach me, you know, because that's the way it should be; that their indecent ways could harm my decency and honor—whatever decency may be, but it sounds good—I think I read that in something written by Spaniards, because no one speaks like that around here. Or that they never see me again, something that I doubt because my Amá can see without needing to be there . . . you don't get it, do you? Well, I'll give you an example, later. Or that they might lose me, yes, lose me, because you know that there can be lost children; they don't go nuts or become invisible, no, no: they get lost like by living in a jungle where all the trees have a palm trunk and look like you; can you imagine? The only thing missing is for Snow White herself to appear, look at you, turn her back on you, and begin to gather mushrooms and you figure out a way you can see her white panties while she sings to the coming of her Prince, her Fag Prince, His Highness from the County of Fagdom, where they go around prancing and dancing Spanish jigs with bells on their feet. Or that a moment before arriving at the unknown island of Serendipity, a Texan cop stops you, "What chu thaenk yur doin, boy!"

And you know that with the Texan cop you can't act dumb because as soon as they see you're Raza, they treat you like you're shit. And so they stop you, insult you; they say you pulled a knife and resisted arrest; they throw you in jail and next morning you're found hanged and they say you committed suicide.

Or, perhaps it's nothing, but still Mr. Fear comes at you and tells you that things are a certain way, when in reality nothing's happened nor will happen; that's the worst part, that nothing may happen but still the fear gland gets activated, for it is a fear gland and not glands, one per person. Yeah, and that's just the way it is.

And on and on, it all goes 'round, until finally it ends. I don't know how, but it ends.

And the car rides on. They get on your case, but the car doesn't stop or turn around.

And my Amá is quiet. What I suspect, you know, is that my Mom doesn't do much talking to keep from making any noise and spoiling what she's working on in silence inside. But no, it can't be that, she doesn't know what I'm saying without words; she would already have given me a look, her brown-eyed look. Did I tell you that that's how my Mom tells me that she loves me? Now I see it all clearly, she tells it to me through the color brown . . . and I, I await her here, on the other end, expecting her horizontal stream of soft brown. I already know it's coming and I reach out for it. Well, it's not really that I literally go out to reach it; it just pours out, and don't ask me what it is that comes out because I myself don't have a clue. All I know is that what pours out is and receives the brown. And there she is, still there and still listening to my Apá talk. Can you imagine my Apá as a yattering priest? Well, for one thing, I wouldn't be here, but just imagine.

My mother's lips seem to be waiting for my Apá to stop talking for just a second so that they can move and say something soft, but the old man is so taken with whatever he is saying that he doesn't give her a chance. What do you think? Maybe we should make a switch and put my father's noisemaker under the hood in front of the car and bring the rumbling motor back here inside?

I see my mother's lips start to stretch out to form a smile, but then they don't. My mother's lips don't need to stretch out to smile at me, nor her eyes.

XII

Oscar One-on-One: Talking to Himself

There are no sidewalks in the town where I live, never have been. All right, that's not quite true, because I'm not living there right now, exactly, but it doesn't really matter, because after all it's a figure of speech, and anyway there's a way of being there without being there physically, in the flesh, if you know what I mean.

In any event, I don't really know why they never got around to making sidewalks in Edcouch, Texas. It's not that the money's lacking, or that there are no cement workers, 'cause there are, and very good ones at that. But somehow they've never made sidewalks. Fact is, I didn't even know what they were until my parents took me to Linburgo. That's Edinburg on the maps, but we called it *Linburgo,* 'cause we Raza have a thing about spelling things the way we say them and the way they should be.

Anyhow, here in Edcouch we just walk down the middle of the street, I mean, you can hear a car coming from far off and what you do is just move off to one side or the other; the streets all have gravel and rocks down the middle where the cars go, so you just step aside. It's just that, even now that I'm grown, I like to walk down the middle to hear the gravel crunching underfoot. It's like it's making its very own music. And that makes me think of the sound of marching that the Fascist soldiers must have made as they walked along the roads in Pomerania. That's something I saw in a movie on television once, and so I pictured myself there on military maneuvers in those European lands with no mountains. Here in Texas where I am there are no mountains either, so I just imagine them. I bet Texans would really like to have some mountains, hell, or at least hills. So, I can just make them up, like now, and it's not that hard. Like I said, you make do with what you've got, right?

I've also been in those northern Mexico towns where when the sun is at its hottest all you see on the street are dogs resting under some Palo Verde tree. What you hear there, however, is the dust as it whirls about; to my mind it's like the dust swells up with sun and heat.

Well, that's what it's like here too, more or less, in Edcouch. I'm telling you this so that you know that we have some good things here, good for me at least, because I know my feet like to walk along, crunching the gravel underneath.

We've got other things one can marvel at, like wire fences, trees that have be hacked away with machetes, wood houses that have never seen paint, car carcasses abandoned behind those same houses, desicated bodies of dogs hit by a car and left lying on the road to dry into a still life, eternally grimacing at life as it passes by; and pass by it does, like the skinniest of cats—still pretty in its own rib-baring way—that walks stealthily across the street to the field across the way, looking for who knows what, as we'll soon see. And there's of course the skin and bones dogs, heads forever at ground level hoping to find God knows what, with bone-baring skins that seem made two sizes too small and that people with nothing else to talk about say are cages for their insides, insides that don't ever seem to contain food. Now wouldn't it be utterly ridiculous if there were birds in those cages? I'm just saying . . . Then there's the occasional snake, skin so shiny you'd swear it was painted with the finest high Chinese lacquer. Unfortunately for these handsome reptiles their life span in this neighborhood seems to be rather short, as more often than not I see the poor creatures motionless on the road; they too can't escape getting their head crushed by one—or more—passing vehicle tires. It makes you think about what you'd reply to a curious child's question: "Apá, what's inside a snake?" What would one answer to that question? Anyhow, I'm not a father and I have no idea what I would say. I mean, if I said they've got flesh inside, that wouldn't be quite true because they've also got these long enormous lungs, and that fine cylindrical ribbing that shapes them and contains all the liquid inside them—I heard that they're some 90% water and lymph or nymph juice or whatever, and then there's the ivory of their teeth, and let's not forget what people call snake scales. What did I tell you? It's not so simple, right? So the question is raised again: what's inside a snake?

Moving on to the insect realm, next. Hey, even if they're only insects they also have a right to exist, even if they, as things worked out for them, ended up living in Edcouch, or for that matter anywhere in Texas. I'm particularly drawn to the coleoptera species, the ones with the shiny shell-like cases where they keep their thorax and abdomen. I can never figure out what kind of lubricant they use to keep their joints flexible, all I can say is whoever discovers its marvelous qualities will no doubt be forever known as the "coleopteralubricanticusdiscoverantator." At least that's what I imagine, and, hey, who knows? Now, in terms of coleopterae insects, cicadas, for sure, have to be the elite of this genus of miniature animals. Bishop claims to be the cicada capital of the state of Texas, but we've got them here too in good old Edcouch. Now, mind you, cicadas don't have thick protective shells, rather it's as if their dressy garments encase them and they wear this garment all the time, until one day, they—for example—eat too much, and start bursting out of it, and being smart as they are, they grab on to the closest mezquite tree around—for example—and holding on to the bark with their really sharp nails, they just slough off the shell, and then—I don't know how—the male manages to break open his shirt and pants—and, I suppose, if it's a female, her blouse and bloomers—leaving them delicately there, on the tree like a piece of old clothing, ghostly transparent. Sometimes, jeez! I wish I could be a cicada!

Then, of course, in the month of May—sometimes even as early as April—we're visited by other folks. Yep, that's when those even greater coleopterae specimens make their way to our fine town. Among Raza they're known as *mayates*—and I never have known where that wonderful term comes from. In any event, this fine creature of Nature—why use the term animals for them once again?—are a shiny lacquered dark green edged with gold. They too have a shell or case, which the cognoscenti I've known call a carapace—a word that sounds nasty somehow. I prefer to call them *mayates,* even if some people want to think that I'm referring to our own species' African brethren, *brodas* that some Raza call *negritos* or *mayates,* although these latter are of the vertical persuasion, and the insect variety are like dark green jewels that walk on all six, closely hugging the ground. I've never done what others do and tie a string to one of their legs to control their movements while they're flying around. I just like to lie on my belly, minimizing my breathing, so they won't notice I'm there, and I watch them up close, without making a sound. In that situation, it's the eyes that do the communicating, well, okay, also what's behind the eyes, if you want to get technical. Most people don't know this, but I do: *mayates* also talk. I've heard them make these little sounds, like their belly rumbling when they've eaten too much and they sort of burp and the air or gas is released through their little mouths. I've heard it. And don't try to tell me that what I heard was the sound of their legs rubbing; that's something else altogether different, much more elemental because that sound comes from their six feet and what I'm talking about, the little burps, come from their mouths. Now I ask myself this: do *mayates* know they are green? I'm dying to know. Furthermore, what would they say if they *did* know?

I'd rather not even mention the ants; I get upset just thinking about them. Okay, so tell me, who hasn't been bitten by ants? The truth is you can't really say you had a decent and fulfilling childhood if you weren't bitten by ants at some point. I mean, I hate them so much, I'm even tempted to say something really bad about them! But I dare not. I'll stick to saying that I heard from some big shot insect expert, that they are scientifically called *formica something-or-another,* and there's a part of me that likes that term, because it does sound sort of like an insult in some way, I don't know. But they deserve it. Now if you look closely at the term, even it is in a certain way ant-like, although, maybe, too long for an ant, but let's leave it at that. I mean, I wouldn't want me to come up with some other nasty term like *formica something-or-another* and I ended up giving it to some decent friendly insect name that didn't deserve it! Let's say, for example, I decided not to call our *mayate* friend *mayate,* but have him go by another name, say, *viridis,* because of his color, although I'd have to think about his surname. How about López? No, there are already too many Lópezes. Maybe Lucero, at least that would add some light to the name. If we really want to get truly baroque, why not call him *Viridis Espinosa de los Monteros?* Now there's a really elegant name for you. And why not give our friend the snake a suitable name? What do you think about *Sierpe Terrafilia,* since they're always going about hugging the ground, and while we're at it, how about *Sierpe fidelis*, although the Fidels out there might not think too highly of the association. Well, you can't make everyone happy, anyhow.

Now the other animals to consider are the birds that fly, because we all know that there are flightless birds, and the difference between one and the other rests in their butts. Those that fly, cannot, by definition, have big rumps because that would stand in the way of their flying, aside from throwing off their aeronautical structure. But those that don't fly are the big-butted ones. Which explains why among foul-mouthed (or is that fowl-mouthed?) Raza there's the well-known insult of *'Tas pendejo, no eres más que un pájaron nalgón,* or You're dumber than a fat-ass bird. And let me state here that I'm just repeating what I've heard out there, that I myself have never seen a bird with a big booty, even among pigeons. But I think it's high time to put an end to this birdish flutter, because it seems we've gone from the sublime to the grotesque, whatever it is that "grotesque" means.

And we come now to the truly exceptional flying birds. One of these is the barn owl; on ranches it lives in barns where the hay and cows are kept, and they specialize in hunting down rodents, that is to say, rats and mice. They can also be found living in palm trees, among the fronds, and I've always especially admired them because they dare to make their nests way up high, up there where the dry fronds form an always swaying skirt of sorts on the tree. At night they swoosh down silently in search of food, only hooting or shrieking when they return to their nests as if calling out "Don't you worry, my little owlets. I'm coming, I'm coming and I have this lovely dead rat for you." And then all is quiet and all you hear is the swishing of the palm fronds way up high.

Now please don't you confuse the barn owl with the *tecolote, the Great Gray Owl,* because the latter is much bigger than the owl, and I've never known where exactly it lives. Perhaps it also lives in the palm trees. Like the barn owl, the *tecolote* makes no sound as it flies. And what they eat is different too; *tecolotes* are especially partial to rabbits, and they prey on them at night as they're eating among the grasses. I've heard rabbits squeal as a *tecolote* swoops down on them and sinks its talons in their backs.

XIII

Oscar's Thoughts on the Owl: In the End You Never Know Who You're Working For

When he lived with Dorothy Dunklau in a ranch house near McCutchenville, Ohio, Paul Walters had a beautiful tabby cat. We called its color *barcino*, but Gringos call it tabby. Whatever it's called, it means a cat with grey and white striped fur. This particular cat was of the short haired variety, but there are also tabby longhairs. He was an all right cat, a decent sort, to be sure. Anyhow, Paul and Dot lived near a stream in McCutchenville, and out there in Ohio, the streams carry water year round, so that the trees alongside are quite large, especially the maples, elm trees and sycamores there. You'll find whole stands of these beautiful, majestic trees, and often Great Horned Owls, as they're called in English, will live in these trees.

You know the Spanish saying that you never know who's going to reap the benefits of your work, *no sabe uno para quién trabaja?* Anyhow, when I was a lot younger and my Apá was working the beet crop, sometimes he'd lend me out to this nice Gringo couple. So I'd be there as their errand boy, feeding the little chicks, cutting wood and pitting cherries in June. When I wasn't doing that, I'd go off and play in the stream and look for crawdads when the Walters went out or were busy doing something else. I'd grab the crawdads by really slowly sticking my hand down beneath the stones, and then I'd make like a cage with my fingers until I'd find their hard shell, or their legs and I'd bring the crawdad up. Then I'd tie a string to one of the legs and there I'd go walking my crawdad up and down the banks, sorta like it was my own little bug-eyed puppy.

They came to have the cat, some say, because somebody gave it to them, or, another version was that someone left it in front of their house. It's almost like a game or joke Gringos play on each other, this thing about leaving cats at other people's places. In any event, the cat stayed. He grew into a handsome cat, with fine shiny fur and an M-shaped marking on his face. The Walters called him Moses. I don't know why, but I always called him Mendoza on account of the letter on his forehead.

While Walter and Dot worked hard all day long, Moses slept on the sofa inside the house. Oh, but when nighttime came it was a different story. Moses had the run of the ranch and up and down he'd walk, and not content to nose around finding mice in the granary, he'd take off to the neighbor Floyd Norris' place and patrol over there too. Now, one morning Moses wasn't anywhere to be found; he'd gone out to eat, as confident as usual, always noticing even the slightest nighttime sound, always alert to any potential intruder or enemy. Only thing was, Moses didn't have eyes on the back of his head, and as a result he was taken by none other than one of those Great Horned Owls. Around 10 a.m. Paul and I went out to look for Moses; we combed every possible place we thought he might be, even going over to the Norris place, but we found nothing at all, not a trace of our cat Moses. We think it must have been an owl because over in a spot where there's no grass and the chickens like to scratch about, we saw four long scratch marks in the dirt, maybe made by a surprised and frightened cat. What also made us think it might have been an owl was that—on either side of the scratch marks—there were these two strange forms in the dirt, like those that would be made by the wings of an owl swooping down to catch its prey and take off with it in its talons. So much for Moses, we decided.

We were very sorry to lose him, and you could tell that Paul was upset all day long. He needed to do something to vent how bad he felt about losing Moses. As it happened, there was alongside the house this narrow driveway that only one car could fit in, and Paul left his station wagon parked. That afternoon, when Floyd Norris came down the driveway and found Paul's car there, blocking his way, he honked. We were eating at the moment and didn't pay any attention to it at first, but Floyd kept on honking and honking, so finally Paul went out there and I followed behind him. Floyd told Paul he wanted to get through, and Paul told him not to make such a big deal about it. Well, at least that's what I think they were saying to each other, because they were going at it so fast, like barking really loud at one another in their language. Floyd got all red in the face, he was so angry, and Paul's eyes got all red and tensed up too.

You know, Paul was a pretty even-tempered man, real patient and didn't get all excited or riled up over things, but that day he needed something to help him get over losing Moses, and the only way he found to do it was to have it out with his neighbor Floyd.

It all died down when Paul moved his station wagon from the driveway so that Floyd could get by. Floyd got in his car and screeched off, leaving tire marks on the ground. Paul parked the car under the cherry trees, slammed the car door and came over gnashing his teeth and saying, "You know, the world is full of sons of bitches, and they don't know they're sons of bitches. Someone has to tell them."

He said this to me as if my English was good enough to fully understand it all. It wasn't until years later, when I came to master the Gringo's language that I fully understood the meaning of Paul's axiom.

I think Moses would have liked what Paul said, but we still weren't able to find him that day, although we kept looking. I wonder where he was?

I'm telling you this so that you'll understand that in my life cats are very important. It doesn't matter what type of cat, what size, male or female, with or without fleas, skinny or tubby. Like the saying in Spanish goes, *at night all cats are tabbies*. What's clear is, one: that some owl can carry a cat off and, two: that someone's favorite feline can just be simply another's source of protein for the night. I raised that cat Moses, and now I understand that Spanish saying I was telling you about that you never know who's going to reap the benefits of your work.

Since then I've always wanted to have a Great Horned Owl at home, to watch it and observe it closely, and then imagine it swooping down over a cat, grabbing on to it with its talons. And I'd keep the owl and teach it to call out and hoot really well at night, just to see what people would say about him and about me, anyway, to see what people would say, if they dared.

Owls are really pretty, beautiful even. But so are cats. I don't put any stock into that Spanish saying that *when the owl hoots, an Indian dies*. 'Cause I've heard them hoot plenty of times and no Indian ever just fell over dead; that's just foolish Raza superstition. And, I've never heard an Indian say that either, so it must not be true. Or the other way around: *when the owl hoots some Raza Mexican dies*—wouldn't it be strange if the Indians said that? Now that would freak me out a bit, if it were to end up being true, because I have been scared and felt real fear, but then later I get over it and what I feel is that sort of tingly sense, you know, inside. Anyhow, what all this is headed towards is to say that whenever I hear an owl hoot, I always get that sensation, that tingly feeling inside, and I get a rise in my privates, if you know what I mean—not totally in *that* way—but like I'm getting ready to take a leak. And it's weird—and in a way nice—in that way, because it's not like you pee on yourself, but you're there and then you start thinking about all kinds of different things: like how do women feel when they experience fear, I mean since we have a dick and they don't, and you get to thinking what it must be like to have a woman's body or be a woman. And don't laugh, 'cause to me it seems the most natural question in the world. Why would it be strange? I mean, doesn't The Great Lady, the Creator of Creators, doesn't she take a male form whenever she so chooses?

So, the thing is this: you can see how an animal can bring about this whole marvelous encounter. Only thing is that here in wonderful Edcouch, Texas, there are no Great Horned Owls; there are barn owls, but not the Great Horned ones like up north.

XIV

Mr. Balboa and Elsa, His Pregnant Wife, Give Lovely Reasons to Have a Boy or a Girl

My father has a job as a dishwasher now at the Cameron County Tuberculosis Sanatorium in Harlingen. He's been working there now for two weeks, making twenty dollars a week, bed and board included. What can we do? We're talking about the Lower Rio Grande River area and there are lots of people and too few jobs, and you know who gets left out: the Raza, of course. But what I can't understand is why we get paid so little, and everybody knows that Gringos get paid more—a lot more. But what I really don't understand is whether the Gringos do it out of hate, greed, or what; it's sure not because we're dumb. I mean, weren't we the ones who built the whole damn Southwest in this land of the Great Gringoria? Well, that's what my old man makes, and he stays in the room too, 'cause he has to work until 9 p.m. and he anyways couldn't go see my Amá every day. But he goes to see her every Sunday afternoon when the patients just have fruit, ice cream and cake for dinner.

Sometimes, though, my mother comes to see him during the week in the afternoon. My Apá likes this; you can tell in the tone of his voice and his face brightens up. Sometimes they look like two lovebirds, and I like it too because they always end up talk-

238

ing about me. I like it and it amuses me to hear them making plans about me.

According to him, I'm going to be a boy . . . like him, of course, but I won't have to work as hard to make a living. He's going to send me to a good school, and I'll grow up to be, what else, a doctor. He all but forgets that we live in a sea of damn cruel Gringos, and that in that ocean we live on an island of dumb Raza, not lazy, but sometimes real *pendejos.*

Oh! And there goes Amá, on and on, about me as a baby girl, and then as a three-year-old, all bathed and dressed up, little starched white dress and all, slippers with little leather straps, white too, naturally, and you'll be able to see my little frilly white panties under that stiff, short little skirt. I'll have a round little face, my skin a little darker than her own, real shiny wavy black hair. In other words, a slightly darker version of the Shirley Temple of her youth.

To tell the truth, it all makes me feel a little ashamed, and I just twist a bit around in the womb; I'd sorta like to move one of my arms and jab her a little in the belly so that she'll stop saying things like that. I mean, she gets so into it that I'm afraid that when I come out, she might just be tempted to snip-snip and turn me into a girl, if you know what I mean. Or, an even worse scenario: what if some Peeping Tom is there on that most glorious of days, grabs me by my little you know what and ends up pulling it off and then when he wants to put it back on, it won't stick, and there you have me, stuck being a girl. Makes me want to pee; just thinking about it scares me silly and gives me the shivers. I mean, it wouldn't be bad to be a girl—for a while— and then shift back and have what I've got now, that is to say, what I am now. But who knows, maybe there'll be a way— someday—to get to be a girl, just to know what it's like. But the thing is I want to do it by myself, without anyone telling me when, or how, or where. I don't know how it'll happen, but I know I'm going to try.

On the other hand, I don't want a repeat of what happened in my father's case. By the time he was born his mother had already had seven children, all boys. So, by the time he was born she was up to here with having boys, and so it was a real let down when he too was a male child. So, what did she do? She said I don't care what he is, I'm going to dress him like a girl. And that's how my Apá was something like four years old already and had nice long hair and everything, and a cute little round face, and he went around dressed like a little girl. Luckily his mother's foolishness was for naught, well, because my Apá never turned into a girl.

In the afternoons, when he's alone washing dishes, someone always shows up at the door. Either someone making deliveries, the *migra* looking for illegals or once in a while some *mojado* looking for work, some food or whatever to make it through the day.

"Ay, señor, sorry to bother you. Do you know where I can find some work? Can you help us out? We haven't had a bite to eat since yesterday when we arrived?"

The woman is hungry, you can tell in how her voice wavers; her lips are dry and her face is covered in wrinkles. She's a *mojada,* for sure. I wonder if she's alone or in a group, maybe a whole family. How can women take such chances and cross alone like that to another country? That's a stupid question, isn't it? It's because they have to, there's no other choice. I wonder who else is with her. Children, maybe? Little ones or maybe bigger? A husband, father, grandfather, mother? Where does she come from? I've always had this sense that they're from Guanajuato, or from somewhere in Jalisco maybe—I can tell from the way they talk.

"*¡Válgame Dios!* Good God, woman, what are you doing here? Don't you know that the *migra* is always hanging around here? They'll be here any minute."

"I know, sir, but we're in a really bad way. What else can we do? I have a big favor to ask. Do you have any leftovers from what the people eat at this hotel?"

"It's not a hotel, señora; it's a hospital."

He'd already decided to help the woman out with some food, but he didn't say that it was a sanatorium for people with tuberculosis so she wouldn't get repulsed by the idea of food from there.

"Whatever it is; we'll take it. We're hungry. Whatever you can give us will be greatly appreciated."

"Look, come inside and wait right here so that the *migras* won't see you. I'll be right back."

And he went in to the storehouse where tons of all kinds of provisions were stored. Soon he came back with a paper bag full of canned food, apples, oranges, hotdogs, soap and that soft, spongy white bread that Gringos eat. He handed the bag to the brown woman, opened the door for her and said, "Look, you're lucky that at this hour I'm alone here because the cooks have already left to take a break. So be careful, especially about the cops that I warned you about."

"Oh, my Lord, look at all this. Thank you, thank you so so much! *Diosito* will repay you for your kindness. At least now we won't die of hunger."

It wasn't the first time the *mojados* showed up. They came looking for work, or would ask for some water, or even just to ask where they were. But this was the first time they showed up like this, hungry, really hungry and asking for any scraps.

"Knock, knock!"

"Hi, ya'll! Anything new around here?"

"No, sir, just the same people as usual."

The three cooks at the sanatorium were *mojados*: one from La Piedad de los Marranos; another from Abasola and the third hailed from La Barca, Jalisco. We'd always be on the lookout for *la migra*, and when they'd show up the cooks would act like they were busy working, and the one that spoke the best English would be the one that would talk to the border agents.

"Mind if I take a look around?"

"Go right ahead."

And then the *migras* would go ahead and make their rounds, checking out the walk-in refrigerators and come out having seen nothing.

"Nice apples you got there."

"Yessir, help yourselves."

"You let us know if you see any strangers in the area, will you?"

And then they'd leave with an apple in their hands.

"Knock, knock!"

When he opened the door, he again saw the woman from Guanajuato.

"So sorry to bother you again. But the thing is we don't have a can opener, and we don't even have matches to light a fire."

"My God, *señora*, hurry! Get inside!"

"What's the matter, señor?"

"Didn't you see him? The *migra* was just here a minute ago, and you don't want him to see you."

"*Sí*, well, we saw him go by; we recognized him by the color of the car he was driving."

"I see, well, where are you staying?"

"We're hiding over in some hut where the rancher keeps the tractors."

"Be careful they don't see you."

"No, the rancher already saw us and he didn't say a thing."

"When was this?"

"Early this morning when he came in to get some tools . . . and it was like he knew us already. He saw us, didn't say a thing, took his hat off and scratched his head and left us alone."

"Well, that's good; means he won't sic the *migra* on you. There's a few Gringos like that; they're used to seeing *mojados* round these parts and don't report it to the *migra*. There are good people. So you say you need a can opener and some *mechas*, right?"

"Sí, señor, but I'm afraid I don't know what *mechas* are?"

"Don't worry about it, *señora;* they're what you call *fósforos* or *cerillos,* matches."

My wife calls me *mojado* when she's in a joking mood, but also when she's upset at me. Thing is my father is from Agualeguas, over in Nuevo León, and sometimes you can tell it from my Mexican accent. But I get back at her by calling her my *pocha,* which is what people from the other side call Raza from the Gringo side. Both sides are always ribbing one another on this point, usually in a joking way, because, hey, we're both the same people, right?

"Balbow, no *mujeres* in the room, Okay? No women upstairs in the room, sí?" That's what the Schaeffer woman, the head nurse, told me one day.

Why the hell would I want to bring some broad to the damn room? Yeah, I can see myself humping some broad, and then one of the patients creeps up and sees me from behind. Hey, I'm not that hard up! And I've got my own bad-ass woman at home waiting for me; she's my one and only star. And then, if I got mixed up with some broad—and I'm not saying I would, mind you—there'd be hell to pay, 'cause I'm married to a real woman whose balls are bigger than mine. Better not even think about it. My Lady Starry Eyes would kill me. Forget about it. Don't even go there. I wonder why those thoughts even come into my head.

"You have *dominga tarde* off, right Balbow? You like-ee see your señora, eh?"

That's exactly what comes out of the big, mule-like German woman's mouth, right from under her blond mustached upper lip. Hey, I'd wipe my ass—or something else—with her long blond braids. Hey, that one's not my type, for sure, not even in an emergency situation, if you get my meaning. First off, I'd likely lose my concentration thinking about where that antiseptic smell was coming from, and then, right at the most climatic moment, she asks me: What you *oler*? and you hem and haw thinking about the smell and how you are going to answer her question. You get all confused and you stare at her moustache while below, the cannon is getting stoked; fear gives your innards the shivers, and your dick doesn't know whether to rise to the occasion or call retreat. But then the image of your woman comes into your head, and it's like an iceberg passing by, and on top of it all you hear is the consumptive patients slowly walking about . . . What the hell? . . . The sound of teeth gnashing . . . Holy Father in Utah! Damned be the werewolf! And it passes.

"Balbow, when you finish washing the plate-os, you go outside and *cortar* the palm leaf-os. No siesta today; *mucho trabajo* to *hacer en* cutting palm-os."

The Schaeffer woman was convinced that she spoke Spanish, and she didn't allow my Apá to speak to her in English, which he spoke plenty enough to make himself understood, even if not perfectly. She was tall, very tall, pale with the palest of blue eyes. Her blond hair was braided and stacked up on her head, like a crown of sorts, an old style German crown. Whatever her heritage was, the Raza working at the sanatorium called her Schaeffer, the German woman. She had been born in La Feria, Texas, surrounded by Raza, and yet had never bothered to really learn Spanish. Well, you had to grant her that; she did speak Spanish in infinitives, which was more Spanish that most of the Gringos in the Rio Grande ever learned.

That year Mr. Balboa didn't go work up north; Ohio would have to manage without him. What kept him from going north to work the fields was that my Amá was pregnant with me. Inside of her that summer I was already kicking about, and I'd suck my thumb, even though I was getting all my nourishment from my umbilical cord. Still, I'd float about happily in Lady Starry Eye's belly, sucking my tiny thumb. What's more, since I already had big ears, I'd be listening to everything going on. I couldn't see anything, because She Who Governs All Things makes it so that your headlights don't turn on until you're outside and encounter the cold, cruel world.

So my pretty, pregnant Amá would go over and visit my Apá at the sanatorium. They'd sit on the wood stairs outside the kitchen. Around 2:00 p.m. my Apá was done washing the lunchtime dishes, then he sterilized them with Lysol and boiled them to get them disinfected. He'd let them boil for a half hour and go out and have a smoke. He'd be smoking his Chesterfield when my Amá would show up. He'd be caught up in thought, and she'd be all tender towards him and sit on the stairs with her big belly almost reaching the stair below. I knew why she wanted to go visit my Apá; she knew he missed her at night especially and would have wanted to lie next to her, but The Other Highest One, who sometimes is male, stood in the way and kept them from making love. My Amá burned for him, and she kissed him and caressed him. My Apá, for his part burned for her too, like a bull locked up in a corral, and could barely stand it all. And me, inside, taking the shape of those that walk upright—imagine—and so much more, because She Who Made the Universe wordlessly told me so, that and so much more, I tell you, as she cradled me in her endless arms of knowledge. I've never told anyone about this, believe me, because, I wouldn't want them to think I wasn't all there upstairs, you know, but I've always wondered if it was the same for everyone, if everybody experiences and enjoys pleasure the same way I do.

What my parents wanted was earthy, elemental, compared to what they were communicating to each other wordlessly; her eyes, her breath, the aroma of her hair, made my most pregnant Amá lovely and desirable. And willing or not, my Apá had to wait for me, still suspended in water, to come forth, to abandon my solitary confinement, and still yet wait another forty days afterwards, when he—finally—could once again go forth.

"Elsa, I'm thinking I'm going to join the Nachional Gard?"

"The what?"

My Amá couldn't hear what my Apá was saying too well because all she could see was the top of his head way up high in the palm tree as he went about cutting the fronds that swayed in the distance. It was like she was seeing double, or triple, or like some music or image got a hold of her and she couldn't shake it.

"That I'm thinking of joining the Nachional Gard."

"What for? Why would you need to do that?"

"Well, they pay you for just going there for a few hours on Sundays, and well, now that we're going to have a baby and all, we'll need more money for things."

"Aren't you a bit old for that?"

"No, they'll still take me. The other day, Alafa and me were talking and he said it's good, they pay you for doing nothing, really."

"But why would you want to join? What about if the Gringos decide to get into another war and then they take you?"

"There's already a war, woman. Didn't you see all the Raza recruits over there the other day in Harlingen?"

"Of course, I saw them. Don't you remember we saw Romeo, from the Jewish family in Mercedes, showing off his new uniform?"

"That's what I'm telling you. Besides, I'd be with Liborio and Alafa's brother; they're already in the Gard."

"You're telling me that Liborio, that square-jawed guy, is in the Gard? He'll make some courageous soldier. Ha! No, no, don't even think about it. We're fine as we are. You don't want them taking you to Korea, or wherever these Gringos are getting into wars. Too many Raza already have died in their wars. Haven't you seen the cases they bring the bodies back in?"

"They're coffins."

"Whatever they are. Erase that thought from your mind."

"I just meant that we could make some more money like that. We're just not making it with the twenty dollars a week I make here."

"Well, what about the change I make cleaning and doing the wash for the German woman?"

"Yeah, but pretty soon you won't be able to anymore, once the baby's born."

"Why not? The Schaeffer woman told me already that if I want to, I can keep on doing laundry and she'll bring it over to the house."

"Yeah, right. And with what washing machine will you be doing that laundry?"

"Look. When you have to, you do what you have to and you make do. We'll see."

"Well, I was just saying that because . . . "

There was a brief pause that wrapped the two of them up in their shared tenderness and concern. The shared love made my Apá's eyes get misty.

"Elsita?"

"What is it?"

"Come on, Elsita, find me a woman somewhere to dip my wick. You know I need it bad."

"You know full well that you can do whatever you damn well please, so don't go around asking me stuff like that."

"Can't you see it was a little joke? Don't get all riled up, my little broody hen. It was just me pecking at my chickadee's coxcomb, that's all."

"Chickens don't have coxcombs, you fool."

"They do too! It just that it's way smaller and you can barely tell."

"Don't go down that path, I'm telling you, don't be foul mouthed."

"Okay, okay, my momma hen, don't get all teary eyed on me. I was just kidding. What else can I do with you? You know a rooster can't go near a broody hen."

"Yeah, and neither can a bull whose balls have been cut off."

"You mean a steer."

"Oh, so *now* you understand me?"

"Come on, don't make fun of me like that, will you?"

"Oh, so now Mister Balboa wants me to stop it? Yeah? As a woman, you can tease me all you want, but when the tables are turned, then, no, men don't want their little feelings hurt, *pobrecitos.*"

"It's that it's somehow different, you know."

"Yeah, right, real different, when it's you getting it, when the teasing is on the other foot, it's a different story, and you know exactly what I mean."

"Elsita, did you know that this Margaret woman at the sanatorium gives me these looks when I go gather up the plates in the women's ward?"

"Hmmm. Must be she gets bored and sleepy just looking at you."

"No, really, woman, the other day I caught her looking at me with those sleepy frog eyes."

"Maybe you reminded her of her husband, and since she can't be with him because she's got TB, maybe she saw you and thought, you know, anything's better than nothing."

"Exactly what I was trying to tell you! You yourself said it! She's been here seven months already, and the fellow just comes to see her Sunday afternoons and they just sit there, holding hands and nothing else happens."

"So what's it to you if they just hold hands or whatever? So who made you the guardian angel of the TB patients?"

"Shhh! Don't call them 'patients.' The Friesland mule-woman doesn't want them to be called patients, to her they're just 'temporarily afflicted'."

"Well, then, what about the old guy who died the other day? Is he also now just 'temporarily afflicted?'"

"So, that Margaret woman, I tell you, you can tell, like, that she's itching for her man to kiss her or something, and he's like, standing as far away as he can, like, he's afraid he'll catch TB from her or something."

"Man, why you going on and on about that mule-woman? Why's that Gringa got you so worried?"

"Shh, don't call her Margaret-mule-woman; the Schaeffer woman might hear you."

"Yeah, like *la* Schaeffer understands Spanish, now."

"Don't fool yourself. She massacres the language but she understands a lot. Don't be fooled; she grew up among Raza."

"Right, but, you know, it's not like she'd have to stop speaking English if she learned how to speak Castille."

"That's Castillian."

"Whatever, that's what we call it in my family, anyway."

"Yes, my dearest one, but you're not in Michoacán anymore."

"Don't make fun of me. One of these days the Schaeffer woman is going to hear that you call her the Friesland mule and *that* she'll understand and there'll be hell to pay because she *is* German."

"And how is she going to find out?"

"Well, I just happen to know that her parents came from Friesland, Germany."

"Wow! You aced me there! So, how did you find *that* out?"

"Don't I work at her house? Well, I saw her family pictures there and on one of them, on the back it says they're from Friesland."

"Germany?"

"Yes, Friesland, Saxony, whatever; they're all the same to me, tall and blond. Please, let's change the subject."

"Don't worry, Elsita, you'll get my payback when the little guy is born."

"No, not when he's born, but way later, when I'm back to myself. And don't call him 'little guy' 'cause maybe he'll turn out to be a little girl, since it can be either one."

"Naw, it's going to be a boy."

"Maybe not. Maybe it'll be a little big-butted girl, Mister Balboa."

"There you go, again, my lovely lady. So, are you going to let me join the Nachional Gard?"

"So, you're changing the subject, ha? You finally giving in?"

"Come on, please, let me join the Nachional Gard so I can be happy."

"Go ahead then. Go ahead and join your Nachional Gard and find your damn happiness."

"You know, you look *sooo* pretty, my big-belly pregnant Elsita."

"Don't you say anything nasty, in case the little girl inside hears you."

"The little boy."

"Either way. But it's going to be a very special person, of that I'm certain."

"Yes."

"Yes, sir, yes, already is."

"Okay, but I've got to get back to cutting the palm fronds now."

"I'll hold up the ladder for you."

"No, Elsa, no. You and your big belly have no place doing men's work."

"*Tonto.* I didn't say I was going to get up there and prune them myself, and I'm not going to hold up the ladder with my *panza,* you fool."

"Okay, okay. You always win."

XV

Oscar and Valentín Meet for the First Time at Camp Gary

"Valentín, damned kid, you eating dirt again?"

"Woman, leave him alone. Can't you see it's good for him; it'll clean out his gut."

"What do you know, fool. What he's going to do is get a case of worms."

"Crazy woman, how's he gonna get worms from the dirt?"

"Okay, but you can see that eating the stuff doesn't keep them all from getting sick all the time. What a pain. I can't wait for him to be big enough to go to school so I don't have to have him around here all the time, running around naked and eating dirt."

"He's still little, *vieja,* we gotta wait two more years."

"Three, fool, don't you even know how to count?"

"Listen up, woman, how's about we get him baptized again and we find ourselves some rich godparents who'll have to come up with the money for a really nice dance? What do you think?"

"Whatever you want. You for sure know where the church is already and the priest is right there nearby. But that's not what we really need; truth is you do enough partying even if you don't have work, and the truth is that's what we really need."

"Looks like I'm the devil, tail and all, to you."

"What do you want me to say . . . I mean, I don't even have a damned can of Carnation milk for coffee."

"Okay, so I'll head out to Houston. There's lots of jobs there, I hear."

"Yeah, and I stay here playing the fool taking care of all your snot-nosed kids."

"No, I'll be sending you money, I'll send it every week."

"No, if that's what you want to do, then wait until Vale turns six years old and then we'll all go. He's the last one left to get off to school."

Valentín was already three years old and they still had him in diapers, that is to say, in diapers and mud, because he was always out somewhere in the neighborhood, eating and rolling around in the good old Kingsville, Texas, soil.

In the exciting, productive years of the Civil Rights Movement and the struggles for social and economic improvement for disenfranchised people, then President Johnson was able to convince Congress to create educational and training programs for low-income people, in other words, for people that have no political or economic power in this country. One of those training programs went by the name of Job Corps, and it was designed to give vocational training to youths who otherwise wouldn't be able to find good jobs.

If you figured that most of the youths in the program were Raza or Black, with some Native Americans, you'd be right. And yes, some poor Whites, too. Most were a fierce lot, people that had been beaten down by poverty and deprivation. You'll forgive the seriousness of my tone here, but it is warranted, and besides, I want you to know the world that our Oscar Balboa moves in, hailing as he does from the Very Noble and Loyal City of Edcouch, Texas, and on that I'll say no more to not give offense.

This Job Corps training camp is located not too far from San Marcos, also in Texas . . . that, of course, unforgettable state of Texas.

It's the very first time I'm around people that aren't all Raza. Don't want to disrespect anybody, but there are all kinds here. Although it would'a been nice to have some of our ancient tribe here, I mean some long lost relatives from ancient Israel. 'Cause except maybe the one or two out over in Mercedes—and who never ever would claim their good Jewish bloodline—there's not many around these parts. Then again, I sorta have to smile when some of our very own Raza come from New Mexico to join the program and they have no idea whatsoever that back in time, in that venerable old Spain, their surnames—Lucero, Villareal, Carbajal, with the occasional Santamaría—were all dead giveaways of Jewish blood. Poor things! Somewhere down the road they got sidetracked from the path of prudence and enlightenment. And with the whipping served up by the Spanish they saw no other way out other than to act like they were like everyone else and toe the line. But you and I both know who's who and we won't give up. The day will come, I am sure, when I will roll around in the sands of the Negev desert and to really burn you up. I think I'll have a beer with the Arabs—who are cousins too—and we'll all play marbles until our knees are all bloodied up. So there!

Well, the truth is that I've never been in a military camp, but what I can tell you is that if they're like this, things don't look too good. I'd heard back in Edcouch that Camp Gary had been an air force base way back when, during WWII. But I'd also heard that the barracks of the Air Force were better than the Army's; well, that sure as shit wasn't the case at Camp Gary. As you can see, I just got here; my parents just brought me here and I'm by myself and don't know anybody. I'd never seen Raza mixed in with Blacks and Whites too, and I confess it's sorta strange and interesting at the same time.

"*Qué pasó, ése.* Just got in, right. Sure looks like it. Green, mighty green, if you ask me."

"Okay, right, just arrived, yeah, brand spankin' new."

"My name's Valentín, Valentín Rodríguez. You're from the Valley, right? It shows."

"Yeah. So I'm from Edcouch. And, like how does it show?"

"Well, in the legs, man. How else do you think it would show?"

"Yeah, right, and you ought to know, since your leg is so long, you probably have to sleep with it sticking out."

"Oh yeah, looks like the newbie rooster takes to the razzing right from the start. Stand and deliver, I gotcha. So?"

"Like, so what?"

"So, like what's your name, google-eyes?"

"Oscar."

"Just Oscar. You ain't got no daddy, boy?"

"His name is Balboa."

"From the Balboas in San Benito?"

"No. I already told you I'm from Edcouch."

"And can all the Balboas fit in that big town of Edcouch?"

"More or less, and if they don't fit, we can stick it in yours, right?"

"And the boy scores, again! I do like it when newbies aren't sissies and stand up for themselves. Actually, I'm sorta bored with the guys here, *pendejos* most of 'em. But now we got ourselves a wise guy, and I can start sharpening my tool. So, dimples, whatcha gonna grab on to now in these here parts?"

"Your sister for starters. And then we'll see."

"Yeah, okay. I hear ya. But slow it down, bronco. Already think you're the hottest shit on top of the stinking pile?"

"Well, cut it out then."

"Hey, there, chill it a bit. Just joking around, no?"

"Let's try that again: So what are you going to take?"

"Welding. I wanna take welding classes if there's still room."

"Yeah. Of course there's space. A bunch of *mayates* just finished up and took their black asses to where they came from, so yeah, now there are spaces."

"They weren't Texans?"

"No, they were from Ohio, Cleveland or somewhere around there."

"Well, I'm here to learn welding."

"You'll learn fast, you'll see."

"What about you? What you doin'?"

"Doing carpentry; gonna be a carpenter."

"Made your coffin, already?"

"Gotta watch it; this guy's beat me to it again. Damn! No, I'm gonna start out making a bed to screw your sister on."

"You're the screwed one, 'cause I don't have no sister. But it looks to me like you might have a blister . . ."

"Whoa, not a one gets by this one. This is some fierce newbie all right, my kind of guy."

"So, what's next, where do I head now?"

"I could do something with that, but I won't. When you get all signed up and squared away, tell them you want to be in K14, that's where I'm at, that is if you want to."

"And K14 is what?"

"Sir, that is the number. We sleep and keep our stuff in the barracks over there. Listen up. You got anything on you?"

"Anything like what?"

"You know, like something to smoke."

"I don't smoke."

"Oh, so the gentleman has a big-o-tongue but he's not carrying anything to smoke. And what's even better, big man don't smoke. So, what do you do?"

"Told you already: your sister."

"Shit, you start sounding like a broken record with that one. Okay, so you got some, or not?"

"Whatcha mean?"

"Do you got some *mota* on you, or not? Fool."

"Oh, that stuff. Nope, don't got none on me."

"If that's the case, then when you get your paperwork done, you ask to have your ass put over in L9, so that you and all your Black relatives from Alabamy can get all nice and tight."

XVI

Oscar Helps his Father: Bearing Witness to the Chicano Revolt

"This is private property. Go away, you're trespassing on private property!"

"Hey, quick, move to the other side of the road or the cops will arrest us."

The rancher was real nervous. He'd never seen la Raza so fired up and making a scene and he just couldn't wrap his head around it. He'd called out the Highway Patrol already last night, and then the Texas Rangers so that they'd come out and break up the people that were out organizing the farmworkers working the melon crop.

They say it's part of César Chávez's strike, but he himself hasn't been around these parts. Looks like he's tied up organizing the lettuce workers out in Salinas, Califas. So in his place he sent Tony, a Mexican that's been working with him for years on the Farm Workers' Organizing Committee to unionize farm laborers. Story is that Tony is from Mexico, 'cause he speaks Spanish like folks from the other side, and once in a while his Jalisco roots come out in the way he talks.

I really don't know what to do, 'cause my dad is working the melon harvest. It's the season, and all the Raza wants to make the most of the short time left to get work while there's still work to be had. I just don't know which way my father is going to go with this strike thing; if he's gonna try to act dumb and keep picking melons in the field and not pay attention to the call for a strike or if he's gonna risk it and go out to the clearing on the edge of the field where the strikers are gathered.

And don't think that the strikers aren't fearful too, because they are. They're afraid of the Rinches, those bastards spawn of the devil, created to cut down Mexicans and protect the Gringos' sacred property. That's why they're super careful so they can't accuse them of breaking any law.

This damned sun is baking me inside and out. But we can't stop; the rancher hates if we do, like he thinks that we're gonna sit right down and eat his damned melons. And my tits are killing me. I don't get it; it's been like a week that my nipples are all riled up, sticking out like they want to spurt out milk or something. How can that be? It's painful when my sweaty shirt sticks to my chest. I wonder why guys' nipples get all swollen up like this? What a pain. And then there's my crotch, damn, it feels like someone put rubbing alcohol down there! And I hate it when my dick's tip rubs against the rough jean fabric, but there's no way to avoid it since I'm not wearing underpants. Feels sorta weird, but I sorta like it too.

"Hey, Dad, so what's the story?"

"Calm down, Oscar. Take it easy. Let's see what happens. Wait a bit more."

"Yeah, but what do those people with all the flags want, anyhow? Why are they saying we should leave the field?"

"It's that they're calling for us to strike."

"I already know they're strikers. Can't you see that guy over there with the black hat telling us to stop working the field? But I wanna know why."

"Settle down, I'll tell you when we get home."

"But why won't you tell me now?"

"Well, because right now we have to keep working."

"I'm going over to the clearing and talk to those guys and see what they're all about."

"Don't. Stay still, don't go over there and don't get involved."

Over at the clearing at the end of the field there are men and women, farm workers calling for a work stoppage to force the rancher to recognize the farm workers' labor union and to get him to sign a contract with them. Some people are leaving the field and joining them, but the majority stay and keep working the melon field. A bunch of them were brought up from Mexico with promises of good money, and sometimes it's true. The Gringos do it to undermine the union organizing effort of the farm workers, but the truth is that these workers come over from the other side and are more than happy to do the work. Sometimes they don't even know who they're working for, and they can use the work—especially because they're not getting paid with checks but in cash.

"*Órale,* stop working the field. Don't you realize how little the rancher is paying you folks? Can't you see that until you get organized you're not going to get covered if you get sick: no pension, no Social Security. Come on, look, come on over and hear us out; just talk to us for a while, that's all."

They have these flags I've never seen around before. One was red, bright red, with a white circle and what looked like a black buzzard spreading its wings and facing to the right in the middle. Looked nice. And then there were those banners with FWOC and HUELGA written on them.

The Tony fellow is dressed in black, with a wide rimmed, sunken crown hat; it's black too. He looks like a villain in one of those Mexican films. And then he's got one of those big Zapata moustaches that sorta freaks me out. I can't quite see him all that well, but you can sense the power he's got.

"*Órale,* you sissies. Don't chicken out on us. Can't you see you're siding with the ranchers? Are you satisfied with what you're getting paid? And what about tomorrow, when the melon harvest is finished, do you think they'll remember about you then?"

Over on the other side, the Rangers are just standing there, eyeing us through their polarized sunglasses, their rifles and their badges. They just stand there, watching, like they're just waiting for a chance to shoot at us.

They broke into and raided the house of one of the strikers that lives near Rio Grande City, busted down the door, and everything, guns and rifles raised. Magdaleno, Gil, Escolástico Gastélum—who are from the other side, and Matías Fierro, were inside, minding their own business, playing cards and drinking coffee.

The next day, the *Valley Morning Star* reported that several Texas Rangers were attacked and ambushed by what they called "criminal Mexicans" and that the Rangers had to respond and arrest the Mexicans supposedly for resisting arrest. But the word going around is that the Rinches just barged in, and that the Captain hit Magdaleno with his rifle butt and then beat and kicked the shit out of him. Like, it's not the first time that the damned Rinches abuse their power. Hey, but who's going to call them on it?

So, it's not like I want trouble with the Gringo police or anything, because I know how they treat Raza. Tell you what, I just want to get a chance to go at them one-on-one, peel back their damned skin and rub salt on their flayed back—not much, mind you, just a little bit. Hey, but who can go up against the Gringo cops and not get screwed? They back each other up, and we don't have any rights, even in our own land. One day, I'm going to get the hell out of this place; I'll just split, and if things don't look better up Canada way, I'll head up to Alaska, and if it gets too cold there, well maybe I'll just have to take off and go live on some star out somewhere. Maybe there I won't have to deal with the Texas Gringo police shit.

"I don't want you talking to me anymore about that stuff when we're out working, you hear me? Can't you see that I'm really busy and the rancher doesn't want to see us wasting time talking?"

"Okay, I'll just shut up, Apá. What's the point in talking about anything with you?"

"Good. That's right, we come out to the fields to work, not talk."

"Can't you see what's going on, what's happening?"

"Yeah, so what? What can we do about it?"

"Well, at least find out what we can do. What's the harm in talking to that Tony fellow?"

"That Tony is not from here, not one of us really. He's from Mexico."

"Oh, so, that's it? Like your folks came from China, or what? Like the border is some brick or metal line, and one's blood stops there. Apá, they're our people, blood pulls, and if the Raza on this side holds back and doesn't have the balls to call for a strike, then who cares that the ones organizing the strike are from the other side? Besides, the head guy, César, the one leading the strike, is from this side; he's from Yuma, or Suruma, or whatever the place is called."

You come from a far off place, although you don't have to be here, you are, and you know all too well why. The big capitalists, the rich ranchers and other enemies of our people wanted you to up and just die, or just quit and to put an end to the work you're doing. They haven't assassinated you yet because . . . well, because, and the truth is, I don't know why they haven't had you taken out yet. But there you are, César Chávez, the man of the good word, with sights on the future that is possible, still leading the struggle. Good Raza.

Me and my Amá were there the day you spoke in the town plaza. There was a lot of Raza there that day. (Funny how there wasn't a Gringo to be seen anywhere! Not a one!) And you said that you had come out to help people organize for better working conditions; then you talked about how the FWOC was short on funds. That's when my Amá felt called to action; the next day she made the biggest *tamalada* ever and sold them all to give the proceeds to the FWOC. Even my Apá helped out, even though he was sorta sheepish about it all, and that's why he ended up not going to the meeting; he felt, like, ashamed, or something like that. You know how sometimes people kind of get paralyzed when they see you. They can't believe it's you, that you're right there in the flesh. Well, I think that something like that happened to my Apá; he didn't know what to do. And it's not that my Apá's a coward or anything like that. On the contrary, it's just, I don't know, well, anyhow, even if he doesn't follow you, I know he cares for you.

But, you know, there's also Raza that really don't care for you, that say bad things about you, and I know the reason why: they just can't stand the idea of you holding your head up high, standing up there for what you believe. They're ashamed, I think, when they look at themselves and then all of a sudden your pants seem oversized to them, you know, like yours are way too big, if you get "What I mean."

But when I see you up there, I really like it. I like seeing how your face lights up; I like seeing your straight black hair.

Hey, maybe the strike will be lost, but the Raza's awareness will be changed and they won't ever forget you, that's the truth.

My Apá didn't want me to join the march, but I did anyway. We went through Karnes City around noon. I don't know where so many people came from! But there they were, waiting to greet us and bring us lunch, sodas and great chants to lighten our spirits. We couldn't stay much because we still had like ten more miles to go, even if the sun was beating down on us.

We're all wearing hats, but even so the sun is something harsh.

I can feel the sweat running down my spine.

So, to distract myself a bit, I looked down at the road and I started counting the steps we were taking, but what happened was that each step started reverberating in my head. I had this image that I was about to take flight that the noise in my head was my engine's machinery warming up.

"You all right, Oscar? Your face is really red."

"Yeah, I'm fine. It's real hot, but if I stop, my motors will freeze and then it'll take a while to get them going again, and get back into this nice pace. You know what I mean?"

"What motors are you talking about? We're on foot, fool."

"The motors in my head, can't you see? Anyhow, they're running hot."

"Well, if that's the case, throw water on them, so they'll cool down a bit."

"No need. I've got some cool water in my mouth and I spritz some of that on them and they're fine. They'll be all right."

Gina López joined up with our march in Luling, and there she was, her face all red and lit up like a Christmas tree from all the heat. Still, she looked real pretty. The heat makes us all look nice, makes the eyes seem a darker brown, makes the hair wavier, the lips pinker, her breasts bigger, her curves curvier.

So I get to thinking, one of these days I want to be a woman. Okay, so I start with this thing with my nipples, and although they're not big or hard or anything, I remember when I felt that they were like standing out and erect; I don't care about the rest. So, like I said, one of these days I'm going to be a woman, and show off my stuff—if you know what I mean. And guys will see me go by and want to lay me, and I'm going to like that, although it won't be until I give the go-ahead. And I'm going to feel real pretty, 'cause I am going to be pretty, all nice and delicate and good-smelling.

"Hey, that Oscara is a good-looker—she's sure a hottie! That's what they'll be saying, and I'll act like I didn't hear them."

"Looks like old man Balboa is getting ready to get himself some sons-in-law!"

"Hey, who's gonna get that nice little ass of hers?"

And I'll be feeling good about it, all full, and proud. I'll make them suffer. And they'll be thinking: There goes a real woman. And it gives me a sense of how She Who Loves Us All must feel.

A buddy with an accordion joins the marchers and starts up with the song *De Colores* with a polka rhythm, and the music sorta breaks up both my walking rhythm and the stuff going on in my head. Can't tell the guy to stop playing, though; it sounds good, despite the fact that his music runs counter to my own cadence. As far as I know, his music doesn't mesh with my guitar, and I prefer to play my own tune.

When we got to Poth, the people came out and gave us watermelon slices. I had some 'cause I was caught up in my own thoughts right then, even though it wasn't like other times—not too, too, deep. Anyhow, I felt like this wave was coming over me, from the tip of my hair, dripping by now with sweat, all the way down to my hairless legs. Today, I'm wearing these huaraches so that I can make the walk. My chest is covered with sweat, and I don't really care if my nipples stand out under the sweat-drenched shirt fabric that highlights their roundness. My eyes are covered with this semi-transparent veil. . . . I think about the watermelon's redness and that it's composed of fibers, of thousands of little red dots of different hues, interspersed with other little white ones. You want so bad to stop and rest, but you keep on keeping on; you can sense it even in how you feel the blood in your cheeks. It's all the heat and the tiredness, but you can dream better like this.

It's the best thing in the world to lie on your back with your woman, resting after walking all around the lake, leaving the weeping willows behind. Only bad thing is that what I'm wearing feels a bit tight. María Rentería is wearing a long dress, and underneath some girdle or something that makes her butt stand out, curves that I know she doesn't really have. I'm not sure if it's she who's carrying the umbrella, or if I am, because every time I think about the watermelon's different colors, who's carrying the umbrella changes. Now we're looking at one another from the side, like in profile, but now that I'm walking, I can't, like, see myself sideways anymore. All this is also made up of little dots, like the watermelon slices at Poth I was telling you about.

Every so often I move over to this side a bit, so I can see María's silhouette. I'm really impressed by the curves of her backside; it looks way too round, and her spine curves upward, to the left. I'm looking at her from here, right? It's like we're walking along and we don't want the little dots to move. I think to myself that if we speed up, the dots will start colliding and the colors will start getting brighter and brighter, and I only want to see it all in semi-color, more matte than brilliant colors. I ask myself who are all these people out here, taking their day of rest. I don't recall ever having seen them before, but they start moving faster and faster, off there to the right where the movement has passed already, beyond the past, but over there, because I'm right here at this present moment. Something or someone is playing with all the molecules, and a slight smile comes over the lips of The Highest Woman.

So we keep marching, walking down the road, stiff like little moving figurines you try shooting at—three tries for a dime—in the tents when the circus comes to town. You can see my pants, but the figurine doesn't seem to be moving. You can barely make out her figure, because of the long dress she's wearing.

"Listen up, María's not like that at all; she smiles a lot. And I've never seen her with a hat. Oh well, who cares. Besides, one doesn't really have all that much control over what one sees in a dream, anyway, much less what happens."

"Oh! Jeez, a drop of sweat just ran right down my right nipple; it turned 10 inches towards my torso and picked up speed so that by the time it got to my navel it was cool and the sensation almost made me jump. And boy am I glad I didn't jump, because that would have had the consequence of shifting my sights relative to my specific Oscarian position and the sight of María—in profile—who keeps on moving, right side to left, the two of us speechless figures."

I don't recall biting into the watermelon. In any event, it was finished.

I can feel the burn of the little rivulet of sweat that has entered by left eye; I'm just going to let it stay there and sting a bit. Wouldn't want the turning of my head to send it down towards my cheek to throw off Reverend Navarro from his reverendness. And yes, the Gringos are still there in their black cars, and they turn their binoculars towards the two of us, and I don't want anyone to see me, much less any Gringo cop.

There goes some drop of watermelon juice, dripping off the rind and sliding down your arm, down to your armpit and then chest, and then suddenly turning left and hiding in that little for-

est of curly hairs further down, now on the right side. And we
all know there's no hair that can deter it once its course is set.
If I make it to Austin with the marchers, I'm going to want to
walk down it's streets in silence. I hope some redneck doesn't
end up shooting us with one of their rifles. Do you think they'll
respect the fact that there are women with us? Who knows? Who
can know what anything is like for you in this scintillating
moment? Although secretly I would love to know what a man
feels at the moment of dying as a result of an act of violence.

María is still walking by with her toy soldier Frenchified
Oscar, only now they look real little because I'm not looking at
them straight ahead, but it's still them, still moving in silence.

I'm over the sensation of extreme heat now, but my shirt is
still stuck to my chest. I glanced downward to see if there was
some tell-tale stain around my nipples, but you can't see anything but the buttons on my two shirt pockets. And a little lower
down, a little bulge where my thighs join my body's trunk.

What a nice smile is on my face! One of these days, when I
have a real moustache, you're going to see me smiling real wide
so that my moustache will stretch from one side of my face to
the other. It'll be one of those more or less thin moustaches like
the one Frenchified Oscar had as he walked along with María
Rentería on his arm. Hey! What do I want with a moustache,
anyway?

Somebody says: "Okay, everyone ready to start marching
again? Right? So who's going to be responsible for all the mess
we're leaving behind?" Reverend Navarro left his Baptist
church in Houston to show solidarity and join us in the march.
He's the one in charge today. It's him today, but sometimes it's
Father González from San Antonio who's walking with us.

"Friends, from here there are many roads leading to the state
capitol of the Lone Star State, Austin, but this is the one the
Raza has chosen. We could have taken other roads, but this one

goes through the little towns where the Raza mostly lives, not too far from the Gringos."

But we are walking down this particular road to Austin, with the flags held up high, and the framed image of the Virgin of Guadalupe up there too. Don't ask me why we've chosen her grand image to hang up there with the flags. In these matters the Raza has a better sense of things than all of Houston's oil.

So, here I am walking again with the accordion and the guitar as accompaniment, although the base guitar is lagging and out of synch, caught up in his dialogue with the clarinet, but worry thyselves not, Chicanos: to lag behind is not to lose out, and it's even better at times, don't you know, like they say, the race doesn't necessarily always go to the swiftest, and they also serve, who only stand and wait.

Ergo: so what happened is that dear Governor Long John, had decided to put out the flame that moved us and take the bull by the horns as it were, so right as we were coming into New Braunfels, he himself showed up, surrounded by six of his Rangers with hands at the ready on their holstered gun butts: "Hi ya, fellas! I don understan all this fuss. All this march is unnecessary, ya know. We want ta keep it peaceful. In Texas we live in peace and ya know that the door to my office is always open to all citizens of peace and good will."

That's when the good Chicano priest, with the Lord's word in his hand, went and stood up to the Gringo; his priestly cassock could do little to minimize his balls, because we all know that clothes can't contain the big ones.

"Look here, Mr. Governor, what you see here is nothing other than contained Mexican fury. Everything else is held in the bosom of our Raza as it marches on towards Austin. All we are asking is for a dollar twenty-five minimum wage. No sense in our asking for an end to racism, hate and exclusion, 'cause I know and you know in your heart that that just ain't gonna happen. So, just let us make our point and get on with our march.

From here we're headed on north of the San Marcos River. So, like I said, excuse me, man, we got a ways to go."

The Gringos got into their shiny black cars and left, leaving behind, right there on the road on the outskirts of New Braunfels, just a little piece of their arrogance and pride. When we finally got to Austin, the Raza there came out to meet us and a bunch of Whites also joined in as we marched all down Congress Street. With about ten more city blocks to go, Reies Tijerina and his brothers joined in too. The brothers marching arm in arm with us had come down from upper New Mexico. Andrade and Joe Bernal showed up from San Antonio; buddy Bela from the same place; Gus González and his wife, the ones that led the fight in Wharton for Raza to be allowed to use the public pools, were there too; Israel San Miguel, the tall high butt from Seguín got here a bit late, but made it; José Ángel from Crystal City was there too, along with twenty thousand more. It was something else.

The sheriff warned: permits to walk through the city were given only for peaceful marches, no firearms, no booze and no troublemaking. So, no permit.

"The holy trinity of Chicano truths: 1) sir, lend me five bucks, I'll pay you back on Friday; 2) hey, let's go have ourselves just one beer; 3) come on, girl, just let me stick in the very tip. Hey, I promise that there'll only be as many people as those that show up; the rest who don't show, will never even know."

High butt from Seguín sorta got a bit scared when he saw so many people; he'd never seen that many all in one place. Hey, don't worry, it's just us Chicanos. The Gringos won't pay us no mind; they're all busy out doing business with their banks. At 10 a.m. the merchants are down at Woolworth's having coffee and bragging about their golf game, and the real estate brokers are out showing houses to prospective buyers, thinking about their six percent. What is there to fear or worry about in the great state of Texas, the one and only Lone Star State?

XVII

Oscar's Great Introduction to Fine Music; At Home with the German Ladies

When October rolled around we headed back to Edcouch. It was already a bit late to be starting school, but, do you think my mom and dad would let me off the hook? Nope. Off to school I went, and I better be there early at that.

I entered second grade, but I know I'm smarter than the other kids. I read a lot, everything I can get my hands on, even the papers scattered on the street. Why not? Hey, they're free! My teacher's not too bad; she's Chicana, young and not too bad looking, although I probably say that 'cause the other kids say she's a looker. But, yeah, she's all right in the looks department. Even so, even if she were the hottest thing since sliced bread, I still make my getaways. Okay, so maybe it's because I get into another wavelength, or some kinda wave comes over me, whatever; that's the way it is.

They gave my dad a job in the sanatorium for people with tuberculosis; he's worked there before. Guess he's lucky, 'cause lots of Raza can't find work when they come back from working the fields in Ohio, Indiana, Michigan and a bunch of other states up north. At least he doesn't have to go on welfare, what we call "El Güero Félix," like other families who don't find jobs have to.

My dad takes me with him to Jalinche sometimes on Saturdays, that lovely town also known as Harlingen. He has me tag along to keep him company and so that I can help him take care of the landscaping. I like going, too, because that way I get to eat anything I want at the sanatorium's cafeteria.

"Ah, Balbow, so this is your boy?"

"*Sí,* Miss Schaeffer, he's my boy, the only child I've got."

"*Muy guapo,* nice looking boy. What's *cómo te llama?*"

"Oscar Balboa, *para servirle* and at your service."

"*Buen muchacho.*"

"Gracias, señora"

"Oscar, it's '*Señorita.*'"

"Thank you, Miss Chaifer."

"¡Oh! How cute, Balbow. Say, can I get Oscar to work over at my house mowing the lawn? I'll pay him two dollars."

My dad gives me a look like saying, say yes. Looks like I don't have any say in the matter, what can I do with him giving me the look and the Chaifer woman certain that it's already a done deal?

"*Sí,* of course he can, Miss Schaeffer, Right, son?"

So there I am standing stiffer than a day-old tortilla, with not even one word coming out of my mouth.

"Yes, miss, when?"

"Now, this very afternoon."

So the Chaifer woman took me to her house. I figured she must live in some mansion or something like that, but apparently she lived in a normal wood frame house. I can see right away why she doesn't mow the lawn; she's got that thick-bladed grass that grows in these parts, the kind that seems to stand on end like little knives and is hard as hell to cut. Even so, I did mow it all in about a couple of hours thinking to myself that I was some giant slashing away at a huge cane field.

Who knows what's up with that Chaifer woman, 'cause she even brought lemonade out to me. I sort of didn't want to drink it because I thought maybe that was all she was going to pay me. But no, she must have really taken a liking to me; she even invited me into her house so that I could drink it out on her porch. Then I figured out why she'd done it; she wanted her mother to see me.

"*Mutti!* she said to the old lady, *Hier meiner Kind er heisst Oskar Balbow.*"

What the . . . what's that they're barking now? I didn't realize they were moving their chops in German.

"Tag, Oskar!"

I said *buenas tardes* to the old woman. I sort of wanted them to go on talking in German, but right away they switched to English. It was then that I finally figured out why people called la Chaifer, *la alemana,* the German lady, 'cause she really was German!

I came back to the house on some other Saturday, and the two of them seemed happier than usual, so much so that it sorta rubbed off on me 'cause I felt, I don't know, good inside and I had the grass to mow again.

"Oskar; do you like music?"

"Music?"

"Yes, you know, orchestra music."

"Well, yes, I like it."

"I have asked your father if he'd let you go with us to a concert."

"A concert, Miss Chaifer?"

"Yes, a concert with a large orchestra."

"Well, I, well . . . I guess it's okay. When?"

"Tonight. We have the San Antonio Symphony Orchestra in the Civic Auditorium tonight; and after the concert we can take you home. Or if you want to, you can stay here with us. And if you stay you can go to church with us tomorrow morning."

"Oh, well, I guess, Miss Chaifer, I want to see the orchestra."

Chin, chin, chiiin! One violin played its notes while the others were silent in the musicians' hands.

There were so many of them! There must have been something like a hundred musicians and though I started counting
them a bunch of times, I'd lose count and I'd have to start over
again since there were so many lined up one behind the other.

The first piece they played made the ceiling shake. It was
"Morning, Noon and Night in Vienna." They played some other
piece, but it was really cool. I felt like this tingling within me,
like being tickled inside, like one of the violin's strings was
inside me.

I stayed the night at the German women's house. I couldn't
fall asleep right away because the music was still stirring in my
head. It was really late when I finished playing all the instruments. Now it was time to make my own music.

So, I'm going to get a cello 'cause I think I can handle it; it's
got its ways but it sounds so fine. I have a fountain pen and
paper. I place the rest of the instruments all along one side, resting on the wall; some I have to put next to the bed, and some I
have to put on top of the bed 'cause there are so many of them
and there's no more space. The harp is the tallest of them all and
barely fits inside the room. The majestic kettledrums had to
enter sideways, and I know they will purr softly for me when my
piece "Trio for Writing, Boy and Cello" debuts.

I don't yet know anything about musical keys, what they're
called even, but I know what I like. Neither do I know all the
symbols the blond fellow with the white wig was using, but I'm
still going to put his photograph on the wall so that he can see
me conducting my own trio composition. Yeah, maybe just the
picture so he can just watch me and not say a thing. Yeah, and
let's hope the German women don't wake up with all the noise.

Lento.

I, master of instrumentation, ask permission from the boy
genius who's eyeballing me from the wall to start off with this
piece, waves that at first I release so that they can, like white

feathers of paper, fall slowly downward one upon another. Line upon line streams from my pen, its colorless tint, blacker still, to draw the silhouetted skeleton of a baroque Volkswagen.

My thanks to you for the silence, I now have permission to stroke with cat gut strings these sliding notes of linen, as they flow and follow and fall upon one another.

The kettledrums resound anew, your mouth of lovely Castillian goatskin takes in my cellist emanations, and, please, reply quickly to them, voiding the distance between this four-stringed me and the briefest of brief moments.

Andante.

Palm fronds that I trimmed this afternoon. Sea breeze that makes them sway. Rustling of dry leaves from below, the ones above softer. Let the German women yield still to their unconscious stupor . . . dream on, dream on . . . bathing them with the Rhine River bank's warm breath. Let them smile. Go on now to the fattest string abetted by string number two so that the taut drum will respond more vigorously and be the background for the remaining two strings who shall stand out but not frighten my own heartstrings. Because of that I move on, but not too much, only enough to encompass the space and time between, that with my heart I hear. Fine-tuning upward, lacking cadence, somewhere between the smooth beat is the rhythm of my heart.

Allegro.

Stop, no more. Let only the cello be heard, with my scribblings and my youth; jumping now and the drum a goat tied up alongside me anxiously awaiting; the four strings taking turns faster and faster, synchronized. Time impatiently waits its turn to enter, but it can't be yet; at this moment the Chaifer woman would say, *no poder,* no can do. Time and tempo, child of the drum, do not exist; I can measure only what has movement.

Menuetto.

Chona: lend me your white hand, stop making tortillas and come dance with me, the steps, the turns and the chain we form. Rhythm of our transparent dancing bodies, Chona, did you ever dream of dancing with me, German-style? Who would have thought that in the very heart of Texas we would dance like this in the German woman's house? Your old heart next to my own young heart, side by side, how nicely they sway.

Finale.

We'll all go round and round, through your Volkswagen-like wire scaffolding, enmeshing you once again with my strings. The pliable cello, not stiff, but a stream of flying notes; my thanks once again to the cat, you have purred with gusto and the goatskin has responded, again and once again, like this. Not bad for a first try by a kid from Edcouch. The ink runs out, the cello is quiet, and the boy is about to awaken.

I'm not good at sleeping at other people's houses. I'm nervous and excited, and that makes it hard to sleep. It's been like that tonight. I haven't slept a wink all night, but who can sleep when you have a musical composition to create and then play the role of the conductor as well? Besides, I'm new at this; that is to say, in the past I'd made my own music in my head, fruit of my unbridled imagination, but that was different. The thing is, I'd never been to a concert, nor had I ever heard classical music played; here and there, once in a great while when we were passing through Ohio, near Columbus, maybe I might hear some classical music playing on station WOSU. What do you think about that, Chona?

I really like all the instruments in the orchestra, all of them. I've got them all before me. I may not be an expert in their construction, design or play, but I know what they do, and what's more important, I like them viscerally, not scientifically. This evening I worked with the cello, which I adore; who else can say that they are made of the finest woods, designed, polished, painted and lacquered like the cello can? And I'm only talking about its shape; then come the strings, only 4 of them. Ah! but consider all the sound variations that are possible with the combination of hand and bow!

The violin, well, what can I say; it too often accompanies me. As I walk it embraces me in its fine allegro; don't ask me what an allegro is, because I couldn't explain it in words, but I know how it feels.

I'm not talking about walking apace, fast, just a good steady pace is fine. I don't see the cello, but I can hear it. Have you seen that cotton candy they sell at the circus? Well, take that and multiply it a thousand or so times, make it even lighter than air and release it; that's what it's like for me; that's the allegro that I sense when I'm walking. Who should or could play it? I don't know, and I don't want you to think that I enjoy all the cello pieces I've heard equally; that's not the way it works. Well, it helps to have heard a piece before, but, like I said, it's a different thing.

Here I am, then, leaning in front of some old wooden armoire.

So the way it works is that you make use of whatever you need to make sense of your life, the needs you carry inside you—or outside, for that matter—and there's always a cello somewhere to go along on some wave with you. Sometimes I'll go off on my own, make my own wave, with my thorax, never from the waist down. Maybe it's that I like the feeling of reverberations in my chest, or in my stomach?

Don't even think of doing it yourself without thinking it all out first; you wouldn't want to break one of the strings, or end up getting so wound up in a string that it cuts you, no, I don't think it can choke you. But, like I said, be aware and you're all set to go on your first ride accompanied by a cello.

Coming back to this evening's trio, I suppose you've already figured out what part the boy played, right?

I, as Duende-Spirit, have known for a long time that I have this ability, gift really, of seeing things that others my age can't—or shouldn't—see. I've never told anyone, I sorta feel ashamed, and then there's the fact that something inside, something in my head keeps me from sharing it. So, I really can't tell you what it's like, because the minute I did, it would be changed. It's like I just can't, understand?

Okay, with you it's different. I can tell you 'cause you are me, I am you, but I'm the one in charge. That is to say, I'm responsible for keeping it all in my head. How can I put it? If I tell you something, if I show you something, if I do something even with great precision and determination and it comes out–you know from where—at that very moment I do it, or it happens, it no longer is the same, even if you are my other, my other half. But look, as proof that it works the other way around too, contrarywise: I am your other you. Already in that discreet moment it's changed—maybe, I shouldn't tell you this because its sorta hurtful. Things like this hurt and it's painful when one has sundered what was once whole and perfect.

Look, if you don't get it, maybe I should be quiet, but I know you do understand, almost everything, right?

I already knew what I could and couldn't do with that Trio. Surely, you realized that I am the continuity. That's it: everything requires a continuum, even if composers call it something else. One can enter—or rather, be—that continuum if one wants to. Although it's harder to be the cello, for example, I wouldn't have a problem at all with that, even though the viola suits me just as well.

You know, one of these days I'm going to do Dvorak, So, you didn't know that? Yeah, he's the Czechoslovak buddy that was around about 80 years ago, and he's got a concert for cello that I like. Well, it's not really that I like it; I *was* the concert, not just the cello, mind you, but the whole concert. You can't imagine how much I like coming into the music after a short introduction.

Look, there's more than what I've told you. One time, Anton, that is to say, Dvorak, was supposed to get to the old city across the Ultava River; he was headed to the Saint Vitus Cathedral for a performance in the largest nave. Can you imagine that I was barely able to catch up with him before he crossed the Charles Bridge—he was carrying his cello in its case. Poor thing, Dvorak looked like he'd never make it across that bridge; it seemed soooo long, even if it's only some 300 yards. Don Anton was getting to the higher part where the bridge curves when I caught up with him. It was actually the first time I was doing this kinda thing and for a moment I thought I wasn't going to be able to get inside his cello case. But, not to worry, all I had to do is focus on the image in my mind—me inside the case—and the rest was easy. I turned into a cello. So then, out of mere curiosity more than anything else, I peeked out to see if Don Anton was surprised at how heavy his cello had suddenly gotten. Anyhow, that day I learnt two very important things. One, that I can do whatever I want to, okay, well, not *anything and everything* I want to do, because there's Someone That Keeps Me In Check. Second, I also figured out that other people can't see me, that they don't even realize I'm there, or that I exist, really, until I tell them; and you know I haven't told this ever to anybody; only you know about it.

So now can you understand how I can –all at the same time—be the continuum of a musical piece, be the boy, and the cello too?

I'd never been in a church in a foreign country, or ever been in a Christian church; now I like them. The ones I like best are the big ones, and the older the better. Once, when I was six years old—I don't how long ago that was, I mean in people time—all of a sudden something got into me and I turned into light, energy or motion—I don't know how to put it—and since I already was familiar with the Saint Vitus church, there you have me, all cool, leaning on the chair where Don Anton had been sitting. I decided not to wait until he got back from downing his beer, and so I took off and arrived at Alkmaar in Holland in less time than it took to think about doing it. I took to laughing because at Saint Vitus in Prague I took the shape of a cello, but when I went to the Pioneers' Church in Alkmaar, I transformed into a pipe organ. As my good luck would have it, the organ was playing some full-barreled baroque piece, one of my favorites.

None of this surprised me, because, as you can tell, what's going on is just one of the many transformations a person—or a cello—can undergo. Hey, but you should see what else can happen! You have no idea what it's like to have strings, to be full bodied, all hollow on the inside and made of wood on the outside, and to top it off, the fact that one is made just for the purpose of making beautiful music. You know what I'm thinking right now? Well, that maybe it's impossible to make discordant sounds. I've already told you about my great but brief relationship with Don Anton Dvorak, but you have no idea what it's like for him to be holding me tight between his legs, his left hand cradling my neck. I don't know, somehow the feeling makes me want to smile.

Composers have created so many pieces; I could come to know them all if I so desired, but, really, I don't see the need to do it and have them all in my head—or all the strings, if you want to put it that way—I think that what's important is to execute them all well, exquisitely, to take it in and emit the sounds from within myself. You know what I mean: what you take in is the musical score as it was written at some point in time, the master musician learns the piece and interprets it in his own manner, and then that's when I come into the picture, when in his hands the music comes forth in me. It's like when all the parts come together, reading the notes, executing the piece and finally my performance; that's what really matters. For the rest of you, you people fixed in your vertical existence, that's what music is. But for me, I can tell you, it's more than that. And that's why I've had to try to explain to you how there are things that people can't fully understand and then take for granted.

There are so-o-o many pieces that I really love, so many that I couldn't begin to count them all, even if I wanted to do the counting thing that you folks are so fond of. Why go to the trouble of repeating so many pieces? Take any musical piece, let's say a marvelous Mozart's K424 score, and it's a great *andante cantabile*.

Hey, time to wrap it up. The two German women are about to wake up. You know, I think Mother Schaeffer must have some kind of musical Duende herself. There I go again with my musings! Have I told you already what a Duende is? Okay, okay, don't be running off now, but I'll come back and tell you more some other day; what's more I kinda like having you around when I go off on one of my enchanted trips like this one. And in any event, if we don't meet up again, we certainly will when I die, because for sure they'll—well, I really mean, we'll—all be there for that, you too, of course, because it can't be otherwise. Wait, did you already forget that you are me? I can't tell you more right now, and even if I could tell you when I'm going to die, I wouldn't. Why spill the beans, why spoil the surprise!

There's some movement in Frau Schaeffer's room; older people always get up very early, so I'll wait a few minutes until she gets herself ready and then, when she's in the kitchen boiling water for her tea, I'll come in and surprise her with a tender hug. During the night at some point while she was sleeping, I decided to fill her with a beautiful *adagio* so that she'd wake up with that sweet music playing in her head. So it's to follow up on that gift that I want to go up to her and without saying a word give her a soft hug.

It makes me laugh, really, because for a moment there I thought that right before going up to her I might forget that I was still in my cello form and hadn't returned to my human shape, hadn't "Oscarized" myself, so to speak. Actually that's pretty much impossible, because I'm not really in full control of that shifting from one state to another. That's the purview of She, The One I've Told You About; it is She who is the mistress and holds the reins of all things in Her lovely hands. Now help me out by moving all these musical companions of mine out of the room. Don't worry, they won't make a sound even if you bump them against the furniture. I'll explain later why not.

XVIII

Meet the Surumatos. Tale of Carmen
and the Marbles

"Oscar, your turn to stay in the barracks today. I want it all clean as a whistle. You know where to find a bucket and a mop, unnerstan?"

"Yes, sir."

For some, staying in to clean the dorms at Camp Gary was the worst thing possible. For me, it's the first time. What can be better than being alone for hours upon hours?

Well, since there's no one watching me or taking up my time, there'll be a chance to rest a bit, but you know, my best restful activity is taking flight.

Remember when we met the Raza from New Mexico? They were as jumpy as a deer in November, but we know why: one's not born that way, one is made that way. Now we're friends, although they still don't accept me fully as a native son, but we get along. Now I understand that friendly rivalry between those from the North, who are—according to some—of Spanish descent, and those from the south, the ones often called *Surumatos*. I'll have to ask why the southerners are called that, 'cause I've never heard of a place called Suruma, from where all the southern New Mexicans supposedly come from. If they don't provide the location of that lofty city, 'cause it must be a city, then I have the right to give it a location and name its beautiful attributes and its excellent qualities.

Suruma? *Ése*, it's the famous city that's located more or less north of the border that separates Great Gringoria—or Gringolandia—and what we all know as Mexico. The latitudinal parallels establish its geographic boundaries. In any case, it includes all the area south of Truth or Consequences. Suruma is noteworthy for the wit and roguish humor of its inhabitants. North of T or C—as it's known in English to save spit and oxygen given its long-winded name—there are also witty people, although in both parts people boast of being sharp witted and sharp-tongued.

The Surumato southerners say that the northerners are so practical that when they want to know if a young girl is ripe and of a marriageable age, they sit her on a chair and if her feet touch the ground, she's ready. If not, they walk around her, deep in thought, scratch their collective heads and find a way out of the problem by resolving to cut the legs on the chair.

On the other hand, the northerners say that those from the south, the Surumatos, are so foolish that in their attempt to distinguish themselves—in a natural, non-presumptuous manner, of course—they have applied for membership in the SPF, the Sole Party of Fools, headquartered in all of Mexico. The Mexican SPF refused the Surumatos' application. What do you think about that? Guess you never quite face up to reality until you look in the mirror, right? So, anyhow, that's as far as the Surumato classification went.

It is said that the Surumatos, being what they are, did not even blink when hearing of the SPF's rejection. The party, it seems, reserves the right not to mind anybody, although they fully recognize that among its followers there is a place for everyone. The Surumatos await further news from the SPF.

Let me now tell you something that nobody else knows and knowing full well that you'll not repeat it. I beg you to keep it a secret, otherwise I'll never tell you anything else in confidence, and what's more, if you don't mind me, I'll tell on you to Our Lady of the Starry Eyes, and those are more than just stars and she will discombobulate you, wreaking havoc on your molecules and it'll drive you crazy if you even try to put them back together.

What's more, I don't want you to interrupt me at all because what I'm going to be talking to you about is a woman—yes, a woman—and as I said, don't go interrupting me.

Well, I was ten years old when I was in the fourth grade in school. I remember it well 'cause at that time women used to wear skirts more often than pants. That's when I met Carmen, the one that drove me nuts. We were the same age and she would just stare at me, I don't know why. I think she wanted me to be her boyfriend or something, but I never accepted, she being so forward and all. She was always looking at me, and I didn't like that.

Her mother, Señora Amalia, was our teacher. We called her "Whiskers," and I need not tell you why, but that was the least of it. She was strict, very strict with us, and that I don't understand, because we were well behaved.

One day, when we were in class, Chino dropped a marble. You can imagine the scandal it provoked as it bounced on the cement floor. We all looked at each other as if saying, "Okay, how do we get out of this one?" 'cause we knew Señora Amalia, and we fully expected to be punished collectively if we didn't say whose marble it was. No one said a word. There were four of us into marbles: me, Chino, Héctor and Nano; this last fellow was known to be rather dense.

"All right, boys and girls, whose lovely piece of glassy art is this?"

Total silence; 48 pairs of eyes looked at the teacher in silence.

"Aha! So this marble doesn't belong to anybody it seems, eh?"

We all continued to keep absolute quiet, wishing our silence were enough of an answer, or that she would get tired of it all and not pay it any mind anymore. But this was not to be.

"All right, since the guilty one is not willing to come forth and admit it, we will have to carry out an exercise in democratic justice. I want each one of you to come to the front and empty out your pockets."

Nano went first and took out the marbles in his right pocket and gave them to Señora Amalia. That was the beginning of the end. The teacher made out with two dozen marbles that day and that seemed to be the end of it.

Carmen was always finding some reason to talk to me: "Sharpen my pencil." "Buy me a snow cone, okay?" "I'm going to the movies tonight." But I didn't pay her any attention, especially being so pushy, and besides, who likes girls?

But our little problem didn't end there.

As it turned out, Señora Amalia, protector of her most dear and pee-stained daughter, not content with having deprived us of our treasure of marbles, had the gall to give them to her daughter, who liked playing with them. We boycotted her daughter generally, but Carmen was always around, even if we didn't let her play with us. Well, Mrs. Amalia shouldn't have done that, 'cause she made us so angry that we ingeniously plotted a way to get our revenge.

We spent several days watching the marble player, at recess, after school and when she went out with her girlfriends. We thought of jumping her at Mass; we sat on both sides of her at Saint Genoveva's church. Although our strategy undoubtedly did not rank with that of the brightest military minds, it did include surrounding her and, after insulting her, taking away her bag in church—or her satchel if the attack were to take place in school—emptying and recovering our treasure, symbol of the Amalian insult to us all.

So, there we were, playing it cool at church, waiting for I don't know what, for our just revenge. Chino went from kneeler to kneeler until he could almost smell Carmen's freshly washed face. He was able to sit directly behind the never-pretty criminal, who did not leave the side of her professorial mother, and for that we hated her even more for not aiding us in our war effort. Chino, who was kneeling and eyeing Carmen's bag, withstood the knee bruises as best he could while waiting, shifting from knee to knee. At that very moment our fierce and indomitable enemy did the same thing and her boney knees cracked. Chino was surprised, not knowing at that moment what the cracking sound was and fearing that a thousand marbles were falling on the sacred floor interrupting the solemn Mass with the resounding noise of round glass forms everywhere. He did not know what to do. He feared that at that instant he would not be able to pick up so many marbles, that everyone would look back and scream at him with their eyes, that the Great Amalia would take note of it all and intervene the next day by making him recite the multi-figure multiplication tables backwards and forwards—in Chinese, mind you. So fearing that he had no other option, Chino did what any human being would do: he backed down. He pretended to scratch his head, sat down, shifted from one side of his butt to the other, and slid away towards the area where his heroic friends sat. I could easily have put myself in Chino's skin and carried out the mission, but I refrained from doing so 'cause I didn't want to steal his thunder. We would have to wait for another more propitious moment to carry out our sacred mission of revenge.

The girls were leaving from class, as always, in a mass of color, words, cries and dragging of soles on the floor. Among them came forth our hated enemy, but she wasn't as important as our beloved marbles that we thought hidden in Carmen

Aída's book bag. High fallutin' opera-esque name for the unworthy thief of our lovely round Chino-esque, Oscar-esque, etc., marbles.

Well, let them be, then, with their marble-ized worries, with their rage over the material loss of their marbles, with their personal envy. Carmen was quite calm and unconcerned over the boys' anger. She, so studious and beautifully feminine a sight as girls generally are at the age of ten, was not worried at all over anything lost or about to be lost forever.

Let's listen to her: "Well, the pale blue organdy dress that Doña Julia, Chuy, the butcher's wife, is making me should fit nicely. I'm going by her home on Olas Altas Street this afternoon to try it on; she's told me to come by today or tomorrow to try it on, but I just can't wait till tomorrow to see it on me.

"When my mother took me to buy the fabric, she planned to buy two yards of a white satin that she had thought would be good for a dress. But I had for a long time been playing with the idea of wearing a blue dress. A blue dress with a circular skirt, with white lace at the bottom, a belt of the same fabric, but really long so it would make a big bow in the back, a high neckline, a bit rounded, short puffy sleeves that fall on the shoulders. It turned out even better than expected because the material has white dots and I like that. With white socks and shiny black patent leather shoes, of course.

"I really don't understand why only people have to go around clothed. Someday I'll grab the pigeons that live downtown and one by one call them to my room. I'll explain that it's high time that they too show off in garments designed by Doña Carmen, the lady on Olmo Street, and sewn by my exclusive seamstress Doña Julia, the butcher Chuy's wife. I'll let them in, one by one, shifting from one to another, male-female, male-female. I'll measure them from behind the head, down their backs to the point where their tails begin, since the tail needs to be outside the dress so that they can show it off as they walk, like when they fan it out upon greeting one another. Then I'll measure the neck in front, with a little extra fabric there so that when they expand their necks they can do so with ease; and at the tailbone I'll leave a discreet little half-moon so that they won't soil their fancy clothes and can feel comfortable. I don't worry about covering the thighs and feet, but the female pigeons need to have a lace border on their clothes so that their gender will be obvious. As for the color, I'll let each pigeon choose the color it wants; one can't impose that on them too. There will be plenty of fabric because I always have dresses that I no longer wear 'cause I've outgrown them; they're not old and worn, but simply don't fit me anymore.

"I won't worry about shoes, sandals or booties, although they'd look good on some of them, but we'll let all that go 'cause they're used to walking with their toes separated as if they were always ready to count them: 'Look, I have four toes; three in front and one in back, although they're not as red as yours, 'cause my rooster father was a bit dark and my mother was an Indian from Peking.' Okay, so the feet need to be left as they are so that they can hold themselves up when they walk or stand, chattering in front of people that will come to feed them.

"I haven't yet told Doña Julia, Don Chuy, the butcher's wife, of my plans, not at least until I count up all the birds that I will take her. After that, I'll get as a sample, one of the park ducks; they're bigger and I don't know if they'll all like my plan. I'll talk to them and see what they decide. As to my longer-term plans, I've been thinking of seeing the bird man downtown to see if he'll loan me a pair of sparrows, but that's way in the future, 'cause by then those will have to be major works of art; the sparrows skitter about all the time and it'll be hard to catch them and keep them still while I measure them. You know, of course, that the right measurements are essential, as is the color of the fabric.

"I don't find it strange at all to make these plans 'cause the priest of the church himself said one day that there are people that are dedicated to the high culture of dressing fleas. I heard him. And I don't think all those people are Chinese, 'cause we have weird people here too. Well, it's like those crickets that appear in the circus comedies. They say that some come out dressed in tuxedos, bowties, embroidered shirts and frock coats. I haven't seen those crickets myself, nor do I need to. I see them in my mind and that's enough. Besides, there's a teacher here who loves them, swearing that all of them are kind folks that can calibrate the pulse of our illusions on dark nights. And not only that, but that Someone Who Created Them gave them a secret mission: to bring news from the dark past and the clearer past to us. I have no plans to work with crickets because there are already people that use them for their art, and for me they would simply be a luxury item. One needs to know what's what and not overextend oneself.

"I'll stick with the pigeons, pass on the fleas, and let the night chirping crickets keep me company, since they're already wearing their original dresses given to them by Someone Who Gave Them Life. Let's face it, though, it's a rather rigid garment even though it doesn't affect their musicality.

"I can't put the crickets out of my mind, though, even if it's winter and people say they don't sing in this season. I have kept a few where no one can see them and once in a while I call on them to strike up their strings. Yes, I know, I know, they're not strings, you don't have to remind me, but I can call them strings if I like. I can't call them keys or valves, right? I know full well what I'm doing in my personal craftsmanship.

"As for pigeons, there are plenty, the world is full of them.

"Besides, there are other things I need to do. For now I'm concentrating on walking home and I have other duties, the least of which is watching where I'm stepping. This loose soil would be good for creating a wide desert. I'll get to that later 'cause if

I start on that now I'd have to worry about setting up palm trees for an oasis.

"A blue organdy dress. It'll be good to show off my new dress at Mass."

The sound of four small boys coming down the vestibule stairs could be heard. They stopped at the foot of the stairs, off to a side, almost hiding behind the wall that supports the esplanade around which the town church is built. In this flat area there are no higher levels; for that reason these bigger buildings are constructed on artificially built embankments. Once Mass is over, someone rings the bell, the choral song is suspended high up in the most hidden part of the church nave; the amen sound rests below that, but not parallel to it in floating waves, but in little clouds as it were, indistinct to most people's hearing; both songs come together to form a soft yarn that some of the faithful take with them inside that treasure box that sits above their shoulders. Some will recall the songs on special occasions of surprise, meditation, dreaming, marvel, and the more fortunate ones will have the songs break forth in a crystal clear and rhythmic way at the very moment of their deaths. It all depends.

The fearsome four spy on whomever comes down the stairs. Not all the boys are thinking the same thing, although they all have taken the same stance.

Don Chuy Castro comes down the stairwell first. He's Don Jesús Castro on Sundays, but Long Tail Chuy during the week because he's very tall, almost six-feet-tall, and famous for his tall tales or most original lies. He's with his wife, the local seamstress. Three feet behind comes his uncle and the apparent heir of a thousand and one head of cattle; the man also has an appropriate nickname that goes with his physical makeup, an embarrassing moment in his life, a badly told lie or something of the sort. He's been called Short Tail since he was an adolescent and someone saw he had an incipient tail where the sacrum joins the lower end of the spinal column.

Next comes Sensitive Parrot; it is his beaked nose that distinguishes him from other human beings in town; sensitive because as a child he avoided fights to keep his fragile nose safe, surely not because he loved that bird-like appendage of his.

Estela Domínguez comes down next. She's the only woman who dares dye her hair. A sort of spinster, and I say this because the way I see it she must be around forty. She has no nickname; although people imagine a whole life for her in which she is the heroine of a million anecdotes, incidents and cautionary tales. She is accompanied by her most honorable father, Don Higinio.

Next, striding majestically with unshaven legs, comes the domineering bully of the town who daily holds hostage her entire fourth grade class at school. I know this all too well. I am one of her slaves. The tallish Amalia, tallish, not tall, since that adjective is reserved for others who move in a less convoluted space. I refuse to describe her further; let it suffice to say that she is the mother of our counter-heroine, Doña Carmen of the Stolen Marbles, who follows her mother in her slender piccolo body linked to a long, heavy aria melody.

I recognize Carmen's mean streak by the time she gets to the fifth stair, counting from the bottom. She keeps quiet; her round marble-esque silence is recognizable but she does not deign to lower her marbled eyes. The three others remain behind me, since it will be my turn to pay her homage. A thousand acts of torture come to mind, but frustration upon frustration is all that awaits us as we cannot carry out our attack. Let it be clear that I am stupefied by her appearance, now only two steps from the bottom of the staircase. Her light blue dress that I first saw when she was on the fifth step, that lets less than a quarter of an inch of thigh above her wrinkled brown orange knees show, is now more visible and I can see the million white dots all over her beautiful blue dress. The dots seem to rise from the material, clinging in part to her body, up to her star-shaped face. She almost smiles, almost, almost, because the corners of her mouth make an upward arch as if to smile, the slightest of gestures that one sees in people who dominate you without even having to say a word. The planned attack is undone.

Besides its being a sin to kill on Sunday morning, we wordlessly and collectively decide rather to wait for a weekday to accomplish our spectacular assault. I personally think Tuesday is a good day for the attack.

Tuesday, March 1962. Tuesday, from Tiu or Tyr, the Germanic/Norse god of war and courage, symbolized by the sword. It's a good day for our mischief against Carmen, The Treacherous. I call my troops to arms.

6:30 a.m. Residence of Doña Amalia López, widow of Hernández. Inhabitants: two, an adult, 37 years of age; a minor of ten and the latter, unfortunately, growing like a flower. Aagh! I die violently with a mesquite stake plunged into my tender heart! I can't stand the idea, the thought, the truth. Musician, please play a funeral march at my wake. Play a slow march so that this body crosses over from this high life that I have enjoyed for hundreds of years to a low place of death that is witness to the disorder of my millions of cells. Aagh! She lives on.

With a thousand curlers in her hair, first the right leg, then the left, slowly the feet seek out pink slippers, a slip that falls halfway down the leg, a body that rises from a figure four where she was sitting to stand vertically and be carried off by thighs, legs and feet across the linoleum floor to the bathroom. A door that creaks when opened and again upon closing. Thin buttocks that sit on the toilet seat ridding the body of waste matter. A red-mouthed yawn. A scratch of the head as the curlers are tight. Finally the hair is released. Carmen dresses today in a blue jeans skirt and a multi-colored T-shirt on top of white panties and a

half-slip of the same color. Now everything is in order. A frugal
breakfast of sugary cereal, milk and a banana.

Today is the day for arithmetic. No, a math test. Gym, but not in
a room but at the sport stadium to do the high jump; next choir
and lunch at the cafeteria; clarinet in the afternoon. Oscar
muses: I wonder what she was doing.

9:00 Chino: "Carmen comes out of math class in the room
next to this one and then goes to music class. What do you say
we grab her when she comes out to go to choir?"

"Have you informed the others?"

"They're ready. But, hey, how are we going to do it?"

"I don't know. We just grab her and take away the marbles."

"But she always comes out with the other girls."

"That doesn't matter. I'll grab her from behind and hold her
and you grab her satchel where she has the marbles and you
empty it real fast."

"Yes, and Nano can pull her hair to teach her a lesson, so she
won't steal ever again."

"Do you think Héctor will dare to lift her skirt? We have to
see her panties."

"No, forget the underwear. Just the marbles."

"No, if you and Héctor get close, I'll lift her skirt and sing:
*Valencia, Valencia, you lowered your breeches in pink and out
came the stink.*"

Chino: "Cut it out! Forget it 'cause there won't be time for
any of that. We'll look at her panties some other day. What's
important now is to take back the marbles she stole from us."

9:04. It's time to go to another class. In a minute there is a
marked change in the rhythm of things, the air, the physical
plant, the whole school building. It's just that at that moment all
the children from all the classes come out of their classrooms to
go to the gym or the outdoor patio for P.E. The halls are full of
voices, yelling, steps, the noise of shoes scraped across the floor.

Chino, Oscar, Héctor and Nano have come out of their class-room; they stand on one side of the hallway, up close against the wall, in an almost military stance, looking at the doorway where they expect Carmen, The Treacherous, to come out at any moment. They anxiously await her, full of expectation. They are one in their objective. Their mental plan will be carried out in unison, given their desire to retrieve their treasure, the marbles that Mrs. Amalia confiscated the day before.

"Carmen, a white cold statue of stone, daughter of a policeman. Carmen, puppet of colorless wood, a vehicle that has rapidly carried away from our homes all our belongings, our capital, our spherical toys that now in pagan hands ride in an ugly bag, a bag we intend to grab."

Feminine army that protects Carmen from the brooding vengeance in our eyes, step aside in an orderly way so that we, those of us present, can save the fatherland's honor, to save our noble marble-ized legacy.

Carmen, the accused, stand before your supreme judges who find you guilty of committing a most grievous crime at a moment of natural insanity, violating high laws that we our-selves have decreed. In the name of She the Creator of Every-thing and Everyone, who creates other things as well, we, firm in our righteous authority, condemn you and order you to return the innumerable number of planets, worlds, asteroids and other unknown universal entities in vitreous spherical form to our just hands.

Be quiet: no sweet or sentimental protest can soften our hearts.

Guards who march in an orderly manner around the accused—now judged to be a criminal—as she now walks toward her punishment: Attention and Halt.

From the high peak of the mountain and with a sonorous voice, I stand in judgment and order that you present yourself before this illustrious college of judges, that you, submissive and in lyrical silence, desist from calling out, whether through your voice, gesture or thought, and that you return the large quantity of spherical and multi-colored planets to this venerable body that has deliberated the legal case, *juris, delicto, corpus, mundi,* etc . . . and whose sentence is final and unappeasable.

The noise and sound of children's voices have changed, the voices of nine-, ten- and eleven-year-old children that now fill the hallway. Now everything is in motion, except the girls from the next door classroom. Skirts, pants, soft tennis shoes, boots, blouses with incipient boobs, short and long sleeved shirts; the boys' uncombed short hair, the girls' braids, well-kept hair, all the faces are beautiful, all the voices lively and happy. Small bodies that clash without making any noise.

One group goes out; it's the 3rd year B students: Irasema, Blanca, Luz, Melquíades, Ana María, Armida, Camila, Remedios, Teresa, Ilone Zakani, the blond goat, Marisol Villalobos with her twin sister, Belisa, and Carmen.

A different sense of heat permeates the noise of voices that we have been hearing. It's nothing in particular; it's just that suddenly there are new voices that increase the sound stream. Carmen's voice is one of them. It's only for a moment, an instant while students change classrooms, go left and move on slowly toward the square space at the end of the hallway to go outside to the patio; over there there's sunshine . . . here the half-lit hallway now darkened by the number of bodies congregating, young people, weaving in and out, except for the four statuesque figures that are fired up and standing with their backs affixed to the wall, as they measure their objective with their suddenly tense and elongated cells that vibrate like the strings of a cello recently tuned up.

Eternal instant that at the end of life of the twelve passing girls parades before the eight blazing torches that watch over them with extreme horizontal prejudice. All reason is suspend-

ed here, ah! tender reason that becomes fragile as it goes down
to the suddenly gelatinous state of a changeable heart.

Chino: "Carmen of the unforgettable panties. Wearing them you
smile downward making circles and covering them with the ring
of your skirt. I jump out and reach you with the fierce cats that
come from my eyes because my hands have been ordered to
remain still and at attention in this military review."

Héctor: "Carmen with the profile of thick wire, I reach you
with my vengeance until I lay it on your well-kept braid. I take
it delicately so that the tug I give it next will be even stronger.
Ay! Why does your braided hair reach the floor? My suicide will
speak rhetorically in light of the shame of my failure. You might
win today's battle but I will see you in hell and there we will
fight to the finish, and you know who will win."

Oscar: "Go on, Cleopatra-like female surrounded by
restrained crocodiles. Where have they hidden their tails? Are
they perhaps carrying my marbles in their tails? Maltese knight,
French crusader Godfrey, Jacinto Treviño with his two guns,
Hercules who beats you with the column of an entire Gibraltar,
Anaconda wrapped around a young capybara. Give up the marble-ized *corpus delicti* now, as your humanoid body is about to
melt because of the salt of hate I am casting upon it."

Nano: "I volcanic troglodyte, grab hold of a large Ace of
Clubs and wielding it hurl it at your homeopathic head. I will
want to hear your pain as you draw your last breath, as it reaches downwards, so that your legs and arms tremble, transmitting
a painful weakness that will reach your fingers forcing them to
release their grip on the bag of marbles."

Innocent moment that has seemed to me unreal and invisible in
its immensity. Return and give me another chance to enact my
formidable plan for revenge. Frustrated rescue of the treasured
marbles! All that's left is for us to surrender as one to the mar-

velous new surprise and remain petrified by the eminence of our failure. Farewell, marbles. May you long remind Carmen of her vile treachery.

Unlike the elegant cranes we have seen in profile in a haven of peaceful quietude by some lake, who upon sensing the stealthy approach of a mountain lion that has come to drink water take to flight in ordered silence seeking another secure place; like the quiet small fish that in their full horizontal roundness pass by, all facing the same direction, from right to left, wholly ignoring those of us who observe them, just so, went the four, six, eight, twelve girls before our four stalkers, wholly unaware of the imminent danger surrounding them. Bubbly, vibrant and full of life go the girls, past the four unseen foes that remain dumbstruck by the light of beauty and delicate nature of the beings that have suddenly filled the hallway with an enervating perfume. Total paralysis.

How great that at the age of ten or eleven we can convert into great enemies those that we hate with all our hearts; how great too that at that same tender age, still housed in a cloud of fantasy we can forget our enemies from one day to the next, and continue rowing through life's waterways in the company of people of our own class, like fish of the same color, shape and size that seek out their own and form a school together, moving, all together, in the same direction.

XIX

Oscar: Everything Is Alive, Everything Is in Motion

Listen up, Vale. Remember I once was talking to you about this, and I'd better finish up what I started. And I'm warning you, I'm not crazy here; I'm in full control of my faculties and in perfect health, body and mind, so all I'm asking is that you hear me out patiently.

Okay, so I know I'm young and neither old nor wise, but the way I see it there have been certain constants in my life, things that I value, that I take pleasure in, and that I couldn't live without. I'm telling you all this slowly, patiently, thinking that in the end you'll tell me that you understand it too, that you see it like I do, that you feel it, that you experience it, etcetera, etcetera, like I do.

Okay, here goes: Just like in the Western world there is this thing most people go around calling God, there are many that don't believe in this deity at all, even if they don't go around telling people, don't spread it around either publically or privately, lest they be thought atheists, crazies or enemies of the people. So we prudently keep it to ourselves.

So, *anyway,* I haven't believed in it ever since I realized that matter just can't be turned into an abstraction and vice versa.

The way I see it, everything is alive, everything moves and what's more, everything is sacred.

The ones that go around marketing this idea of original sin, what they're doing is playing on our fears; they're the enemies of freedom and they go around saying that you have to believe in God, their God, and that this God is a great omnipotent lord that knows it all, sees it all and can be in all places.

I've thought about death many a time, and especially my own death—like right now—there's never been a doubt in my mind and consciousness—and there is none at this very moment—that there is an alternative to the idea of God as Man.

Tomorrow, when you see my dead body, stiff and silent, I want you to realize that I am still in motion, that is, that it is only that bodily me that is no longer in movement, that my "dead" body was only one of the phases of what for lack of a better term I'll call the perpetual movement.

Physically, you may not be able to apprehend that all the cells in my body are changing, decomposing, but that's what it is; decay is nothing other than the transformation of one state to another. And you know too that everything is made of molecules and even smaller particles, tiny things that you'd need to have a scientist explain to you.

Okay, so everything is in this perpetual motion. And everything, and I mean everything, will eventually turn into something else until it turns into dust. Well, I really don't mean dust, maybe I should say Earth and that's because, sooner or later everything returns to Mother Earth, and from there, sooner or later becomes something else, like I said, transforming itself and beginning another stream or movement.

There's nothing in the world that isn't in motion, never has been, never will be. What do you think about that? Got it? Okay, now I can move on to what I really wanted to get to.

So if I believe that everything is in motion, and it's always been like that, couldn't that be my idea of God? And, mind you, it's not that notion of some old bearded God, that goes around bugging you about this sin or that guilt. If God were to have a human form, my sense is that it ought to be a woman, 'cause I doubt that a male God would have the sensitivity or grace to have created so many beautiful things; that's why I think God would be a woman. The way I see it, "She" would be both "he" and "she" both, sometimes neither, because "She" has the right to simply be an abstraction, not a gendered being. By the same token, She Who Created Herself, can also undo herself. So that's it; everything that is in motion is permanent, always constant and good, so much so that it turns into an abstraction.

What do you say to that? Object if you want to; get upset at me or whatever you wish, because of what I've said. I meant to tell you long ago, but held up doing so because I thought you'd reject me for thinking like this, although I think one should talk about these very private and arcane ideas with those we most care about. They are so private that you fear rejection even by those that love you best; you think they'll hold it against you, and that fear makes me think that even a good friend like you will misunderstand, won't be able to accept the idea, and that his affection will turn into disdain. So it's really been my fault that I haven't told you before, although I think that real friendship, like real caring, shouldn't be put to the test.

Now that you are dying, Valentín, I can tell you. It's my most caring and heartfelt funeral offering to you. And although you haven't made a sound since we fell when they shot us in the back, I know you were hit when we were running. I don't know by whom, all I know is that all of a sudden you fell forwards, falling to the ground any which way; I saw your body bend and fall and then there you were, some three yards away from me. I know they shot me too, 'cause just as I saw you falling, I felt something warm on my back and in my brain, and the nice running pace I had going there came to an end. But you looked

beautiful as you were running—more so than I did. Too bad that
it lasted so little!

Now I have to make do with the sweet smell of your blood
that reaches me even though I can't see you. I can hear your
blood as it falls and flows onto the grass and becomes thicker little by little. There you lie. I want you to think of what I've told
you as an offering of flowers for your wake, and I'm glad that
they'll be the first you get. They go nicely with the color of your
blood. What a pity that your shirt soaks up some of your blood,
instead of it flowing down your skin!

Maybe now you can understand how it was that I said I
wasn't limited to the space of the room and why I asked you to
help me with all the instruments that accompanied me the night
I stayed at the German women's house. It doesn't matter that we
hadn't met then yet; what's important is that now you know it
and that you were with me that night, even if it happened years
ago. Do you now understand what I mean by movement? Where
things happened, when, time and space, are not at all important
in this. Finally, now I can talk to you about these things so that
you can see how much you really mean to me—and you can go
ahead and tell anybody. I have to laugh thinking about how you
would go about trying to explain all this about me to someone!
Now that we've been together this short time since we met, and
we've been able to communicate with words, I hope you understand now the advantages—and the disadvantages—of being
able to communicate with only words.

Tell me now: Do you think you'd be able to lift up and position the harp all by yourself without waking up the German
women? Of course you can; I showed you how.

We still have time to talk some more. Tell me: How are you
lying? I'm almost face down with the left side of my face touch-
ing the green grass, so my left eye is closed and even if it were
open I still couldn't see 'cause of the position I fell in. I can still
see you though. I'm going to ask you a favor; don't try to do

anything to keep from letting your blood flow out of you. Let it all flow out; that's what I'm doing so that when the Gringos pick us up there won't be any left. These bastards will take us to a mortuary where the first thing they'll do is to drain our blood out and fill our veins with forfuckdehyde, or formaldehyde, or whatever it's called. No! Absolutely not! I want it to flow out of me, all of it. And I want it all to come out right here, and for it to filter down into the earth for it to nourish this nice green grass we have here right where we fell. What do you say to that, Vale?

It's the first time you don't say a thing, don't answer back. I'm starting to get nervous just thinking about the beating you're planning for me. In that case, when you land on me you'll find nothing there but my body, 'cause I'll be just above my body, right above it in the air, watching you and laughing at you for not realizing that I'm good and dead. That'll be the test of whether you understood anything about what I was telling you a while ago. Yeah, I'll let you turn me over thinking I'm awake, and boy what a shock you'll get when you see my face all flattened out and my mouth twisted, one eye half shut and glazed over like a contact lens, and the left one flattened and closed shut. If it shocks you, it's that you're still a *pendejo* fool; if it doesn't, it's that—finally—you understand full well that I'm still there, even if you cannot see me. Now, what do you think about that, my dearest Valentín, *Valentín de la Sierra*, like in the song?

XX

The Color of Blood: Oscar and Valentín Murdered by the Police

LOCATION: South side of Second Street bridge. Austin, State of Texas, Great Gringoria, USA.

FOREGROUND: Two bodies. Male, sixteen and nineteen years old respectively.

BACKGROUND: Oscar: male adolescent, sixteen, single, mestizo; Valentín: male young adult, nineteen, single, mestizo.

SETTING: Valentín talks; Oscar has been speaking in a fashion to Valentín, but it is unclear whether he has heard him.

ACTION: The color of blood: Oscar and Valentín murdered by the police.

Valentín speaks:
"The cops shot us up, or at least they shot me but I'm not sure they hit you or if you tripped and fell where you are now

303

on the ground, slightly to my left and about two yards behind me. You haven't said a word, or if you did I didn't hear you. Are you hit? Are you okay, Oscar? Could he be dead?

"Hey, Listen. Why did you fall? Weren't you supposed to be good at running?

"Oscar! I heard the shots ring out, but I didn't hear anything when the bullets went into my body. Is your flesh also soft and therefore muffled the sound? It's like I'm lying in some sort of sticky fluid stuff. Bet you can't guess what it is? Come on; it smells sort of sweet.

"Listen up, Oscar, You feel anything? I don't feel anything, no pain either. Where are you? Someone is walking around, I can hear steps, lots of heavy footsteps. Can you hear them? They're talking on their walkie talkies, and there's the patrol car radio in the background. Damned, fucking Gringos sicced the whole police force on us, like we had taken all the gold from Fort Knox or something.

"I was getting away from the cops, running fast, and you were right behind me. Did you hear how they called out 'Halt' and we blew them off! Hey, they never would have caught up to us with their fat old bellies, so that's why they pulled out their weapons and shot at us. They hit you first I guess, 'cause all I heard was a groan and then you hit the ground; then I tripped and when I was trying to get up, they didn't say another word and shot me in the back.

"Hey, are you dead, or what, man? Why don't you answer me?

"Bet you didn't think I knew how to drive, huh, Oscar? That's why you didn't want to get into the car we swiped. Well, I guess it's an ex-car now because we smashed it into the light pole. Lucky we didn't eat it right there. I wonder whose car that was anyway? I can't move my legs; it's like they put this big weight on them and they won't budge. I'm face down and it feels like my boots are too tight; I can barely move and I don't even know how I'm able to talk to you. I want to turn my head to the side to see where you're at but it's too dark; even though my eyes are open and there are all these little lights, I can't really see, but I can hear everything and, well, you see I can talk to you. Hey, did you also fall on the grass? Good that we fell on the grass; means I guess we're near the river. I can hear footsteps on the grass. Did they pick you up off the ground already?"

Oscar: "Even before coming out of the belly I could hear some sounds from the outside, more so at home because we have wood floors and it creaks when my father walks on it; not so much when my mother does because women sway softly when they walk and don't make so much noise; they're soft people. I wanted to make out the sound of my father's voice."

I knew it was his voice because I could hear its humming every day, rising and dropping, so it was more like a humming sound. I could understand the cadence of mother's better, 'cause she was closer to me, right above me and her voice was higher, so I understood it better. What I really hated was when someone would pat her belly and then there'd be this thumping sound that scared me a bit, even if I was inside my mother.

I want to turn on my other side, but I can't. It's as if because I'm lying down that my body's gotten stiff on the underside and I can't turn. I want to turn over because my belly, my legs and my cheek are getting cold against the grass. I tried turning over before, but it was like something cracked on my back, or my belly; maybe it was the blood that was crystalizing? and if it is my blood, I wonder if it's coagulating black or sorta glassy and transparent like cornmeal does when it dries on the tips of your fingers?

It was a real small tight space, but I felt fine where I was. Then I found out it was Sunday because that was the day the German

women would come over for my father so he could go work at
their house, and they were there that day. Now I realize that it
was, in fact, their house, because I've never known any place
else where they played that kind of music, you know, the kind
with lots of instruments. My mother had come over to help my
father.

Valentín: "We should'a not picked one with an automatic trans-
mission; I hate those. And then it had power steering and what
not, and I'm not used to those 'cause they're too easy. That's
what happened; that's why the front tire hit the edge of the side-
walk and we headed straight into the light pole. Hey, your eyes
looked beautiful, all big and round and scared! Huh, Oscar?

"And then all these cops were after us. Why'd they all show
up? It wasn't that big a thing; one or two would'a been enough
to stop us, but these people around here are too uptight, get all
bent out of shape over a stolen car and they come all down on
you. Talking about scares, I betcha you musta been shitting your
pants right then, right?

"Now I can tell you that this isn't the first time the cops nabbed
me, just that the other times they didn't come after me with their
guns. Gringos want to take care of everything with guns.

"Hey, hand me a cigarette and then you can come over and
light it for me; that way you can pay me back for tonight's excitement, huh? Hey, it's better than going to a circus or carnival fair
and it didn't cost us a damn thing. Who says I don't care for you
a whole bunch, bringing you to Austin and all to have a real good
time and at no cost! Just kidding, bright eyes. I'm just saying that
to get your goat, you know we're buddies. Hey remember when
you first got to Camp Gary all bronco and tight assed—wouldn't
even talk to anyone—hiding out there on some star of yours?
And now, dearest one? What'cha say? Who loves ya?

"I hear footsteps. Do you think they're coming to finish us
off? I can't see anyone, just hear voices saying 'Mexican boys,'

'Stole a car.' 'Yeah, they reached for a gun and I had to draw mine,' 'Yeah, happens all the time . . . ,' 'These Meskins,' 'You never know what they're up to' and 'The small one pulled a knife.'"

"My legs hurt.

"It's late and it's getting cold; I can feel the dew on my back. I wonder what the dewdrops look like on the fabric of the clothes I'm wearing? Hey, on second thought, don't hand me a cigarette, after all, I've got the matches in my shirt pocket and I can't reach them, anyhow. You keep 'em.

"Hey, someone's coming, no, it's more than one.

"Next week I'll be finishing up the classes and the supervisor said he's going to find me a job in Houston with a construction company. Then in about another four weeks you'll finish your training. Tell your teacher that you'd like them to send you to work on the oil pipelines and that way they'll send you over where I am in Houston; you're a good welder and it won't be hard for you to get a job. I have an uncle that lives over in Fannin and I'm going to stay at his place. Then, Oscar, you can come stay there too 'cause I'll tell my uncle we're buddies and he'll say it'll be okay.

"They've put something next to me. Must be a stretcher. You still there, Oscar?

"Okay, so maybe you don't get sent to Houston. In that case I'll head out with you to some other place; they say there's work over in Tulsa. Just tell me where and we'll head out there together. They're grabbing me from underneath, trying to get me onto the stretcher. Someone's got my feet; I hope they take off my boots, they're killing me.

Oscar: "My right eye's all glassy and frozen like. I can only see streams of light, and it looks like there's a bright light right in front of me. Like the song:

> *Naranja dulce,*
> *limón partido*
> *dame un abrazo,*
> *que soy de vidrio.*

"When I get up from here I hope that big glass plate that's growing on one side of my face doesn't break."

Valentín: "It's just two orderlies that want to lift up my stretcher. You coming, too?

"They say that when you're about to die, your whole life passes in front of you. Guess I'm not dying then, 'cause nothing's happened. What I am is real cold, like my body's numb. What do you feel like? Like I told you, no life passing before my eyes here, nuthin like that, I mean, yeah, even if you do remember some stuff.

"The first time they let you go out at Camp Gary, we went with some *batos* to San Marcos—on foot. I'd never been in that town, but, anyway, we went to check it out. Anyone could tell that you weren't used to going out with tough Raza guys because you were all quiet and stuff at the beginning, but then later, after a couple of Pearls, the beers warmed you up. You loosened up a bit, at least with me, because the other guys, you know, would hassle you because you were a newbie and all.

"We met local Raza from San Marcos at a Mexican restaurant we went to. You know, you always look for your own when you go to those little towns.

"Then these three guys with their guitars, accordions and *bajo sexto* showed up and started singing. Raza sings wherever they are, at least here in Texas, where most still haven't picked up Gringo ways. So they start playing all these Mexican tunes by José Alfredo Jiménez, and you got all fired up and happy and even joined in and sang a few. And the trio didn't mind, even though they were there to rehearse because they were going to record their music for Falcon Records in San Antonio. They were going to tape their songs and said that then they'd review it later. You know, when you were singing along on the song *Cuatro Caminos* you got all teary-eyed; what were you thinking about? When the trio finished rehearsing, then they just started playing all kinds of songs, for the hell of it, and when they played *De Colores* to a polka rhythm, you and I got into it and danced around together.

"Okay, what a person says on the fly, jokingly, is one thing, but what I'm saying to you is different. I'm talking to you serious here, Oscar, and I don't want it to get lost—whatever happens. I'm sure that you'd wait for me or you'd remember me, so right now I'm going to clench my teeth and make my best effort to see if I'm conscious and awake and not dreaming or dying. I'm closing my eyes real tight this time to see if I can shift aside that liquid in my eyes and stop seeing those damned stars.

"And all of this is because tomorrow, or the next day, when I see you, I don't want you to go around saying that I'm some sissy who can't take it and cried. Thing that happened was that when I fell on the grass all this dust got in my eyes and I couldn't seem to clear them by blinking. You, on the other hand, are the real sissy; you were already all glassy-eyed from the beers—you know you just can't hold your beer—and you were remembering your Amá, Doña Elsa, who, even though I haven't met her, must be really pretty if she's like you, you little faggot . . . or like when you were the altar boy for that faggy priest with the long skirts.

"I can just imagine what you looked like . . . but now I remember you never told me whether you even went to church, but anyway, you'd still look like a *joto* with those skirts."

I can't forget you.	*Es imposible que yo te olvide*
I cannot leave you	*es imposible que yo me vaya*
I see you wherever I go	*Por dondequiera que voy te miro*

I sigh for you when I'm	*si ando con otra por ti suspiro*
with another	
My life has four paths	*Cuatro caminos hay en mi vida*
Which of the four is the best?	*¿cuál de los cuatro será el mejor?*

("Cuatro Caminos" by José Alfredo Jiménez)